JENNY SILER

Auf dünnem Eis

Buch

Nach einer 18-monatigen Gefängnisstrafe in New Mexico kehrt Meg Gardner in ihre Heimatstadt Missoula, Montana, zurück, wo sie den ersten legalen Job ihres Lebens annimmt: Sie konfisziert die Autos von säumigen Zahlern. Meg will das kriminelle Leben endlich hinter sich lassen und träumt von einem einfachen Leben zusammen mit ihrem Freund. Doch dann kommt alles anders: Als sie an einem eisigen Wintertag den Jeep von Clay Bennett beschlagnahmen will, erfährt sie, dass dieser kurz zuvor erstochen in einem zugefrorenen Fluss gefunden wurde. Umso besser, in Megs Augen, so macht Bennett ihr wenigstens keine Schwierigkeiten. Kurz darauf wird jedoch Bennetts Jeep von russischen Mafiosi vor ihrem Haus aufgebrochen und ein Koffer mit Straßenkarten gestohlen. Meg ahnt, dass ihr Job sie in lebensgefährliche Schwierigkeiten gebracht hat. Um ihre eigene Haut zu retten, stellt sie Nachforschungen an und findet heraus, dass Bennett vor dreißig Jahren mit einem Militärflugzeug über den Wäldern von Montana abgestürzt war und das Flugzeug nie gefunden wurde. Offenbar wollte er sich nun wieder auf die Suche nach der Maschine machen. Als eine tätowierte Frau mit einer gefährlichen Vorliebe für Messer auftaucht und den Koffer verlangt, weiß Meg, dass sie nur eine Chance hat, lebend aus dieser Geschichte herauszukommen: Sie muss Bennetts Flugzeug finden – und zwar vor den Russen und der tätowierten Frau.

Autorin

Jenny Siler hat vor ihrem gefeierten Erstling *Schnelle Beute* unter anderem als Gabelstapler-Fahrerin, Möbelpackerin, Tutorin für taube Schüler und Barmixerin gearbeitet. Heute gilt sie neben Kathy Reichs als größtes Talent unter Amerikas weiblichen Thriller-Autoren. Jenny Siler lebt in Missoula, Montana.

Von Jenny Siler außerdem bei Goldmann lieferbar:

Schnelle Beute. Roman (44996)

Jenny Siler

Auf dünnem Eis

Roman

Aus dem Amerikanischen
von Doris Styron

GOLDMANN
MANHATTAN

Die Originalausgabe erschien 2001 unter dem Titel
»Iced«
bei Henry Holt and Company, New York

Umwelthinweis:
Alle bedruckten Materialien dieses Taschenbuches sind
chlorfrei und umweltschonend.

Manhattan Bücher erscheinen im Wilhelm Goldmann
Verlag, München, einem Unternehmen der Verlagsgruppe
Random House GmbH

Deutsche Erstausgabe Januar 2002

Dieses Werk wurde vermittelt durch die Literarische Agentur
Thomas Schlück GmbH, 30827 Garbsen.
Die Nutzung des Labels Manhattan
erfolgt mit freundlicher Genehmigung
des Hans-im-Glück-Verlags, München
Umschlaggestaltung: Design Team München
Umschlagfoto: Brüggemann
Satz: Uhl + Massopust, Aalen
Druck: Elsnerdruck, Berlin
Verlagsnummer: 54169
AL · Herstellung: Katharina Storz/Str
Made in Germany
ISBN 3-4442-54169-7
www.goldmann-verlag.de

1 3 5 7 9 10 8 6 4 2

Für Keith

1

Es war sehr kalt an jenem Winterabend, als ich losfuhr, um Clayton Bennetts Jeep einzukassieren. Die Grenzlinie zwischen Winter und Herbst ist in Montana nichts weiter als ein belangloses Datum auf dem Kalender. Hier oben im Schatten Kanadas denken die Leute normalerweise schon vor Halloween an den Winteranfang, und auch in diesem Herbst war es nicht anders gewesen. Wetter für Parkas, dicker Reif auf den Scheiben der Autos, und der Atem war sogar in der Nachmittagssonne dicht und weiß wie Watte. Aber erst am Morgen des 20. Dezember spürte ich die Vorahnung einer tierisch harten Frostperiode und wusste, jetzt würde die tiefe Winterkälte aus dem Norden herunterbrausen.

Ein Wind, der alles sauber fegte, war durch das Tal gestrichen, und am Morgen war die Strömung des Flusses bereits träge vom gefrierenden Eis. Die Luft, die aus Kanada herunterkam, roch nach Tundra, nach der vom Gletscher vorangeschobenen Erde und nach kümmerlichen Flechten. Dieser Geruch kündigte an, dass der erste Kälteeinbruch dieses Winters im Anmarsch war.

Ich hatte gerade an diesem Nachmittag Bennetts Unterlagen bekommen, und anhand der wenigen Informationen, die ich da gefunden hatte, dachte ich, ginge es hier um einen dieser seltenen kinderleichten Fälle. Flip, mein Chef, hatte mir die Reserveschlüssel gegeben. Ich brauchte nur in den Cherokee einzusteigen und ihn wegzufahren. Eigentlich hatte ich vorgehabt, ihm meinen Besuch irgendwann in den nächsten zwei Tagen abzustatten, aber als ich im Radio von Bennetts Tod hörte, hielt ich es doch für besser, gleich zu seinem Büro hinaufzufahren. Man konnte ja nie wissen, wem Bennett sonst noch Geld schuldete, und ich wollte als Erste kassieren.

Normalerweise hätte es eine Weile gedauert, bis so eine Neuigkeit in den Nachrichten kam, aber Bennett war bei einem Streit zwischen Betrunkenen erstochen worden, und die zwei Indianer, die von der Polizei verdächtigt wurden, waren verschwunden. Die Lokalsender brachten Beschreibungen der beiden und baten, nach ihnen Ausschau zu halten. Als ich auf den Parkplatz des Super Six Motels neben Bennetts Büro fuhr, wimmelte es dort von Polizisten. Ich beschloss, den Jeep zu nehmen und mich davonzumachen. Ich war nicht besonders scharf auf Uniformierte und hatte keine Lust, mich länger dort aufzuhalten als nötig. Aber als ich sah, was sich unten am Fluss abspielte, gewann meine Neugier die Oberhand.

Ich wusste nicht viel über Bennett, nur dass er einen Charterservice hatte, ein zwielichtiges kleines Unternehmen, das sich Big Sky Adventures nannte, mit dem er Touristenflüge übers Hinterland machte und die Leute zum Angeln bis zu den entlegenen Seen hinunterflog. Sein Büro und die behelfsmäßige Wohnung waren in einer Hütte am nördlichen Ufer des Clark Fork. Direkt auf der gegenüberliegenden Seite des Flusses war ein leeres Grundstück, auf dem früher die alte Papierfabrik stand und die Trapper lebten.

Es ist eine heruntergekommene Gegend, ein letzter Überrest des hässlichen Industriegürtels im Westen, zu dem Missoula in meiner Kindheit noch gehört hatte. Das war bevor die Yuppies aus Kalifornien kamen, das Hafenviertel sanierten und für Gesetze sorgten, die verhinderten, dass weiter oben Cyanid von den Bergwerken in den Fluss geleitet wurde. Bevor die idyllischen Farmermärkte, Milchbars und Cafés kamen, in denen vegetarische Hamburger und Halbgefrorenes aus Jogurt verkauft wurden.

Als ich aus meinem Lkw, einem Ford, auf die glatte Asphaltdecke ausstieg, wechselte die beleuchtete Zeit-und-Temperaturanzeige am Casino auf der anderen Straßenseite gerade von 26 auf 28 Grad unter null. Ich atmete ein und spürte die eiskalte Luft in meiner Lunge. Hinter dem Betonkasten des Motels und Bennetts Hütte war der Fluss beleuchtet wie eine Filmkulisse. Kahle Pyramidenpappeln hoben sich gespenstisch mit ihren blassen weißen Stämmen gegen das Licht ab. Der Fluss war fast ganz zugefroren, und die milchige Eiskruste glänzte unter dem Halogenlicht der Scheinwerfer. In der Mitte war noch ein schmaler Streifen fließendes Wasser, schwarz und gewunden wie eine Schlange. In dieser Jahreszeit überwiegen die dunklen Stunden. Selbst wenn die Sonne noch über dem Horizont steht, scheint sie keinerlei Kraft zu besitzen. Deshalb hatte das helle Licht auf dem Fluss und den kahlen Bäumen etwas Obszönes an sich.

Sie hatten den toten Clay Bennett auf der flachen Seite der Insel gefunden, aus dem Schilf gezogen und trugen ihn jetzt zum Ufer herüber. Vier Männer waren nötig, um die Tragbahre zu halten. Unter ihren schweren Mänteln hatten sie hohe Anglerstiefel an, die es ihnen offensichtlich auf den vereisten Steinbrocken im Flussbett nicht gerade leicht machten. Sogar vom Ufer aus konnte ich sehen, wie sie abrutschten und mit den Beinen durch die dünne Eisdecke einbrachen.

Als sie das noch eisfreie Rinnsal erreichten, strauchelte einer der Männer, knickte ein und streckte den Arm aus, um das Gleichgewicht zu halten. Die Neugierigen auf dem Parkplatz stießen entsetzt einen Seufzer aus. Die Tragbahre neigte sich, Bennetts Arm im Flanellhemd löste sich aus der Todesstarre, die ihn an seiner Seite festgehalten hatte, und die Hand machte eine lässige, winkende Bewegung. Der Ausdruck auf den Gesichtern der Männer, die ihn trugen, änderte sich schlagartig. Schrecken und Widerwille überkamen sie bei den zuckenden Bewegungen des Toten und die Tragbahre entglitt ihnen.

Der Kopf und die rechte Schulter des Toten hingen herunter, als überlege er sich, ob er kurz untertauchen wolle. Ein Finger berührte das Wasser, dann der Arm, die rechte Körperhälfe und ein im Stiefel steckender Fuß, bis der ganze Körper untergetaucht war. Er versank, die Handfläche gen Himmel gerichtet, die Finger leicht gekrümmt, mit erstaunlicher Grazie. So als wolle er an einem heißen Tag genüsslich untertauchen, bewegte sich sein Körper auf das Wasser zu. Sie brauchten einige hektische Minuten, um ihn wieder herauszufischen und noch ein paar, um durch den Fluss zum abbröckelnden Ufer zu stapfen.

Von allem, was passierte, werde ich immer den toten Bennett im Gedächtnis behalten. Wie er glänzend und schimmernd, in einer Eisschicht eingeschlossen unter dem Licht auf dem Parkplatz lag. Bis man ihn vom Fluss heraufgetragen hatte, war er steif gefroren, die Arme fest an die Seiten gepresst. Seine spröde Haut sah wie ein dünner Kokon aus. Es war noch immer deutlich zu sehen, wie gewaltsam er gestorben war. Sein Flanellhemd stand offen, seine Brust war mit hellroten Rosetten übersät, kleinen Blutgerinnseln und einem Dutzend Stiche um das Herz herum. Er war groß und erst jetzt wurden mir seine Körpergröße, seine Stärke und seine dicken Arme bewusst.

Sie luden ihn in den Krankenwagen und schlossen die Türen, dann ging ich über den Parkplatz des Super Six Motels auf das Büro von Big Sky Adventures zu, denn Flip hat mir immer wieder gesagt, wie wichtig es in solchen Fällen sein kann, keine Zeit verstreichen zu lassen.

Bennetts brauner Jeep Cherokee war direkt vor der Tür geparkt. In den dunklen Bürofenstern spiegelte sich das Geschehen beim Motel, das rhythmisch sich drehende Blaulicht auf einem Polizeiauto, und der Krankenwagen blinkte mit seinem roten Licht, als er auf den Broadway hinausfuhr. Am Fluss rannten Gestalten ins grelle Scheinwerferlicht und entfernten sich wieder. Ich hörte Rufe, dann noch einmal, und aus dem Unterholz auf der Insel schrie jemand »Rabbit!«. Eine Gestalt sprang aufs offene Eis, ein Mann, der unbeholfen vorwärts hastete. Offensichtlich war es einer der gesuchten Indianer. Er war schnell, aber dann rutschte er aus und fiel hin. Im nächsten Augenblick stürzte sich schon eine ganze Meute uniformierter Polizisten auf ihn.

Ich angelte mir den Reserveschlüssel aus der Tasche und schlüpfte wie selbstverständlich in den Cherokee. Im Rückspiegel sah ich, wie sie den Mann von der Uferböschung heraufführten, die Arme nach hinten auf den Rücken gebogen, Handschellen um die Gelenke. Er stolperte weiter, das Gewicht seiner Brust zog ihn nach vorn. Ich steckte den Schlüssel ins Zündschloss, spürte, wie der Motor hustend ansprang, berührte mein eigenes Handgelenk und erinnerte mich an das vertraute Gefühl der kalten Armbänder aus Stahl, die mir in die Haut schnitten. Und ich dachte an die andere gesuchte Person, das Indianermädchen, das noch flüchtig war.

2

Man sagt, Heimat sei da, wo das Herz schlägt, und vielleicht ist das ja so für diejenigen, die Glück haben. Aber für mich war Heimat dort, wohin ich zurückkehrte, wenn es sonst keinen Ort mehr gab, an den ich gehen konnte. Mein letztes Zuhause war eine gemütliche Zelle in einem Frauenknast in New

Mexico. Ich bin das, was man eine Kleinkriminelle nennt. Außer dem einen Ding, das mich endgültig in den Knast brachte, hatte ich sonst nur leichte Straftaten begangen: ungedeckte Schecks, Ladendiebstahl, Betrug. Das heißt nicht, dass ich nicht für mich sorgen kann, wenn's darauf ankommt. Wie fast alle, die in Montana aufgewachsen sind, kann ich gut mit Schusswaffen umgehen und weiß mich zu verteidigen.

Ich hatte das Pech, dass ich ausgerechnet bei dem einen Delikt erwischt wurde, das etwas schwerwiegender war, achtzehn Monate wog es, genau gesagt. Als sie mich letztes Jahr kurz vor meinem neunundzwanzigsten Geburtstag entließen, war ich frei und unbeschwert. Keine Bewährung, keine Aussicht auf Arbeit und gerade genug Kleingeld für ein Busticket zurück nach Montana. Ich war in Missoula nie glücklich gewesen, aber wie gesagt, es gab sonst keinen Ort mehr, an den ich hätte gehen können.

Außerdem hatte ich im Knast jede Menge Zeit zum Nachdenken gehabt. Im Lauf der anderthalb Jahre hatte ich irgendwann angefangen, gewisse Dinge mit reuevollem Bedauern zu betrachten. Meine Familie zum Beispiel, oder besser ihr Fehlen. In meinen Träumen kam mir meine Mutter mit offenen Armen entgegen. Mein Vater ging mit mir durch das unter dem herbstlichen Raureif blassgraue Salbeigestrüpp. Ich gebe zu, ich kam zurück und wollte dieselben Dinge haben, nach denen sich die meisten Menschen sehnen: den Segen der Vergebung, ein Gefühl, Verwandte zu haben, Menschen, die mich als Teil ihrer Welt betrachten würden.

Ein ordentlicher Arbeitsplatz war bei meiner Vergangenheit ausgeschlossen, aber ich hatte mir für mein neues Leben vorgenommen, mich eine Weile an die Regeln zu halten, und fing an, für GMAC unbezahlte Autos zu beschlagnahmen. Ich hielt das für einen guten Kompromiss. Einen Block hinter der Dairy Queen, nur fünf Minuten von meiner alten Grundschule entfernt, fand ich ein kleines Haus mit drei Zimmern. Meine Vermieterin ist eine alte Dame, die seit ihrer Pensionierung in Phoenix lebt, ein angenehmer Zustand für mich. Mrs. Carter hat die meisten Möbel und den Hausrat dagelassen: abgewetzte Sessel mit Spitzendeckchen, die auf den Lehnen festgesteckt sind, Töpfe und Pfannen, die ich kaum benutze, einen schweren, verschrammten Küchentisch. Der einzige Kontakt zwischen uns besteht darin, dass ich ihr jeden Monat den Scheck für die Miete schicke. Als ich einzog, sagte ich ihr nichts von meiner Arbeit und meinem früheren Wohnsitz. Solche Einzelheiten könnten eine neue Vermieterin abschrecken.

Sie schien mit meinem Familiennamen nichts zu verbinden. Seit zwanzig Jahren, seit meine Mutter auf ihre Art und Weise das Gesetz gebrochen hatte, haftete in der kleinen Stadt der Skandalgeruch an dem Namen Gardner. Allerdings ist er wohl so häufig, dass man keinen Verdacht schöpft. Ganz zu schweigen von den zwanzig Jahren, die viel dazu beigetragen haben, die Erinnerung auszulöschen.

Bis zu meinem Zwangsaufenthalt in New Mexico hatte ich eigentlich nie ein Zuhause gehabt. Ich ging von daheim weg, als ich sechzehn war und wohnte, wo ich gerade unterkommen konnte. In Busbahnhöfen, bei Fremden auf der Couch, in besetzten Häusern in Großstädten und später in meinem Auto. Meine Verachtung für Menschen, die Sofas, Schränke und Rasenmäher besaßen, war enorm. Aber inzwischen gehöre ich zu ihnen und beginne die Vorteile von einem Dach über dem Kopf zu erkennen. Es bereitet mir ein perverses Vergnügen, wenn ich die Stadtteilzeitung unter meiner Haustür durchgeschoben finde. Als jemand vom Elternbeirat vorbeikam und Plakate verteilte, die zur Wachsamkeit vor Kriminellen aufriefen, nahm ich zwei, eins für die Haustür und eins für den Hintereingang.

Missoula war immer schon eine Stadt, in der sich die Leute

zuwinken, und im Sommer gehen sie abends spazieren und essen Eis. Diese gute Laune kann einen schon deprimieren. Gott sei Dank verbirgt sich hinter Missoulas Fassade genug Korruption, um die Stadt erträglich zu machen. Auch meine Arbeit trägt dazu bei, dass ich aus diesem Kreis des persönlichen Versagens und der Verzweiflung nicht herauskomme. Alles in allem ist es ganz gut so zu leben und ich kann nicht klagen. Ich war hier immer fremd und auch jetzt, da ich an diesen Ort zurückgekommen bin, der mich vergessen hat, hat sich das nicht geändert.

Ich habe hier einen Mann kennen gelernt, einen Flüchtling. Liebe würde ich das, was zwischen uns ist, nicht nennen. Verlangen vielleicht, aber nicht Liebe. Er hat eine Art, die flache Hand so zart auf die Rückseite meines Oberschenkels zu legen, dass ich spüre, wie die feinen Haare sich dort bei der Berührung seiner Handfläche sträuben und elektrisch aufladen. Und manchmal, wenn wir zusammen im Bett liegen, biegt er mein Bein zur Seite und presst seinen Mund in die glatte Fuge, wo Bein und Becken aufeinander treffen, wo man Geflügel aufschneiden würde, um das dunkelste Fleisch abzutrennen. Wenn er das tut, muss ich mich mächtig zusammenreißen und mich furchtbar anstrengen, dass ich nicht mein inneres Gleichgewicht verliere.

Es war nach sieben, als ich den Schalter für die Scheinwerfer im Cherokee fand und langsam über den glatten, festgefahrenen Schnee auf dem Parkplatz von Big Sky Adventures rollte. Die Neugierigen fingen an, sich zu zerstreuen wie Küchenschaben unter dem grellen Licht einer Glühbirne. Ein paar dunkle Schatten huschten hinter das Super Six auf die kaputten Wohnwagen zwischen dem Motel und dem Fluss zu.

Es war zu spät, um den Jeep zur Filiale zu bringen, und ich dachte, ich könnte ihn die Nacht über bei mir vor dem Haus parken. Wenn ich Darwin finden würde, könnte sie mich zurück zu meinem Lkw bringen. Ich setzte gerade den Blinker, um auf den Broadway einzubiegen, als eine schwarze Limousine auf den Parkplatz gefahren kam. Sie rollte an mir vorbei, wobei das hintere Ende gefährlich nahe am Jeep vorbeirutschte. Ich hörte die Bremsen quietschen, und der Wagen stieß zurück, bis die Tür des Fahrers auf gleicher Höhe mit dem Cherokee war. Der Jeep war ein gutes Stück höher, sodass sich das Fenster der Limousine mindestens fünfzig Zentimeter tiefer als meines befand. Ich musste nach unten sehen, um das Gesicht hinter der Scheibe zu erkennen. Es war ein Russe, ein Junge, dessen Camaro Darwin und ich ein paar Monate zuvor eigentlich hätten abholen sollen. Wir hatten ihm sein Auto schließlich nicht abgenommen, trotzdem sah er so aus, als sei er mir immer noch böse. Er starrte mich an, stieß einen Finger in die Luft und zeigte auf den Jeep. Ich sah ihn nur eine Sekunde lang, dann gab es eine Lücke im Verkehr, und ich bog in den Broadway ein und fuhr zu Darwins Wohnung.

Darwin arbeitete schon bei GMAC, als ich dort anfing. Eigentlich arbeitet jeder alleine, aber wenn es geht, helfen wir einander. Bei so einer Sache oder wenn der Abschleppwagen zu auffällig wäre, ist es besser, einen zweiten Fahrer zu haben.

Über Darwin weiß ich nicht viel, nur dass sie früher unten in Colorado gelebt hat. Sie war damals drogenabhängig, und als sie den Stoff aufgab und einen Neuanfang machen wollte, bot ihr Flip einen Job an. Genau genommen ist Darwin ein Mann. An Zubehör ist noch alles da, und wenn sie Autos einzieht, trägt sie Männerkleidung, aber sie sagt, am natürlichsten fühle sie sich in Frauenkleidern. Mir macht ihr unklares Verhältnis zu ihrem Geschlecht nichts aus. Ich hab ja auch nicht gerade ein behütetes Leben geführt. Als ich im Knast war, hab ich alle möglichen Freaks kennen gelernt.

Ob man es glaubt oder nicht, es gibt in Missoula tatsächlich eine Bar, in der es Drag-Queen-Shows gibt und die mehr Talente anzieht, als man glauben würde. Darwin hatte am selben Abend noch einen Auftritt, und als ich vor ihrem Haus ankam, waren alle Lichter an. Ich parkte den Jeep und ging ins Wohnzimmer.

»Darwin!«, rief ich.

Eine alte Diana-Ross-Kassette dröhnte aus der Anlage, und ich wusste nicht genau, ob sie mich gehört hatte. Ich setzte mich auf die Couch und zündete mir eine Zigarette an. Aus dem Schlafzimmer hörte ich Darwins Fistelstimme, die versuchte, mit dem Star mitzuhalten. Nach ein paar Minuten kam sie hereingeschlendert, die Hüften im Takt schwingend. Sie trug ein goldenes Kleid mit Spagettiträgern und goldene Sandalen, deren Absätze die reinsten Waffen waren.

»Was meinst du?«, fragte sie. Theatralisch klimperte sie mit den Wimpern, und ihre Lider wurden zu zwei perfekten Bögen, die grün auf ihrer dunklen Haut leuchteten.

»Gut«, sagte ich. »Neue Perücke?«

Sie nickte und fuhr sich durch die üppige, glänzende blonde Lockenpracht, die ihr über die Schultern fiel.

»Ich hab den Jeep, den Cherokee«, sagte ich, zog an meiner Zigarette und beugte mich zu dem Aschenbecher auf dem Couchtisch vor.

»Echt?« Sie ging zur Anlage hinüber und drehte sie leiser. »Du warst in Bennetts Wohnung?«

Ich nickte. »Ich komm gerade von dort. Mein Ford steht noch vor dem Super Six. Wenn du mir auf dem Heimweg damit folgst, setze ich dich beim Amvets ab.«

»Okay.« Darwin zuckte mit den Achseln und fummelte am Saum ihres Kleides herum. »Haben sie die Indianer schon erwischt?«

»Den Mann ja. Über das Mädchen weiß ich nichts. Als ich

drüben war, haben sie Bennett gerade aus dem Fluss gezogen. Haben ihn ins verdammte Wasser fallen lassen.«

»Echt?«, wiederholte Darwin. Sie nahm eine Packung Virginia Slims vom Tisch und zog eine der dünnen Zigaretten heraus.

»Sie müssen ein Dutzend Mal auf ihn eingestochen haben«, sagte ich.

»Sie waren wahrscheinlich besoffen, oder? Es war doch noch hell, als sie ihn auf die Insel geschleppt haben. Das müssen ja hundert Fenster sein, die auf den Teil des Clark Fork hinausgehen.«

»Ja, so viele sind's bestimmt«, sagte ich, schaute hoch und sah ihre nackten Schultern. »Also los. Du ziehst besser einen Mantel an, es ist kalt da draußen.«

Als Darwin und ich auf den Parkplatz fuhren, war es still geworden. Die Scheinwerfer waren wie Wachen am Ufer entlang aufgereiht, aber sie waren ausgeschaltet, und am Fluss war es stockfinster. Ich hörte das Wasser fließen, als Darwin die Tür öffnete, aber sehen konnte ich es nicht. Hinter den silberhellen Stämmen der Pappeln war die Dunkelheit undurchdringlich.

Ich sah Darwin auf den Fahrersitz meines Fords klettern und fuhr den Cherokee zum zweiten Mal an diesem Abend vorsichtig auf den Broadway hinaus. Der Wind hatte aufgefrischt und loser Schnee flog von den Haufen am Straßenrand über den Asphalt. Auf der anderen Straßenseite schwebte Santa Claus mit seinen Rentieren über der Leuchtschrift am Safeway-Supermarkt. Ein Komet zog sich über vier Stockwerke an der Backsteinfassade des katholischen Krankenhauses hinauf, in das man Bennett gebracht hatte.

Ich stellte den Jeep bei mir zu Hause ab, fuhr Darwin zum Amvets und ging auf ein Bier in Charlie's Bar. Es war ziemlich voll, und ich kannte die Gesichter gut genug, um nicht das Gefühl zu haben, ich säße hier allein beim Trinken, obwohl sie mir auch nicht so vertraut waren, dass sie mir zu nahe kommen würden.

Der Fernseher war auf einen Kabel-Nachrichtensender eingestellt. Drei Köpfe, die miteinander diskutierten, erschienen auf dem Bildschirm, ihre Namen auf roten Schildchen darunter. Sie gehörten zu der gelangweilten, reichen Meute, die sich zu Präsidentschaftskandidaten erklärt hatten. Da in ein paar Wochen die Vorwahlen begannen, waren die Medien voller Aufregung. Es war pausenlos über sie berichtet worden, sodass mir die Gesichter der Männer so vertraut waren wie die geschwungene Schrift des rotweißen Logos auf den Coca-Cola-Dosen.

Einer von ihnen war ein konservativer Milliardär aus Kalifornien. Harvey Eckers stand auf seinem Schildchen. Mit so einem Namen wird er wohl kaum Glück haben, dachte ich, obwohl er ziemlich populär zu sein schien. Der zweite war ein Filmstar, ein grauhaariger Schauspieler, der den Präsidenten so oft dargestellt hatte, dass er glaubte, er könne die Rolle auch in Wirklichkeit spielen. Der letzte potenzielle Kandidat, Gregory Jacobs, war ein richtiger Berufspolitiker. Er schien recht gut Bescheid zu wissen, doch er war der unscheinbarste des Trios. Ich interessiere mich normalerweise nicht für Politik, aber die Schlammschlachten dieser Kampagne erwiesen sich als durchaus unterhaltsam. Eine Woche zuvor hatte Eckers Jacobs vorgeworfen, er hätte sich mit einer jungen Frau aus der Poststelle des Senats vergnügt.

»Stell den Mist ab«, rief eine ärgerliche Stimme vom anderen Ende der Bar.

»Amen«, stimmte ein zweiter Gast zu.

Die Frau hinter der Bar nahm die Fernbedienung und schaltete von Sender zu Sender, bis sie bei einem Amateurboxkampf zwischen zwei dürren kubanischen Jungen anlangte, deren bunte Seidenhosen an ihren knochigen Körpern hinunterhingen. Einer der beiden stand offensichtlich kurz vor dem Sieg, und der Kampf hatte ein trauriges, erbärmliches Stadium erreicht.

Ich war ganz mit meinem Glas Moose-Drool-Bier und einer Portion Hähnchenflügel beschäftigt, als ich plötzlich Amos Ortenson sah, der an den Billardtischen vorbeischlenderte und direkt auf mich zukam. Amos war ein großer, schlaksiger Junge und musste sich erst noch an seinen aufgeschossenen Körper gewöhnen.

An den Seiten waren seine Haare bis auf ein paar dünne Stoppeln abrasiert und oben zu einem stacheligen Irokesenschnitt geformt. Wie gewöhnlich sah er wie ein Statist aus einem Mad-Max-Film aus. Springerstiefel und Lederjacke, Hundehalsband, an den Handgelenken und Schultern Stachelnieten. Der Schick der Postapokalypse. Er rutschte auf einen Hocker neben mir, nahm sich den letzten Hähnchenflügel und schenkte mir ein Lächeln, das seine verrotteten Zähne entblößte.

»Wie geht's meiner Lieblingseinkassiererin heute?«

»Verpiss dich, Amos«, sagte ich zu ihm.

In einem Bundesstaat, der den Unabomber und die anarchistischen Freemen für sich in Anspruch nehmen kann, fiel Amos Ortenson als echter Spinner auf. Wenn er sich nicht in den Bars herumtrieb, trank und Ärger machte, arbeitete er als Tellerwäscher in einem mexikanischen Restaurant drüben am Broadway. Bekannt war er allerdings für seine Fernsehshow. Beim Lokalsender hatte er wöchentlich einen Sendeplatz von zwei Stunden.

Die Show war ganz schön erfolgreich, eher wegen ihres ungewollt komischen Unterhaltungswerts als wegen des Inhalts. Amos behauptete, er sei ordinierter Pfarrer, allerdings hatte er, soweit ich wusste, seine Zeugnisse über eine Anzeige in einem

Revolverblatt bekommen. Die Show nannte sich *Anarchie mit Amos* und bestand hauptsächlich aus Amos' Gefasel über Prophezeiungen zum Weltuntergang und über Projekte, mit denen die Regierung angeblich die mentale Manipulation der Bevölkerung vorantrieb. Eine Menge verrückte Sprüche, und Amos war auch schon während der Sendung ins Toben geraten, hatte um sich geschlagen und alles zertrümmert, aber im Grunde war er harmlos, nur ein Junge, der etwas Anleitung brauchte.

Amos ließ sich nicht davon abschrecken, dass ich ihn nicht gerade freundlich empfangen hatte, und stützte die Ellbogen auf die Theke. »Hast du von den Indianern gehört?«, fragte er und zerrte dabei mit den Zähnen an dem sehnigen Flügelknochen. Er war gerade von draußen gekommen und noch von Kälte umgeben. Der Geruch von Holzfeuer, Schnee und einer Spur Schwefel stieg aus den Falten seiner Lederjacke auf. Das Werk muss wohl in Betrieb sein, dachte ich.

Ich nahm einen Schluck von meinem Bier und stand auf. »Ich dachte, Charlie hätte dich rausgeschmissen?«

Amos verzog den Mund über seinem dürftigen Kinnbart zu einem breiten Grinsen. »Er hat gesagt, ich könnte wiederkommen, wenn ich mich benehme.«

»Was ziemlich unwahrscheinlich ist«, murmelte ich und zog meinen Mantel über. In Amos' Gesellschaft war mir die Lust zu bleiben vergangen. Ich legte zwei Dollar Trinkgeld auf die Theke. »Ich gehe«, sagte ich. »Den Rest von dem Krug Bier kannst du haben.«

Amos' Augen streiften das Bier mit einem gierigen Blick. Er lächelte, ohne zu beachten, dass ich mich verabschiedet hatte. »Ich hab gesehen, wie sie ihn vom Fluss hochgetragen haben. Ich hab's von meinem Fenster aus gesehen.« Amos wohnte in einem ramponierten Wohnwagen, der, mit Steinblöcken abgestützt, hinter dem Super Six stand. »Ich hab gehört, sie soll von den Blackfeet sein, von oben in Browning. Red Deer.« Er bewegte die flache Hand vor dem Mund vor und zurück und stieß schrille Laute aus wie ein Kind, das Kriegsgeheul nachahmt.

Ich war dabei, die Knöpfe an meinem Mantel zu schließen, und hielt plötzlich inne. »Was hast du gesagt, wie hieß sie?«

»Red Deer«, wiederholte er.

Ich setzte meine Mütze auf und dachte über den Namen nach. Quatsch, sagte ich mir, da oben gibt's doch viele Red Deers. Es ist wie Jones oder Brown.

»Sie sagen, *sie* hätte ihn erstochen, nicht der Mann«, hörte ich Amos sagen, als ich mich zum Gehen umwandte. »Aber ich könnte wetten, sie war's nicht.«

»Wieso?«

Er legte den Kopf schief und sah mich an, als überlegte er, ob er mir trauen konnte oder nicht. Das tätowierte Anarchie-Zeichen an seinem Hals hüpfte im Takt mit seinem Pulsschlag auf und nieder. »Ach, nur so 'ne Idee«, meinte er viel sagend.

»Bestimmt.« Ich sah ihn an und versuchte zu erraten, welche wirren Gedanken ihm im Kopf herumgingen. Ich sah die Obduktion von Außerirdischen in Roswell, wo angeblich ein UFO abgestürzt war, und John F. Kennedys Ermordung durcheinander wirbeln wie Wäsche im Trockner. »Wer war's diesmal, die CIA? Oder eine Armee von grünen Männchen?«

Amos zuckte die Achseln.

»Bis dann«, sagte er und wandte sich zum Gehen um.

Ich ließ den Ford warm laufen und fuhr in südlicher Richtung zur Stadtmitte am Oxford Saloon und dem alten Wilma-Kino vorbei. Die Higgins Avenue war auf der Brücke vereist, und der Verkehr kam nur langsam voran, während die Scheinwerfer Lichttunnel in die Dunkelheit gruben. Windstöße fegten vom Hellgate Canyon herunter, die sich wie Schnee-Derwische seitlich von der Brücke zu stürzen schienen. Ein paar geduckte Gestalten waren auf dem Gehweg stehen geblieben und sahen auf den gefrorenen Fluss hinunter. Ich blickte hinab auf den milchigen Dunst und dann zurück in die Richtung der alten Papierfabrik, Bennetts Büro und des Motels. In diesem Augenblick wurde mir klar, warum die Neugierigen auf der Brücke anhielten.

Unten auf dem Eis blinkte ein Licht, dann noch eins und ein weiteres, wie Sterne oder Glühwürmchen. Taschenlampen auf der Suche nach etwas. Am nördlichen Ufer erschienen Schatten, Männer in dunkler Kleidung. In dem kümmerlichen Licht der Straßenlampen am Fluss sah man nur ihre Gesichter.

Sie haben sie also noch nicht gefunden, dachte ich, bremste und blickte mit zusammengekniffenen Augen hinunter. Ich flüsterte den Namen *Red Deer* vor mich hin und murmelte *Mach's gut*. Der Name war dabei nicht wichtig. Davonzulaufen war mir selbst so vertraut, dass ich jedem in ihrer Lage Glück gewünscht hätte. Die Lichter der Suchenden durchkämmten die Uferböschung und verschwanden unter der Brücke, als sie sich flussabwärts wandten.

3

Wenn man Montana lediglich nach seinen Qualitäten als Wohnort beurteilt, würde es wohl kaum jemand sehr weit nach oben auf die Liste der Orte setzen, die man seine Heimat nennen möchte. Im Winter ist da natürlich die Kälte. Im Frühjahr und Herbst ist es auch kalt. Der Juli eilt herrlich und atemberaubend vorbei und ist der einzige Monat, in dem es sich dort angenehm leben lässt. Im August kommen die Waldbrände.

Als Kind war ich von der Jahreszeit der Brände begeistert, von der ständigen Finsternis, die über dem Tal hing, und den außerirdisch anmutenden Sonnenuntergängen. Nachts waren die Berge von orangeroten, flammenden Lichtern übersät. Den ganzen Tag über kamen und gingen die Feuerwehrmänner in ihren geschäftig schwirrenden Maschinen auf dem Flughafen. Hinter ihren riesigen silbernen Fliegern bildeten sich scharlachrote Wolken feuerhemmender chemischer Substanzen. Manchmal zogen nachmittags Gewitter über die Berge, dann schwelten Dutzende kleiner Feuer im dichten immergrünen Gebüsch.

Wenn ich mir mein Leben als Brand vorstelle, dann fallen mir solche vom Blitz ausgelösten Feuer ein, die nicht auf einen Schlag auflodern. Ein Brand entsteht langsam, die rote Glut schwelt stunden-, sogar tagelang vor sich hin, bis sie im trockenen Unterholz explodiert und den Wald mit gierigen Flammenzungen verschlingt.

Obwohl ich nicht genau sagen kann, wann mein Leben in Brand geriet, gibt es wichtige Momente, an die ich immer wieder zurückdenke. Wie beispielsweise der Tag vor fast genau zwanzig Jahren, an dem meine Mutter auf meinen Vater schoss. Ich war über Nacht bei einer Freundin, als es passierte, und erfuhr es erst am nächsten Morgen, als unsere Nachbarin kam, um mich abzuholen. Sie war keine herzlose Frau, aber seitdem hasse ich sie. Ich sehe noch ihr auf und ab wippendes Gesicht auf dem Gartenweg vor dem Haus meiner Freundin Marianne und den heuchlerischen Ernst, mit dem sie mich anblickte. Und ich erinnere mich an ihr Lächeln, ihren pfirsichfarbenen Lippenstift, an die glänzenden Schweißtropfen auf ihrer Oberlippe, an diesen letzten Augenblick, bevor mein ganzes Leben seine Richtung verlor, davonraste und über die unsichtbare Klippe meines Verhängnisses schoss. Natürlich hasse ich eigentlich nicht sie, sondern eher meine eigene haarsträubende Unwissenheit. Die Erinnerung an jene ahnungslose Nacht und an die Dummheit jedes einzelnen Augenblicks hat etwas Demütigendes. Die qualvolle Zeit zwischen dem Unglück und dem Moment der Erkenntnis.

Meine Mutter hatte impulsiv gehandelt, von rasender Wut getrieben, nahm sie die erstbeste Waffe, die sie in die Finger bekam, einen alten 38-Kaliber-Colt, den mein Vater in der Schublade neben dem Bett aufbewahrte. Mein Vater war ein begeisterter Waldhuhnjäger, es hätte also schlimmer kommen können. Sie hätte stattdessen seine Zwölf-Kaliber-Flinte finden und damit seinen Kopf in eine breiige Fleischmasse verwandeln können. Aber das tat sie nicht, er hatte Glück und überlebte.

Ich sage, er hatte Glück, obwohl ich nicht sicher bin, ob er das auch so betrachten würde. Wäre er noch zu einer Unterhaltung fähig, könnten wir ihn danach fragen. Die einzige Kugel, die meine Mutter abfeuerte, drang tief in den Teil seines Gehirns ein, der das komplexe Denken steuert, und machte damit aus meinem Vater ein hilfloses Kind. Für meine Mutter war es eigentlich ein Segen. Er ist jetzt der perfekte Ehemann, stumm und wehrlos, und – als wäre das nicht schon Glück genug – auf erotischem Gebiet völlig außer Gefecht gesetzt.

Natürlich gab es auch andere Momente, in denen das trockene Schwelfeuer krachend zum Leben erwachte. Lange vor dem Schuss und auch danach gab es andere, dunkel glühende Feuerflammen. Damals wusste ich es zwar noch nicht, aber die Überschneidung der Ereignisse in Clayton Bennetts und meinem Leben sollte sich später als einer dieser Augenblicke herausstellen. Manchmal lassen mich der Geruch nach Winterluft, Weihnachtsdekorationen und dem Eis auf dem Fluss an ihn denken – an den Reif, der wie Schuppen auf seinen Haaren lag. Dann denke ich an Tina Red Deer und das Super Six

Motel. Den hellen Blutfleck an der Wand. Das Heer von Polizeiautos auf dem Parkplatz. Nasse, bretthart gefrorene Jeans. Das hohle Knacken eines Schädels beim Aufschlag auf die Steine im Fluss. An all jene unsichtbaren Elemente einer Tragödie.

Als ich nach Hause kam, sah ich nach, ob die Türen am Cherokee abgeschlossen waren. Ich hatte es zuvor nicht bemerkt, aber auf dem Rücksitz lag ein Aktenkoffer. Er war aus Metall, im Astronautenlook, mit abgerundeten Ecken und einem komplizierten Zahlenschloss, die billige Version eines Koffers, den ein verrückter Bombenwerfer im Film bei sich haben könnte. Außer diesem Objekt, dem einzigen Überbleibsel aus Bennetts Leben, lag nichts in dem ansonsten perfekt aufgeräumten Jeep. Obwohl ich sonst alles andere als sentimental bin, fand ich das irgendwie erschütternd. Und faszinierend. Ich öffnete die Tür und lehnte den Koffer schräg dagegen, während sich in meinem Kopf Bilder von Malteser Falken, Goldbarren und einem Haufen südafrikanischer Diamanten formten.

»Schatzi, nein!«, rief eine schrille Stimme hinter mir. Ich packte den Koffer, drehte mich um und ließ die Tür des Jeeps zufallen.

»Nein, Schatzi! Komm her!« Es war meine Nachbarin, Mrs. Jenkins, eine pummelige kleine Frau mit zwei luxuriösen Siamkatzen und einem abstoßenden, stumpfnasigen Hund, der sich mit Vorliebe in meinem Garten erleichterte. In ihrem dicken Mantel sah sie unförmig aus, und ihre grauen Haare waren auf Lockenwickler aufgerollt.

Ich sah, wie der Hund durch den Schnee stapfte. Er blieb vor mir stehen und bellte mehrmals, dann schlug er seine Zähne in mein Hosenbein und knurrte erbost.

»Na komm, schon gut«, sagte Mrs. Jenkins, nahm den Hund

in ihre Arme und streichelte seinen Kopf. Sie schnalzte mit der Zunge und warf mir einen kurzen, hasserfüllten Blick zu, als hätte ich den Angriff provoziert.

Ich sah zu, wie sie die Stufen zu ihrer Haustür hinaufging und ins Haus trat, streifte meine Stiefel ab und zog den Mantel aus. Als ich den Koffer auf den Küchentisch stellte, fiel mein Blick auf eine Flasche Whiskey. Ich schraubte den Verschluss ab und goss mir ein großzügiges Glas voll ein. Dann nahm ich das Telefon und wählte Flips Handynummer.

Mein Chef ist Rechnungsprüfer für GMAC. Der größte Teil seiner Arbeit besteht darin, überall im Bundesstaat umherzufahren und bei den Vertragshändlern Inventur zu machen. Er kümmert sich um die Verkaufszahlen und sorgt dafür, dass die Ratenzahlungen geleistet werden. Er ist ein freundlicher Typ, kann sich mit jedem unterhalten, und wenn die Leute mit den Raten in Rückstand geraten, hilft er ihnen normalerweise mit irgendeiner Sonderregelung. Erst wenn alle Diplomatie fehlschlägt, treten Darwin und ich in Aktion. Flip hat uns erklärt, Beschlagnahmung käme nur im schlimmsten Fall in Frage.

Flip weiß über meine Zeit im Knast in New Mexico Bescheid, und ich bin ziemlich sicher, dass er auch über meine Eltern informiert ist, obwohl er sie nie erwähnt hat. Ich bin dankbar dafür, dass er nicht den Stab über mich gebrochen hat und ich den Job bekommen habe. Es ist eine der ganz wenigen ordentlichen Tätigkeiten, bei denen meine Vergangenheit nützlich ist. Die Bezahlung ist nicht gerade berauschend, aber alles bar auf die Hand, und wie ich schon sagte, man kann mit Flip auskommen. Ich mache meine Arbeit, und er stellt mir keine Fragen.

»Hier Watkins«, sagte er munter, gleich nach dem ersten Klingeln.

»Hi, Flip. Megan hier.« Ich klemmte den Hörer mit der Schulter fest, zog eine Zigarette aus der Packung auf der

Arbeitsplatte und zündete sie an. »Hast du von der Sache mit Bennett gehört?«

»Blöde Frage – geht der Bär zum Scheißen in den Wald?« Flip ist quasi eine wandelnde Sammlung von Western-Klischees. Dies ist eine seiner Lieblingsantworten. »Ich nehme an, das macht deine Arbeit 'n ganzes Stück leichter«, sagte er fröhlich.

»Mhm. Ich hab den Cherokee vor zwei Stunden mitgenommen.«

Flip lachte in sich hinein. »Schnell erledigt.«

»Es war zu spät, um ihn zum Geschäft rüberzufahren, also hab ich ihn hierher gebracht. Ich kann ihn morgen früh abliefern.«

»Wie du meinst. Ich fahre am dreiundzwanzigsten nach Butte zur Familie meiner Frau. Hauptsache, ich hab ihn bis dann.«

»Klar.«

»Frohe Weihnachten«, sagte er.

»Ja, dir auch«, erwiderte ich.

Dann legte ich auf und rief Kristof an.

Sehen wir den Tatsachen ruhig ins Auge. Die Zeit, die ich früher auf der Straße verbracht habe, hat mir nicht gerade geholfen, mich auf die Unwägbarkeiten und Schwierigkeiten in der Küche vorzubereiten. Alles, was schwieriger als Rührei oder eine Fünf-Minuten-Terrine ist, stellt für mich eine echte Herausforderung dar. Ich saß also gerade bei einem späten Abendessen aus Popcorn aus der Mikrowelle und Hähnchen Tütensuppe, als Kristof um zehn an meine Tür klopfte. Ich hatte versucht, den Koffer aufzukriegen, aber es war nicht leicht. Da ich mit den Schlössern kein Glück hatte, beschloss ich, später die Scharniere zu probieren.

»Was ist denn das?«, fragte Kristof, als er in die Küche trat, und deutete angewidert auf den Tisch.

»Etwas, das ich im Jeep gefunden hab, den ich heute Abend abgeholt habe.« Ich zuckte die Achseln. »Bin nur neugierig.«

»Nein. Was ist das für ein Essen da?«, fragte er.

»Abendessen«, erklärte ich und stopfte mir eine Hand voll Popcorn in den Mund.

Kristof ist Tscheche. Er lebt seit fünfzehn Jahren hier, aber er hat immer noch Probleme mit der amerikanischen Vorstellung von Essen.

»Bitte. Wir können ausgehen. Was du willst. Du brauchst das nicht zu tun.« Er sagte das ganz ernst, als verhandle er bei einer Geiselnahme, und ich würde gleich ein weiteres Opfer abknallen.

Er stellte den Stein des Anstoßes beiseite, machte den Kühlschrank auf und kramte in den nahezu leeren Fächern herum. Ich steckte mir eine Zigarette an und sah zu, wie er sich in der Küche zu schaffen machte, die Schränke öffnete und wieder schloss, mit den Töpfen klapperte und Stellung am Herd bezog.

»Hast du von dem Mord am Fluss gehört?«, fragte ich.

Kristof nickte zerstreut. »Hab die Nachrichten gesehen«, sagte er.

»Hast du gehört, ob sie die Frau schon gefunden haben?« Ich nahm einen Zug von meiner Zigarette und legte die Füße auf den Stuhl hoch.

Kristof nickte. »Ich glaub, sie haben sie in der Nähe meiner Wohnung erwischt. In der Gegend von Jacob's Island.« Er schaute auf und lächelte, dann widmete er sich weiter dem Zerhacken und Mahlen der Zutaten. Ich finde ihn immer schön, wenn er so kocht, seine Muskeln spielen präzise, seine Finger liegen leicht auf dem Messer, und er geht mit alchemistischer Genauigkeit vor. Praktisch wie durch ein Wunder, das er durch seinen festen Glauben bewirkte, gelang es ihm, ausreichend Zutaten für ein Essen zusammenzubekommen. In einem Topf brodelte Pasta, eine dicke Tomatensoße mit viel Knoblauch köchelte in einem anderen.

Er stellte zwei Teller auf den Tisch. Am liebsten hätte ich das Essen ausfallen lassen und wäre gern direkt ins Bett gegangen, dachte ich plötzlich.

»Sie soll ihn erstochen haben«, sagte er.

Ich nickte, stand auf und goss mir nach. »Möchtest du was trinken?«, fragte ich.

Kristof legte ein Messer neben den Teller an meinem Platz, dann eine Gabel. »Ich hab ihr Foto im Fernsehen gesehen«, sagte er leise. »Sie war so klein. Ihre Hände auch. Und so jung. Kaum älter als wir.«

Nach dem Essen lagen wir im Wohnzimmer auf dem Boden, tranken Bier und sahen uns im Fernsehen einen Krimi an. Ich holte den Koffer und fummelte eine Weile an dem Schloss herum, dann gab ich es auf und legte meinen Kopf auf Kristofs Brust. Auf dem Bildschirm fiel Schnee, silberblaue Fernsehflocken, dicker und feuchter als unsere hier in Montana. Im Film war der Tag düster, und irgendwo in der Ferne ging ein Neonschild ständig aus, dann wieder an, aus, an. Ein Mann und eine Frau saßen auf Holzstühlen in einem kleinen Zimmer an einem Fenster. Während sie sprachen, fiel der Fernsehschnee unablässig weiter und breitete eine Decke über die Stadt draußen vor dem Fenster.

Der Mann war groß, dünn und dunkelhaarig. Die Frau war schön. Es ging um ein Geständnis. Eine Weile schwiegen sie. Dann drehte die Frau den Kopf, sodass sie den Schnee sehen konnte, und sagte etwas. Der Mann stand auf und schob seine Hand an ihrem Hals entlang unter ihr Haar. Nun, da sie es ihm gesagt hatte, würde alles gut werden.

Die Bewegung seiner Hand, die auf ihrer Schulter ruhte, hatte etwas Eindringliches. Jeder, der das sah, hätte annehmen können, die beiden seien ein Liebespaar. Die Art, wie der Schnee schräg, kalt und traurig herunterfiel, das hatte etwas Besonderes. Es war, als hätten sie in dem kleinen Zimmer ihre Kleider abgelegt und uns etwas ganz Intimes sehen lassen. Es hatte fast etwas Pornographisches.

Aber natürlich waren sie kein Liebespaar. Er war Polizist und sie eine Nutte. Es war ein alter Film, eine Wiederholung, der zwei Jahre zuvor schon mal gelaufen war und den ich damals schon gesehen hatte.

Als der Film aus war, schaltete Kristof den Fernseher ab, und wir gingen ins Schlafzimmer. Draußen lag der Schnee wie ein kalter Pelz auf dem Garten und der Straße dahinter. Kristof nahm mein Gesicht in seine Hände, und als ich ihn küsste, schmeckte ich den Alkohol in unseren Mündern, das süße Malz. Am Haaransatz im Nacken waren seine Haare feucht und kühl. Im Schlafzimmer war es frisch, wir streiften die Kleider ab und schlüpften unter die Schichten von Flanell und Daunen. Seine Haut und Haare rochen sauber wie die lila Rachen des Flieders.

In der Nacht träumte ich von Red Deer. Ich war wieder auf der Brücke der Higgins Avenue und sah die Lichter der Suchenden weit unter mir. Eine einsame Gestalt rannte vor der Menge über den zugefrorenen Fluss davon, eine Frau mit langem schwarzem Haar. Sie war zu dünn angezogen. Sie holte mit ihren nackten Armen aus, um schneller vorwärtszukommen. Einmal sah sie zurück, sprang über eine aufgeweichte Stelle im Eis und rutschte auf die Uferbank zu, während ihr Atem in kurzen heftigen Stößen kam und sie sich mit den Händen im pulvrigen Schnee verkrallte.

Einige der Männer hielten an und hoben die Arme. Die Frau machte einen Schritt nach oben, ein Schuss krachte, und der Knall wurde von der Unterseite der Brücke zurückgeworfen wie das Knacken von kaltem Holz. Der Schnee neben ihr wurde aufgewirbelt. Ich sah sie zusammenzucken, und sie legte eine Hand auf ihren Kopf. Sie warf einen Blick zurück, erlangte das Gleichgewicht wieder und rannte weiter, fand Halt im Schnee und kletterte leichtfüßig die Böschung hinauf. Die Männer fingen wieder an zu laufen, Cowboyhüte und weiße Gesichter verschmolzen unterhalb der Frau zu einer einförmigen Masse. Sie sah zu ihnen zurück, sprang nach vorn, stieg über die Böschung und torkelte auf die Straße vor meine grellen Scheinwerfer.

Ich drehte mich zu ihr um, mein Blick traf auf ihr Gesicht und erstarrte. Sie war jünger, als ich gedacht hatte, Ende zwanzig oder Anfang dreißig. In meinem Alter. Sie hatte hohe Wangenknochen mit straffer, von der Kälte hochroter Haut. Ihre Nasenlöcher öffneten sich bei jedem Atemzug so weit wie die feuchte Nase eines Hirsches, der die Luft einzieht. Sie hatte schöne braune Haut, deren Teint an einem anderen Ort vielleicht an Geld und Erholung, an Stunden in der Sonne auf einer warmen Palmeninsel hätte denken lassen. Hier in Montana ist es die Farbe der Armut, der Methadon-Kliniken, des gezuckerten Weins und der billigen, in dem staatlichen Grün gestrichenen Häuser.

Sie sah mich mit festem Blick an, so wie jemand seinen Feind betrachtet. Kein Blick für einen Fremden. In ihrem Gesicht war etwas Ungewöhnliches, etwas, das nicht stimmte und nicht recht hineinpasste. Ich betrachtete die Form ihrer Augen, die Nase, das vorspringende Kinn, suchte nach etwas Vertrautem und hoffte, es nicht zu finden. Erst kam der erste Mann herauf, dann der zweite, und einen Augenblick später hatten sie sie aus meinem Blickfeld gezerrt.

Mein Wecker zeigte kurz nach fünf, als das Geräusch von splitterndem Glas und einer zuschlagenden Autotür mich weckte.

Von der Straße draußen waren gedämpfte Stimmen zu hören. Kristof schlief friedlich neben mir. Ich kroch über ihn weg und trat ans Schlafzimmerfenster. Als Einzige im ganzen Block hatte ich meine Pflicht, vor den Feiertagen zu dekorieren, vernachlässigt. Die ganze Straße leuchtete in knalligen Farben wie ein Jahrmarkt, mit herabhängenden künstlichen Eiszapfen und dreidimensionalen Weihnachtsmännern und Rentieren.

Im Schein der lebensgroßen Krippenszene meiner Nachbarin konnte ich drei Gestalten ausmachen, die um den Jeep herum standen. Einer hielt einen Baseballschläger, und alle drei trippelten vor und zurück und schlugen die Handschuhe zusammen, um die Kälte abzuwehren. In ihren langen schwarzen Mänteln sahen sie wie riesige Raben im Schnee aus. Ein vierter Kopf bewegte sich hinter der zerbrochenen Scheibe auf der Fahrerseite hin und her.

Ich ging zu meinem Schrank und tastete mit den Fingerspitzen nach Mrs. Carters altem Zweiundzwanzig-Kaliber-Revolver. Ohne jeden Zweifel gibt er nicht viel her. Als ich hier einzog, gehörte es zu meinem Plan für ein neues, achtbares Leben, keine Schusswaffen mehr zu benutzen. Aber diese hier gehörte ja zum Haus.

»Man weiß ja nie«, hatte meine Vermieterin mit einem bedauernden Blick erklärt. »Sie brauchen ihn ja nicht zu behalten, aber ich hatte ihn immer gern im Haus.« Ich war ganz ihrer Meinung.

Ich bedankte mich mit einem Stoßseufzer für ihren gesunden Menschenverstand. Als ich die Waffe vom Regal nahm, fand ich ein Paar Jeans auf dem Boden und zog sie taumelnd an. Ich ergriff den Pullover, der am Türknopf hing und zog ihn an, während ich durch Wohnzimmer und Küche auf dem Weg nach draußen war. Meine Stiefel standen an der Hintertür, ich schlüpfte barfuß hinein und trat in den Garten hinaus.

Mein erster, vom Schlaf noch benebelter Gedanke war, dass sie dabei waren, den Cherokee kurzzuschließen. Als ich um die Hausecke bog, sah ich den Strahl einer Taschenlampe über den Rücksitz tanzen. Einer der Männer sprach, dann lachten alle, aber ich war noch zu weit weg, um verstehen zu können, was sie sagten. Es war höllisch kalt. Jeder Atemzug, den ich tat, ließ das feine Gewebe meiner Lungen erstarren. Ich hob den Revolver vor die Brust, spannte den Hahn und trat hinter dem Haus hervor.

»Sagt ihm, er soll verdammt noch mal aus dem Jeep rauskommen«, rief ich. »Bisschen plötzlich, los.«

Der Mann mit dem Baseballschläger schaute auf und lachte verächtlich. Er nahm eine Packung Zigaretten aus der Tasche und zündete sich eine an.

Ich stapfte quer durch den Vorgarten auf das zerschmetterte Fenster des Jeeps zu.

»Habt ihr gehört?«, rief ich, drehte mich blitzschnell um und richtete den Revolver auf die Gestalt im Cherokee.

Es war dasselbe aufgedunsene Gesicht, das ich schon gesehen hatte, als ich bei Clay Bennetts Büro aus dem Parkplatz hinausfuhr: Iwan Popov.

»Raus jetzt«, rief ich ihm zu.

»Steck die Kanone weg«, sagte einer der Männer mit tonloser, gelangweilter Stimme voller Verachtung.

Ich schaute auf. Der Mann, der mir am nächsten stand, öffnete seinen Mantel und ließ mich eine kleine Schrotflinte mit kurzem Lauf sehen. Er hob das Gewehr, richtete es auf meinen Kopf und lud mit einem lauten Geräusch in der kalten Luft durch.

Iwan lächelte mir böse zu. »Du scheinst ja in der Minderzahl zu sein«, sagte er, ließ die Taschenlampe auf seine Knie fallen und steckte die Hand in die Manteltasche. Er zog eine schwarze Ruger heraus und hielt mir den Lauf an die Stirn.

Der Mann mit dem Baseballschläger machte einen Schritt auf mich zu und nahm mir die Pistole aus der Hand.

Iwan feixte. »Überleg dir nächstes Mal, ob du nicht eine richtige Waffe nehmen willst.«

Er öffnete die Tür des Jeeps und stieg aus, dann deutete er mit dem Kopf in meine Richtung und murmelte dem Kerl mit dem Schläger etwas auf Russisch zu.

Der Mann ballte die Hand im Handschuh zur Faust und schlug mir direkt in den Magen. Keuchend fiel ich vornüber.

»Wo ist er?«, wollte Iwan wissen.

»Wo ist was?«, japste ich.

»Der Koffer«, sagte er und schlug mit seiner rechten Faust auf die flache Handfläche seiner linken Hand wie ein Baseballspieler, der seinen Handschuh geschmeidig machen will.

Ich richtete mich auf, blickte Iwan ins Gesicht und versuchte die Worte »Im Haus« zu sagen. Seine Augen waren stumpf und schwarz. Die Weihnachtsbeleuchtung spiegelte sich blinkend in seinen Pupillen.

Iwan nickte noch einmal, und die Faust des Schlägertyps landete ein zweites Mal in meinem Magen. Ich spuckte in den Schnee, spürte, wie sich meine Schultern hoben und die Füße vom Boden lösten. Die Russen zerrten mich an der Seite des Hauses entlang und durch die Hintertür hinein.

Iwan stieß mich auf einen Stuhl und brummte weitere Befehle auf Russisch. Einer der Kerle ging durch die Küche ins Wohnzimmer und kam grinsend mit dem Metallkoffer zurück, der an seiner fetten Hand baumelte.

»Gut«, sagte Iwan kurz. Mit einer theatralischen Geste wies er auf mich. »Also, geben wir doch der kleinen Lady ihre Pistole wieder.«

Ich saß am Küchentisch und hörte, wie die Reifen auf dem losen Schnee durchdrehten und sich dann schlitternd vom

Gehweg und die Straße hinunter entfernten. Angst und Besorgnis stiegen in mir hoch. Ich musste immer wieder an Iwans Gesichtsausdruck denken, als er mich im Jeep auf den Broadway hinausfahren sah. Ich rief mir das Wenige, was ich über den Russen wusste, noch einmal ins Gedächtnis zurück. Er schien einer dieser Schmalspurgauner zu sein, die oft ein gefährliches Verlangen nach einem Aufstieg in eine höhere Liga haben. Ich hatte gehört, er hätte in letzter Zeit Autos gestohlen und sie zerlegt, um sie leichter wieder verkaufen zu können. Womit immer er sich beschäftigte, auf jeden Fall war von ihm nichts Gutes zu erwarten. Es sah so aus, als steckte Bennett mit ihm unter einer Decke, und ob es nun Zufall war oder nicht, jemand hatte ihn gerade umgelegt.

Schlurfende Schritte waren auf dem Wohnzimmerteppich zu hören, und ich sah Kristof an, der in der Dunkelheit unter dem Türrahmen stand.

»War jemand hier?«, fragte er schläfrig.

Ich steckte mir eine Zigarette in den Mund. »Ein paar Russen«, sagte ich, zündete ein Streichholz an und versuchte meine Hand ruhig zu halten. Meine Finger zitterten.

»Russen?«, fragte Kristof und kam näher. Er legte beruhigend seine Hände um meine. Die Flamme flackerte an der Spitze der Zigarette, und der trockene Tabak begann zu glimmen.

»Ist nicht so wichtig«, log ich und stieß den Atem aus. Wo Schnee in meine Stiefel gefallen war, juckte die nackte, gereizte Haut an meinen Knöcheln.

Kristof blickte mich an, als sähe er mich zum ersten Mal. Ich sah seinen Blick von meinem Gesicht zum Küchentisch und dem kompakten Revolver wandern.

»Nicht so wichtig«, wiederholte er, als wolle er sich selbst überzeugen.

Er kaufte mir das nicht ab. Und ich selbst auch nicht.

4

Kristof legte sich wieder ins Bett, aber ich war zu nervös, um schlafen zu können. Ich machte eine Kanne Kaffee und stellte mich ans Fenster, das auf die Straße ging. Im Schnee liefen die Spuren ineinander: die meiner Stiefel von der Seite des Hauses und durch den Garten, dazu die Fußspuren, wo Iwans Schläger gestanden hatte, und die Reifenspuren, die im Bogen vom Gehweg wegführten. Als ich die Straße hinunterschaute, sah ich den Zeitungsjungen den Gehweg entlanglaufen. Seine Tasche baumelte gegen seine Hüfte. Er blieb vor meinem Gartenweg stehen, hob die Hand und ließ die Zeitung genau auf die Stufen vor der Haustür segeln.

Ich trat auf die Veranda hinaus, schlüpfte dann schnell wieder herein und faltete die kalte Zeitung auseinander. Gewaltverbrechen sind in Missoula nicht an der Tagesordnung und Bennetts Ermordung stand auf der ersten Seite. Amos hatte Recht gehabt; der Name der Frau war Tina Red Deer. Ein Bild zeigte, wie man sie hastig durch die Eingangstore des Gefängnisses führte. Von wirren Strähnen ihres dunklen Haars eingerahmt, war das Gesicht nach oben zur Kamera gewandt. Ihre Wangen waren schmutzig, von Schweiß und Blut verschmiert. An der linken Schläfe war ein dunkler Fleck zu sehen.

Ich ging mit der Zeitung in die Küche, goss mir Kaffee ein und überflog den Artikel. Sie und der Mann, Elton Williams, stammten beide aus Browning. Nach dem *Missoulian* hatten sich Tina und Elton im Trail's End getroffen, einer Bar mit Casino, die gegenüber von seinem Büro lag. Das Paar übernachtete im Super Six Motel, und sie luden Bennett in ihr Zimmer auf einen Drink ein. Es war vor zwölf Uhr mittags, als der Barkeeper die drei miteinander reden hörte. Es schien klar, dass

Bennett das Paar nicht von früher kannte, obwohl er oft ins Trail's End kam.

Sie verließen die Bar alle gemeinsam etwa um ein Uhr, gingen zu dem kleinen Laden weiter unten an der Straße und kauften eine Tüte Süßigkeiten. Dann kehrten sie zu Tina und Eltons Zimmer im Super Six zurück. Bill Jackson, der Besitzer des Motels, sah sie hineingehen.

Etwa um halb drei Uhr nachmittags, als das Zimmermädchen kam, um das Bett in Zimmer 1209 zu machen, sahen sich Tina, Elton und Bennett *General Hospital* im Fernsehen an. Sie waren laut und aufsässig und sagten zu dem Mädchen, sie hätten zu tun, sie solle das Zimmer auslassen.

Beide Verdächtigten konnten nicht angeben, wie Clay gestorben war, sondern nur, dass sie von den unscharfen Fernsehbildern weggeblickt und ihn blutend auf der Steppdecke auf dem Bett vorgefunden hätten. Sie erinnerten sich zwar daran, dass sie diskutiert hatten, ob einer von ihnen noch mehr Malt Whiskey besorgen sollte, nicht aber daran, ob sie es tatsächlich getan hatten. Beide hatten hier eine Gedächtnislücke, ein doppelter Erinnerungsverlust, der mit einem Werbespot für Haftpulver für dritte Zähne begann und mit dem Augenblick der Verwirrung endete, die aus der unerklärlichen Kombination von Clays wachsam geöffneten Augen und der stabilen Klinge resultierte, die tief zwischen seinen Rippen steckte.

Um fünfzehn Uhr fünfundvierzig klopfte Tina an die Tür des angrenzenden Zimmers. Ihre Bluse war vorn blutbefleckt, und sie hielt eine nicht angezündete Zigarette in der rechten Hand.

»Hey, Mister«, sagte sie zu dem Gast in Zimmer 1210, »hätten Sie mal Feuer?«

Sie lehnte sich gegen den Türrahmen und hinterließ auf dem weißen Holz Abdrücke vom Rotwein an ihren Händen, während der Mann sich ins Zimmer zurückbegab, um Streichhölzer zu suchen.

»Ich hab ihr eine ganze Schachtel gegeben«, hatte er laut Zeitungsartikel erklärt. »Denn ich wollte auf jeden Fall vermeiden, dass sie noch einmal kommt.«

Und dann beschlossen Tina und Elton aus Gründen, die nur das Paar selbst verstehen konnte, den Toten über den Fluss zu schaffen und ihn dort auf der flachen Insel mitten in der Stadt am helllichten Tag zu vergraben.

Ich ließ die Zeitung sinken. Tina Red Deer starrte mir entgegen. Ihr Gesicht war das einer Mischlingsfrau.

Ein Schnappschuss meiner Eltern. Es ist der vierte Juli, im Sommer, bevor ich in die vierte Klasse kam. Wir sind oben auf dem Flathead-See, waren von Finley Point aus losgefahren. Wir sind im Reservat, und hier ist alles erlaubt, was explodiert. Obwohl es erst Nachmittag ist, blitzt es, und Rauchfahnen ziehen vom Ufer herauf: Kleine Raketen und Artilleriemunition krachen wie Maschinengewehrsalven, ein Vorgeschmack auf das, was später noch kommt.

Die Freunde meiner Eltern, die Torvalds, sind auf ein langes Wochenende heraufgekommen. Die beiden Paare sind elegant und jung, die Frauen schlank in ihren Badeanzügen. Aber meine Eltern haben etwas besonders Aufregendes an sich, sie sind sexy. Sie tun alles mit einer erfahrenen Leichtigkeit, als stammten sie aus reichen Familien. Wenn man sie beobachtet, würde man nie denken, dass sie beide auf Weizenfarmen in Havre aufgewachsen sind. Das Haar meiner Mutter ist üppig und rot, locker über dem Nacken hochgesteckt.

Wenn mein Vater vom Bug des Boots aus taucht, beschreibt sein Körper einen perfekten Bogen.

Meine Mutter und Mrs. Torvald mixen in der Kajüte Margaritas, während die Männer über ihre Arbeit reden. Sie sind beide als Rechtsanwälte bei derselben Firma beschäftigt, haben jedoch verschiedene Fachgebiete. Mein Vater ist Experte für Fragen der Landnutzung, hauptsächlich Wasserrechte und Nutzung der Mineralvorkommen. Er berät die Indianerstämme und verdient gut dabei, genug, um dieses Boot zu kaufen, unser Haus am Rattlesnake Creek und die Hütte mit der Veranda, von der man auf den See hinaussieht.

Als das Kontrollboot sich nähert, bin ich im Wasser, und meine Mutter winkt mir, ich solle an Bord kommen. Sie zieht einen Kimono über ihren Badeanzug, und wir stehen zu fünft an Deck und sehen zu, wie das kleine Schiff sich langsam nähert. Der Mann am Steuer ist Indianer, ungefähr im Alter meines Vaters, mit Zöpfen. Als er neben uns anhält, lächelt er mir zu, als ob wir beide uns über einen Witz freuten, den nur wir verstehen. Er bittet uns, die Rettungswesten zu zählen. Dann steht er da und sieht zu, wie mein Vater unter Deck klettert. Er trägt Cowboystiefel, eine braune Uniform und ein Abzeichen, auf dem STAMMESPOLIZEI steht.

Meine Mutter zündet sich eine Zigarette an und tippt mit den Fingernägeln nervös an ihr Margaritaglas. Als mein Vater mit einer Rettungsweste zu wenig zurückkehrt, verdreht sie die Augen und zieht ihren Bademantel fester um sich. Mein Vater sagt, es täte ihm Leid, aber der Indianer lächelt und schreibt ihm trotzdem einen Strafzettel. »Schönen vierten Juli noch«, wünscht er, als er wegfährt, sieht mich an und tippt zum Gruß mit den Fingern an seinen Hut. Die Art und Weise, wie meine Mutter schnaubt und ihre Asche über das saubere weiße Deck streut, sagt mir, dass sie missgestimmt ist.

»Schikanen«, sagt sie, als der Mann fort ist. »Sie geben nur Weißen Strafzettel.«

»Es ist ein blödes Gesetz«, stimmt Mrs. Torvald lahm zu.

Meine Mutter kann das nicht besänftigen. Sie sieht meinen Vater an, als sei das alles seine Schuld. »Man würde doch denken, dass du etwas Rücksicht erwarten darfst«, sagt sie mit bösem Lächeln. »Du bist ja praktisch ein Mitglied des Stammes.«

Ich bin neun Jahre alt und verdutzt über die Andeutung meiner Mutter. Erst viel später, als ich an den sexuellen Anspielungen der Erwachsenenwelt teilzunehmen beginne, werde ich begreifen, was sie damit meint, dass es um die Neigungen meines Vaters geht. Aber selbst als Neunjährige ist mir schon klar, dass diese Bemerkung nichts mit seiner Arbeit zu tun hat. Und ich habe begriffen, dass mein Vater nichts zu seiner Verteidigung sagen darf. Er muss dastehen und es wegstecken, wie immer.

Ich hatte keine besondere Lust, den Cherokee bei Flip abzuliefern. Das zerbrochene Fenster sah im fahlen Morgenlicht schlimm aus, und auf dem braunen Lack war ein langer, tiefer Kratzer. Ich vermutete, dass die Russen das Blech mit einem Brecheisen bearbeitet hatten. Kristof ging gegen neun zur Arbeit, und ich machte mich in meinem Lkw auf den Weg aus der Stadt hinaus. Ich hatte oben in Superior etwas zu klären wegen eines Wagens, den ich einziehen sollte, was ein ganz guter Vorwand war, um etwas Zeit totzuschlagen.

Die Fahrt am Fluss entlang ging nur langsam voran. Der Highway wand sich in rutschigen Kurven durch die kalten Schatten des Bitterroot Range und der Nine Mile Divide. Die kahlen Stellen nach dem Abholzen der Bäume hoben sich im Neuschnee besonders deutlich ab. Außerhalb von Alberton hörte man von den Radiosendern in Missoula nur noch ein Rauschen.

Da das dumpfe Summen der Heizung im Lkw meine einzige Ablenkung war, dachte ich wieder an Tina Red Deer, und meine Gedanken blieben an ihr haften wie eine Nadel in abgenutztem Vinyl. Ich stellte mir Clayton Bennetts Arme mit angespannten Muskeln vor, noch bemerkenswert kräftig für jemanden seines Alters. In den Unterlagen, die ich von GMAC bekommen hatte, stand, er sei fünfundsechzig. Man sagte, sie hätte ihn erstochen. Aber irgendwie konnte ich mir nicht recht vorstellen, wie sie das fertig gebracht hatte, wo sie doch betrunken gewesen sein musste. Und so dünn wie ihr Körper ausgesehen hatte.

Es waren ungute Gedanken, die Scherereien bringen würden, es ging mich ja nichts an. Ich versuchte vergeblich, sie zu verdrängen. Aber Tina hatte irgendetwas Hartnäckiges an sich; die missliche Übereinstimmung der Namen, die zwei Wörter waren wie der Schwefelkopf eines Streichholzes, das an einem rauen Stein gerieben wird. Es ließ mich an die Sünden meines Vaters denken, an die Lust, für die er immer noch bezahlte.

Superior war ein Reinfall. Die Besitzer des Wagens, den ich beschlagnahmen wollte, hatten zusammengepackt und eilig die Stadt verlassen. Das Haus, das sie gemietet hatten, war dunkel und leer, auf dem Fußboden lag allerhand verstreut, was sie bei ihrem schnellen Aufbruch verloren oder vergessen hatten: eine einzelne rosa Socke, eine Skimütze mit Streifen in den Regenbogenfarben. Auf dem Rückweg nach Missoula hielt ich an der Tankstelle an, tankte und kaufte eine Schachtel Kokosgebäck, Kaffee und eine Packung Zigaretten.

Es war noch früh, als ich nach Hause kam, gerade Mittag vorbei. Als ich aus dem Ford stieg und auf die Stufen vor der Veranda zuging, begann ich trotz Zucker und Nikotin zu spüren, dass ich letzte Nacht kaum geschlafen hatte. Der Briefträger war da gewesen, und mein Briefkasten quoll von dem üblichen Kram über: Rechnungen, Urlaubsangebote, Heftchen mit Coupons. Ich klemmte die Post unter den Ellbogen und schloss die Tür auf.

Das Wissen, dass jemand bei einem zu Hause in der Wohnung gewesen ist, erzeugt eine ganz besondere Art von Zorn. Einbruch ist etwas Schreckliches, eine Schändung. Auch wenn ich verzweifelt Geld brauchte, habe ich das nie getan. Als ich also in mein Wohnzimmer trat, war meine erste Empfindung Wut. Die Wohnung war vollständig durchwühlt worden. Bücher lagen überall verstreut, die Seiten herausgerissen. Die Kissen waren von der Couch geworfen worden, die Hüllen zerfetzt.

»Mein Gott«, sagte ich, ließ die Post fallen und streckte die Hand aus, um die Tür zu schließen. Angst durchzuckte mich plötzlich.

»Keine Bewegung«, flüsterte eine Stimme hinter mir. Ich spürte eine Hand auf meiner Schulter, dann einen Schmerz seitlich am Hals, scharf und intensiv wie der Stich einer Biene. »Keine Bewegung, oder ich steche zu.«

Ich richtete meinen Blick vorsichtig nach unten und sah behandschuhte Finger und den stumpfen Griff eines Messers.

»Wo ist er?«, fragte mich die Einbrecherin. Es war eine Frau mit leiser, rauchiger Stimme. Ich fühlte ihre Brust an meinem Rücken, die Massigkeit und Kraft ihres Körpers. Sie fühlte sich groß an, nicht dick, aber muskulös, ein gutes Stück größer als ich.

»Wo ist was?« Die Worte waren vertraut und verhießen nichts Gutes, eine Wiederholung der Unterhaltung mit Iwan letzte Nacht.

Sie ritzte tiefer mit dem Messer, und der Schmerz ließ mich zusammenzucken. Ich spürte warmes Blut an meinem Hals herabrinnen. »Der Koffer«, zischte sie. »Aus dem Jeep, der dem Arschloch gehört, du hast ihn doch genommen.«

»Ich hab ihn nicht«, sagte ich, während mein Magen sich umdrehte und mir übel wurde.

»Ist mir egal.« Ich spürte die Klinge des Messers über meine

Kehle streichen. Es war nur ein kleiner Einschnitt, eine Warnung. »Sieh zu, dass du ihn findest«, sagte sie und ließ meine Schulter los. »Ich komme wieder.« Dann öffnete sie die Tür und war verschwunden.

Der Schnitt war gerade und exakt wie der eines Chirurgen. Als ich vor den Spiegel im Badezimmer stolperte, hatte die Haut sich schon wieder geschlossen. Winzige Blutströpfchen hingen wie Edelsteine an einem zierlichen Halsreif. Ich setzte mich auf den Badewannenrand, drückte meine Wange gegen die kühlen Fliesen der Dusche und durchlebte noch einmal das Gefühl der athletischen Brust der Frau an meinem Rücken.

»Sieh zu, dass du ihn findest«, hörte ich sie sagen. Sie hatte mir Angst eingejagt, und das passiert mir nicht so leicht. Ich beugte mich vor, stützte den Kopf in die Hände und spürte das Herz in meiner Brust hämmern.

Clayton Bennett war tot, sagte ich mir, und mehr als einer war an dem interessiert, was er hinterlassen hatte. Ich schloss die Augen und stellte mir seinen Körper vor, die Einstiche, von dunklen Flecken umgeben wie die Blütenblätter einer Rose, seine Haut, die jetzt im diffusen Licht der Dämmerung bläulich wie der Schnee sein würde. Iwan Popov war gekommen und jetzt diese Frau, und sie wollten etwas von mir, was ich nicht hatte. Sie hatte mir das Messer an die Kehle gesetzt, und ich musste herausfinden, warum, musste vorbereitet sein, wenn sie zum zweiten Mal kommen würde.

Meine Beine waren noch immer schwach, als ich aufstand. Ich wusch mir das Gesicht, kämmte mich und steckte mir die Haare zu einem festen Knoten hoch. Gegen drei Uhr hatte ich den Lkw warm laufen lassen und war auf dem Highway in Richtung Westen unterwegs.

5

Genau genommen sind die »Russen« in Missoula gar keine Russen. Die meisten kommen aus kleineren Ländern, die früher zur Sowjetunion gehört hatten. Weißrussland zum Beispiel, oder die Ukraine. Aber der Kalte Krieg geht nicht so schnell zu Ende in einer Nation, die mit Spionagefilmen aufgewachsen ist. Für die meisten hier ist das komplizierte Geflecht des sowjetischen Imperialismus viel zu verzwickt, um es verstehen zu können. Diese Neulinge werden also Russen genannt, ob das nun stimmt oder nicht.

Die christlichen Immigranten bildeten die erste Welle derer, die ihren Weg hierher fanden. Sie träumten vom Amerika der Mittelklasse, von Shopping-Malls, Erlebnisparks und den Gesichtern der Fernsehprediger, die sie über die Schlüsseln ihrer Satellitenantennen empfinden.

Die Russen der zweiten Welle suchten eine andere Art von Wohlstand. Mit raubkopierten Videos von *Rambo*, dem *Paten* und *High Noon* aufgewachsen, sahen sie dem Westen als einem Ort entgegen, an dem man leicht an Schusswaffen kam, wo die Polizei ihre Arbeit im Stil von Barney Fife erledigte und *Steuern* ein Schimpfwort waren. Iwan Popovs Vater, Nick, war einer der ersten, der mit der zweiten Welle ankam.

Nick ist ein Krimineller der alten Schule, der Don Corleone des westlichen Montana. Er hat Klasse, ist unaufdringlich und befasst sich nur mit hochkarätigen Geschäften. Ich lernte ihn letzten Sommer kennen, als Darwin und ich den Auftrag bekamen, Iwans Camaro zu beschlagnahmen. Als wir ankamen, erwartete uns Nick draußen vor der Wohnung seines Sohnes und machte uns einen Vorschlag.

Er nahm uns mit ins Haus und überreichte jeder von uns einen Stapel neuer Geldscheine.

»Bitte. Wenn Sie Ihrem Boss sagen könnten, dass Sie das Fahrzeug leider nicht finden konnten, wäre ich Ihnen zu Dank verpflichtet.« Er breitete mit einer theatralischen Geste die Arme aus. »Mein Sohn ist sehr unverantwortlich. Aber ich bin sicher, wir finden eine Lösung.«

Wir stimmten zu und eine Woche später rief Flip an. »Weißt du was? Der Russkie mit dem Camaro hat seine Raten gezahlt. Hat seine restlichen Schulden in bar in die Filiale gebracht. Ich glaube, wir lassen ihm den Wagen.«

Es ist gut, wenn einem jemand einen Gefallen schuldet – noch besser, wenn die Zeit kommt, dass man einen Gefallen braucht und weiß, man kann darauf zurückkommen.

Popovs Haus steht oben in Hot Springs, einer Stadt an der westlichen Seite der Flathead Reservation. Hot Springs abgelegen zu nennen wäre eine Untertreibung. Die Stadt liegt am Ende einer Straße, die von dort aus nirgendwohin weiterführt, und in Montana bedeutet *nirgendwohin* auch genau das. Es gibt heiße Quellen in Hot Springs, und um die Jahrhundertwende bauten wohlmeinende Investoren ein Thermalbad und ein Luxushotel. Das Hotel gibt es noch immer, obwohl es keineswegs luxuriös ist, aber die Badeanlage ist schon vor langer Zeit zerfallen. Alles, was von dem Projekt noch übrig ist, sind ein halb zerbröckelter Kamin und zwei Betonbecken mit trübem warmem Wasser.

Die Ausfahrt für Hot Springs vom Highway 93 ist in Ravalli. Als ich an die Stelle kam, blies ein Schneesturm von Evaro Hill herunter. Ich hielt beim Bison Café an und ging hinein, um einen Kaffee zu trinken, bis das Wetter besser wurde. Es war schon fast fünf, als die Streufahrzeuge endlich durchkamen und ich weiterfahren konnte. Der Himmel war schwarz und blau, durchbrochen von einer Mondsichel.

Selbst hinter dem Streufahrzeug herzufahren war noch riskant, und ich war froh, dass ich auf Vierradantrieb umgestellt hatte. Ich fuhr am Flathead River entlang, dann westlich nach Perma und danach über den Fluss in nördlicher Richtung. Hinter Perma wurde die Straße zur Camas-Prärie hin flacher, ein Becken, über das der Wind hinwegfegt und in dem sich die Geister der Flathead-Indianer aufhalten sollen. Aber an diesem Abend waren keine Geister zu sehen, nur dicker Nebel lag über der Talsohle und einer Herde von weißem Vieh, dessen Augen im grellen Scheinwerferlicht aufleuchteten.

Gegen sechs hatte ich die Spitze des Hügels nach der Camas-Prärie überwunden und war auf dem Weg nach Hot Springs hinunter. Schilder verschiedener Geschäfte und Firmen standen entlang der Straße. MAGIC WATERS SPA stand auf dem einen, das im Licht meines Scheinwerfers auftauchte. Ein anderes kündigte das GANZHEITLICHE GESUNDHEITSZENTRUM HOT SPRINGS an.

Als ich an die Stadtgrenze kam, bremste ich und fuhr gemächlich durch die Stadtmitte an den drei größten Etablissements der Stadt vorbei: der Cowboy Bar, der Pioneer Bar und der Montana Bar. Popovs Haus, oder wie die Einheimischen es gern nennen, die Hot Springs Datscha, liegt auf einem Hügel mit Blick auf die Stadt. Ursprünglich war es eine evangelische Kirche, aber die Gläubigen sind vor Jahren schon ausgezogen. Da Popov sich nie die Mühe gemacht hatte, das Kreuz vom Dach zu entfernen, war das Haus auch bei Dunkelheit leicht zu finden. Ich stellte den Ford davor ab, stieg aus und ging die Stufen hinauf. Nick öffnete die Tür selbst. Er hatte einen weißen Bademantel an und eine Zigarre zwischen den Lippen. Obwohl wir uns schon vor Monaten kennen gelernt hatten, wusste er sofort, wer ich war, und führte mich hinein.

»Ah«, sagte er und ging mit mir durch die Halle und zu einem Bereich mit einem Schwimmbecken, »die junge Dame, die in der Sache mit meinem Sohn so taktvoll war.«

Der Innenraum der alten Kirche war lang und breit. Popov hatte die Bänke herausgenommen und dort, wo früher die Gläubigen gebetet hatten, ein niedriges Becken anlegen lassen. Rhombische Formen spiegelten sich in der blaugrünen Oberfläche des Wassers, wurden nach oben reflektiert und tanzten über die gewölbte Decke. Ein unablässiges Tropfen hallte durch den Raum. Und von irgendwoher in den Tiefen des Gebäudes hörte man den blechernen Viervierteltakt von Discomusik.

Popov ließ sich auf eine Couch aus Korbgeflecht sinken und lud mich mit einer Handbewegung ein, mich zu ihm zu gesellen. »Darf ich Ihnen etwas anbieten? Abendessen, vielleicht? Einen Drink?«

»Nein danke.« Ich schüttelte den Kopf.

»Wenigstens Tee«, beharrte er. »Sie müssen mir erlauben, ein guter Gastgeber zu sein. Das Wasser hier ist sehr gesund.« Er nahm die Zigarre aus dem Mund und strahlte mich an. Er hatte etwas von einem Pfarrer an sich, eine gekünstelte Herzlichkeit. Bei einem guten Schwindler hätte man wohl dasselbe leicht unbehagliche Gefühl.

»Ja«, sagte ich. »Tee.«

Popov wandte den Kopf und rief im Befehlston über die Schulter in Richtung einer dunklen Tür am hinteren Ende des leeren Flurs »Vera, *Chai*«. Er klatschte mehrmals in die Hände und wandte sich mir, immer noch lächelnd, wieder zu.

»Kann ich Ihnen irgendwie helfen?« Er hatte nur einen leichten Akzent, seine Stimme war tief und böse wie die der Russen in den Filmen aus dem Kalten Krieg. »Ich nehme an, dass Sie deshalb hier sind. Zu dieser Uhrzeit.«

»Ich brauche eine Auskunft«, begann ich, aber noch bevor ich zu Ende sprechen konnte, erschien eine Gestalt in der Tür.

Es war eine Frau. Ihr dunkles Haar war zu einer Masse von Locken getürmt, und sie trug einen knappen Aerobicanzug aus

Elasthan. Sie trat ein Stück in den Raum mit dem Wasserbecken und schrie etwas auf Russisch. Ihr Tonfall und die Art und Weise, wie sie mit den Armen gestikulierte, ließ mich vermuten, dass es eine lange Aneinanderreihung von Obszönitäten war, die sich offensichtlich gegen Popov richteten.

Während sie schrie, drehte er ihr weiter den Rücken zu, nur einmal verschwand sein wohlwollendes Lächeln, als er einen langen Zug aus seiner Zigarre nahm. Als sie fertig war, verschwand sie wieder durch die Tür.

»Meine zauberhafte Braut«, erklärte Popov ruhig, als sie fort war. »Sie wird uns Tee bringen. Bitte, fahren Sie fort.« Er zog den Zipfel seines Bademantels über sein nacktes Knie. Zusammen mit dem scharfen Chlorgeruch erzeugte der Rauch seiner Zigarre eine unangenehme Mischung.

»Gestern Abend hat jemand etwas gestohlen«, sagte ich und achtete genau auf seine Reaktion, da ich herauszufinden hoffte, wie viel er von den Unternehmungen seines Sohnes wusste. »Aus meiner Wohnung.«

Popov zuckte nicht einmal mit der Wimper. »Wurde etwas Wertvolles entwendet?«

Ich beugte mich vor, stützte die Ellbogen auf die Knie und versuchte so, eine Atmosphäre kumpelhafter Vertrautheit unter Ganoven zu schaffen. »Das ist das Problem, Nick. Ich weiß es nicht.«

Popov lehnte seine Zigarre behutsam an den Rand eines Aschenbechers aus geschliffenem Glas. Er bog die Finger seiner rechten Hand nach innen und betrachtete seine Fingernägel. »Das ist schade«, seufzte er. »Aber ich weiß genauso wenig über die Sache wie Sie.«

»Ich hatte gehofft, mit Ihrem Sohn sprechen zu können, ich dachte, Sie wüssten vielleicht, wo er ist. Ich habe gehört, er hat eine Werkstatt, in der Autos zerlegt werden, draußen in East Missoula.«

Er nickte. »Der Junge ist ein Desaster. Zu viel amerikanisches Fernsehen, wissen Sie. Aber was soll man machen? Ich habe ihm gesagt, Autoklauen ist für – wie sagt man?« Er suchte nach dem treffenden Wort. »Rowdys.« Er hielt inne und schaute zu mir herüber. »Nichts für ungut, Miss …«

»Gardner«, kam ich ihm zu Hilfe. »Schon gut.«

Popovs Frau betrat mit einem schwarzen Lacktablett mit einer Kanne und zwei Tassen wieder den Raum. Diesmal schwieg sie, und ich beobachtete, wie sie in ihren brandneuen Nikes die ganze Länge des Wasserbeckens entlangging. Sie sah aus, als sei sie über vierzig und hatte die Attraktivität einer ehemaligen Schönheitskönigin. Ihre Gesichtszüge waren hart und verbraucht, ihre Haut mit zu viel Make-up bedeckt. Sie zog die Beine des Tabletts auseinander, stellte den Tee vor uns hin und zischte etwas auf Russisch. Ich konnte die Worte nicht verstehen, aber der Tonfall war unmissverständlich. Er war spöttisch und böse, wie er typisch ist für alternde hübsche Frauen. Als könne die Demütigung der anderen ihre eigene Vergänglichkeit aufhalten.

»Vera.« Er seufzte, fingerte an seiner Zigarre herum und machte eine leichte Drehung, um ihr nachzusehen, als sie wegging. »Wissen Sie, was *Vera* bedeutet?«

Ich schüttelte den Kopf.

»Auf Russisch bedeutet es treu. Aber ich bin zu alt für sie. Ich hätte es gleich wissen sollen. Sie hasst mich.« Er beugte sich vor und goss Tee in eine der Tassen. Dann ließ er einen Löffel voll Himbeermarmelade in die heiße Flüssigkeit rinnen, reichte sie mir und schenkte sich selbst eine Tasse ein.

»Kennen Sie die alte Texaco-Tankstelle am Highway 200?«, fragte er plötzlich, als hätte er sich überlegt, was er mir sagen könnte, und jetzt plötzlich eine Entscheidung getroffen. »Das ist Iwans Geschäft.«

Ich nickte. Hinter Nick am Ende des Flurs sah ich Spuren

des ehemaligen Altars an der Wand, den man herausgerissen hatte. Der Boden um das Becken herum war weiß gefliest. Zimmerpflanzen standen in den vier Ecken des großen Raums wie Wachtposten. Zweifellos hatte Popov eine Menge Geld ausgegeben, um das Gebäude herzurichten, trotzdem hatte es doch einen Anflug von Schäbigkeit. Schwarze Schimmelspuren waren in die Fugen um den Pool herum eingedrungen. Braune Wasserflecken entstellten die Decke wie Schweißringe auf einem alten Kissen. Es war die Ruine einer Ruine.

»Noch etwas, wissen Sie zufällig, ob Ihr Sohn Geschäfte mit einem Mann namens Clayton Bennett gemacht hat?«, fragte ich.

Popov schloss die Augen und nahm einen langen Zug von seiner Zigarre. Seine Augenlider waren wie schwere Tore, die zum Zurückhalten oder zur Verteidigung dienten. Ich hörte, wie der trockene Tabak beim Brennen knisterte. »Es tut mir Leid, dass ich Ihnen nicht helfen konnte«, sagte er schließlich und ließ meine Frage unbeantwortet.

Ich nahm einen Schluck von meinem Tee, dann stellte ich die Tasse ab und stand auf. »Wenn Sie ihn sehen, könnten Sie ihm vielleicht ausrichten«, sagte ich, »dass noch jemand nach dem sucht, was immer er genommen hat. Sie hat mich heute Nachmittag besucht. Sie scheint nicht besonders glücklich zu sein über die Situation.«

Ich fuhr denselben Weg zurück, den ich gekommen war, über den hohen Bergsattel und in die Camas-Prärie hinunter. Als ich an der alten Schule in Camas vorbeifuhr, hatte der Wind seine volle Kraft entwickelt und blockierte die Autobahn mit Schneeverwehungen. Ich schaltete das Radio an, fand jedoch nichts außer schlechter Weihnachtsmusik und dem religiösen Sender.

Am Ende der Brücke bei Perma fuhr ich an den Straßenrand, hielt an und ließ den Motor laufen. Ein Wagen raste in Richtung Süden nach Dixon und Ravalli vorbei. Die Straße nach Norden war frei. Der Fluss war hier zu tief und die Strömung zu schnell, um vollständig zuzufrieren, und war mit dicken Eisstücken übersät. Ich öffnete das Fenster einen Spalt, zündete mir eine Zigarette an und sah dem Spiegelbild des Feuers zu, das auf der Windschutzscheibe aufleuchtete; als ich inhalierte, war der Umriss meines Mundes zu sehen.

Die Haut an meinem Hals, wo die Wunde angefangen hatte zu heilen, war gespannt, und ich kratzte die dünne Blutkruste weg, während meine Gedanken unwillkürlich zu der Frau in meinem Haus zurückkehrten. Hätte ich die letzten vierundzwanzig Stunden zurückdrehen und mich auf den Parkplatz beim Super Six versetzen können, dann hätte ich ein paar Augenblicke länger gezögert und Iwan den Jeep nehmen lassen. Bennett ging mich nichts an. Und auch der Inhalt des Koffers nicht, woraus auch immer er bestand. Ich wünschte, ich hätte es dabei belassen, aber es war zu spät. Das Problem war jetzt, wie ich gedachte, aus dieser gefährlichen Grube, in die ich hineingestolpert war, wieder herauszukommen.

Ein großer Eisbrocken schwamm unter der Brücke hindurch und blieb an einem Stück Treibholz hängen. Der Fluss teilte sich, wirbelte darum herum wie schäumende Milch und zeigte die wahre Stärke der Strömung.

Ein weiteres Problem fing in meinen Gedanken an, Form anzunehmen; zwischen meinen Überlegungen zum Selbstschutz war es wie eine Fliege an weißer Farbe hängen geblieben. Es hatte mit Tina Red Deer zu tun, mit dem Moment des Blackouts, in dem Bennett ermordet worden war. Plötzlich musste ich an den dunklen Ort denken, zu dem sie gehen würde, an die hinter ihr zuschlagenden Türen, die krachend zuschnappenden Schlösser.

Wieder erschien ein Auto in der Dunkelheit. Zwei helle

Scheinwerfer kamen um die Kurve, und die Rücklichter blinkten rot, als sie im Wald verschwanden. Ich legte den Gang ein und rollte vorwärts, meine Räder drehten sich langsam in Richtung Norden, weg von Missoula und hinauf zum dunklen Labyrinth des Buffalo Bill Divide.

6

Gleich unterhalb vom Paradies. Das sagt meine Mutter immer zu den Leuten, wenn sie fragen, wo sie wohnt. Sie lacht, wenn sie das sagt, kichert auf diese ausdruckslose, müde Art, die sie sich absichtlich angewöhnt hat. Es ist ein schlechter Witz, der dadurch, dass sie ihn immer wieder macht, nicht besser wird, aber es stimmt. Das Haus meiner Mutter liegt abgeschieden im Wald, zwei Meilen südöstlich von Paradise, Montana.

Während meiner Kindheit wohnten wir in Missoula, in einem schönen Steinhaus am Rattlesnake Creek mit hohen Fenstern und einem Garten, in dem meine Eltern Gäste empfingen. Der Schuss änderte das alles. Es gab Arzt- und Rechtsanwaltsrechnungen zu begleichen. Da wir kein Einkommen und in der nahen Zukunft auch keine Aussicht darauf hatten, rutschten wir innerhalb eines Jahres von der oberen Mittelklasse in bittere Armut ab. Aber nicht nur unser Einkommen änderte sich.

Es stand bald fest, dass meine Mutter straffrei ausgehen würde. Es gibt einen Spruch in Montana, den alle kennen, dass jeder das Recht auf nur *einen* Ehepartner hat. Das Rechtssystem ist noch tief im alten Westen verwurzelt, und Ehemänner oder Ehefrauen, die ihren Partner betrügen, können traditionell nicht viel Sympathie von den Geschworenen einer Jury erwarten. Für Außenseiter mag es unglaublich klingen, aber die einfache Wahrheit ist, dass Verbrechen im Affekt gewöhnlich keine Strafe zur Folge haben, obwohl man, wenn man die Kuh eines Nachbarn überfahren hat, durchaus noch ins Gefängnis kommen kann.

Im Fall meiner Mutter kam es nicht einmal zum Prozess. Sie gab an, aus Notwehr gehandelt zu haben. Mein Vater sei spät und betrunken nach Hause gekommen, und im Dunkeln hätte sie ihn für einen Einbrecher gehalten. Ein junger Kriminalbeamter bearbeitete den Fall, ein Mann, der mit der Mütze in der Hand in der Diele unseres Hauses stand und rot wurde, wenn meine Mutter mit ihm sprach. Ich bin sicher, sie war schön, groß und elegant, und ihre Augen waren noch rot vom Weinen. Aber schon damals wusste ich, dass ihre Anziehungskraft nicht in ihrer Schönheit lag, sondern in ihrer Schwäche, ihrer Verletzlichkeit. Der junge Polizeibeamte hatte keine Chance. Schließlich erklärte er den Schuss als Unfall.

Die meisten wussten, was in jener Nacht wirklich geschehen war, sie wussten, dass mein Vater nicht nach Alkohol, sondern nach einer anderen Frau gerochen hatte, als er nach Hause kam. Meine Mutter blieb zwar auf freiem Fuß, aber ganz straffrei ging sie nicht aus. Ihre Tat und das Verhalten meines Vaters waren skandalös, entsprachen dem Benehmen von Leuten aus einer Wohnwagensiedlung, nicht aber dem eines Rechtsanwalts und seiner schönen Gattin. Es gab keine Gartenpartys mehr für meine Mutter. Keine Nachmittage auf dem See. Keine Einladungen zum Tee in der Weihnachtszeit. Sie verkaufte die Hütte und das Boot. Vier Jahre nach dem »Unfall« verkaufte sie das Steinhaus und erstand ein kleines Stück Land bei Paradise und einen Wohnwagen dazu. Zwei Jahre später beschloss ich wegzugehen.

Sie und mein Vater leben immer noch zusammen, ein schönes Paar. Meine Mutter hat eine so vollkommene Verwandlung durchlaufen, dass sie keinerlei Ähnlichkeit mehr mit der Frau besitzt, die mich großgezogen hat. Sie trägt hochgeschlossene Kleider mit Blumendruck und Rüschen am eng anliegenden Halsausschnitt. Sie macht Rührkuchen und Mondaminpudding für meinen Vater. In der Küche hängen eingerahmte Sprüche, die sie gestickt hat. LÄCHLE, DENN GOTT LIEBT DICH. DER HERR IST DEIN HIRTE.

Wenn die Damen vom Frauenkreis der Kirche kommen, um mit ihr zu beten, schütteln sie den Kopf, wenn mein Vater seinen Grießbrei bekommt und alles voll sabbert. Sie ist eine Heilige, sagen sie. Seht euch doch nur an, wie sie für ihn sorgt. Die ganzen Jahre schon. Das ist Liebe.

Aber ich weiß, dass die Fürsorglichkeit meiner Mutter ihre größte Grausamkeit ist. Manchmal stelle ich sie mir alleine vor – zusammen in dem winzigen Wohnwagen. Ich male mir unsäglich demütigende Handlungen aus. Ich sehe meine Mutter abends nackt an sein Bett treten, ihr rotes Haar fällt ihr über die Brüste. Ein Hohn. Ein kurzer Blick auf das, was er nie mehr haben kann.

Es war noch früh, als ich vor dem Grundstück meiner Eltern anhielt. Der Wind hatte noch zugenommen. Er pfiff an der Seite des Wohnwagens entlang und zerrte an dem trübseligen Kranz, der an der Fliegentür hing. Ich klopfte laut und sah das Gesicht meiner Mutter hinter der Glasscheibe erscheinen. Sie sah ungehalten aus, offensichtlich verärgert wegen meines unerwarteten Besuchs, als hätte ich ein wichtiges Stickereiprojekt oder den *700 Club* für fromme Zuschauer unterbrochen.

Die Gelegenheiten, bei denen ich mit meiner Mutter in den letzten vierzehn Jahren gesprochen habe, kann ich an zehn Fingern abzählen, vielleicht auch an einer Hand. Als ich aus New Mexico zurückkam, hatte ich irgendwie eine Art Versöhnung erwartet. Obwohl mir klar war, dass wir nie so sein würden wie die vorbildlichen Fernsehfamilien aus den Serien, dachte ich, könnten wir doch wenigstens etwas von den noch verbleibenden Jahren retten.

In der Woche nachdem ich nach Missoula zurückgekommen war, fuhr ich zu ihnen hinauf. Es war ein kalter Abend im Frühherbst. Ich hielt mit dem Lkw an der Straße vor der Einfahrt an und beobachtete sie hinter den beleuchteten Fenstern des Wohnwagens. Ich sah meinen Vater vor dem Fernseher, den Kopf auf seinem schlaffen Hals zur Seite geneigt. Meine Mutter stand ab und zu auf und ging geschäftig vom Wohnzimmer in die kleine Küche und wieder zurück. Mehr als alles auf der Welt wünschte ich mir hineinzugehen, hätte die Tür des Lkw öffnen und auf den Kies der Straße treten wollen, aber irgendwie brachte ich es nicht fertig. Endlich schaltete meine Mutter den Fernseher und die Lichter aus, und ich ging.

Ich kam im nächsten Monat wieder, dann zwei Monate später noch einmal und vielleicht insgesamt ein halbes Dutzend Mal, seit ich zurück bin. Ich kann nicht sagen, was mich immer davon abgehalten hat anzuklopfen. Wut. Angst. Dinge, die ich nicht begreifen und schon gar nicht beschreiben kann.

Jetzt sah ich meine Mutter an, die in der Tür stand, und dachte daran, wie lange es her war, dass wir uns zum letzten Mal gegenübergestanden hatten: vier Jahre, vielleicht fünf.

»Komm rein«, sagte sie steif, als sei ich vor einer Woche das letzte Mal da gewesen.

Ich trat ein und betrachtete die schäbige Einrichtung: ein gelber Florteppichboden, eine rosa Couch mit Blumenmuster, ein künstlicher Weihnachtsbaum, ein Gemälde mit einem gütig lächelnden Jesus, von dessen Kopf sanfte Lichtstrahlen ausgingen. Alles abgenutzt, aber sauber. Mehrere Schichten von Kochgerüchen hingen in den Vorhängen. Eine alte Weihnachtssendung mit Lawrence Welk flimmerte im Fernseher, und eine Gruppe vollbusiger Blondinen tanzte über den Bildschirm.

»Dein Vater ist im Bett«, informierte mich meine Mutter. Sie ging in die kleine Küche und kam mit einem Teller Kekse wieder, kleine, mit grünem Zucker bestreute Weihnachtsbäume. »Ich habe gehört, dass du wieder in Missoula bist.« Sie stellte das Gebäck auf den Couchtisch.

»Wie geht's Pop?«, fragte ich und setzte mich auf die Lehne eines Fernsehsessels.

»Wie immer«, seufzte sie. »Wie lange bist du schon zurück?«

»Etwas über ein Jahr.« Ich wollte gerade anfangen, ihr von New Mexico zu erzählen, ließ es dann aber lieber. Sie ins Vertrauen zu ziehen schien mir eine zu großzügige Geste.

»Möchtest du noch etwas anderes?«, fragte sie lächelnd und deutete auf die Kekse. Hinter ihr hing ein Poster mit einem Gedicht und einem Bild von Fußspuren auf einem Sandstrand. Ich las die letzte Zeile des Gedichts: *Und damals trug ich dich.*

»Diese Frau, Red Deer, die Pop in der Blackfeet-Reservation oben kannte, wie hieß sie noch mal?« Ich war gekommen, um diese Frage zu stellen.

Meine Mutter zuckte zusammen, ihre Faust in den Saum ihres Hauskleids gekrallt. Einen Augenblick lang sah ich einen Schatten ihres früheren Ichs, ein wildes Tier, das in ihrem Inneren gegen sie ankämpfte. Sie nahm einen Keks, biss ihn in der Mitte durch und tat so, als sei sie zerstreut. »Hmmm?«

»Red Deer«, wiederholte ich. »Sie hat manchmal für Pop gearbeitet, wenn er oben in Browning war.«

»Ich weiß nicht, Meg. Das ist schon so lange her.« Sie hatte sich wieder vollständig unter Kontrolle und schaute zum Fernseher, dann auf den Fußboden, um meinem Blick auszuweichen. Die neckischen Weihnachtsfeen im Fernsehen sangen fröhlich weiter und unterbrachen mit ihrem Potpourri von Festtagsmelodien das tiefe Schweigen.

»Da war doch ein Mädchen«, sagte ich. »Ungefähr so alt wie ich.«

Meine Mutter steckte die Hände in die Taschen, zog sie wieder heraus und sah mich ratlos an.

»Die Red-Deer-Frau«, wiederholte ich. »Sie hatte ein Kind. Wie hießen die beiden?«

Sie schüttelte langsam den Kopf und hielt mir den Teller mit Keksen hin. Die Bäumchen waren alle perfekt geformt, jedes ein genaues Abbild des anderen. Ihr rechtes Knie zitterte. »Tut mir Leid«, sagte sie.

Ich nickte. *Tut mir Leid.* Die oberen beiden Knöpfe ihres Kleids waren offen, und als sie sich vorbeugte, drückten sich ihre Brüste gegen den Stoff. Einen Augenblick lang sah ich mich als Teil von ihr und sie als einen Teil von mir. Ich sah, wie meine Wirbelsäule sich in ihrem Schoß krümmte, meine Hände bewegten sich neben meinen Wangen hin und her wie Kiemen, und ihr Herz schlug über meinem Kopf. Hier war sie, die Frau, in der ich gelegen hatte, von der ich mich genährt hatte.

Ich stand auf und ging auf die geschlossene Tür des Schlafzimmers zu.

»Er schläft«, zischte meine Mutter und stellte mit einem dumpfen Laut den Teller ab. Ihre Stimme klang angsterfüllt und herrisch zugleich.

Ich stieß die Tür auf und steckte den Kopf ins Schlafzimmer. Mein Vater lag auf der Seite und schnarchte leise. Es roch nach Puder und Körperflüssigkeiten. Der Geruch eines Säuglings oder eines Invaliden. Ich zog die Tür zu und wandte mich zu meiner Mutter um.

»Ich wünschte, ich könnte dich einladen zu bleiben«, sagte sie und zog nervös an ihrem Kleid, begründete jedoch nicht, warum ich gehen musste.

Sie stand auf, ging zur Tür und legte die Hand auf den Knauf.

»Vielleicht könntest du uns ein anderes Mal besuchen. Ich weiß, er würde sich freuen.«

»Klar«, sagte ich und machte mich für die Kälte draußen fertig. »Frohe Weihnachten.«

Als ich nach Missoula zurückkam, ging es schon auf Mitternacht zu, und Essen und Schlafen war das Einzige, woran ich dachte. Ich bahnte mir einen Weg durch das chaotische Wohnzimmer zur Küche. Der Anrufbeantworter blinkte. Ich drückte auf den Knopf, goss mir ein Glas Whiskey ein, machte den Schrank auf und sah eilig die Sachen darin durch. Die erste Nachricht war von meiner Nachbarin Mrs. Jenkins. Sie redete endlos über die vorhergehende Nacht, dass wir hier in einer ruhigen Gegend wohnten und meine Freunde in Zukunft vielleicht leiser sein könnten. Danach erinnerte sie mich daran, dass der Schnee aus meinem Garten hinausgeweht sei, und dass ich den Gehweg frei machen solle. Die zweite Nachricht war von Kristof, der mich bat, ihn anzurufen, wenn ich nach Hause käme.

Ich habe Kristof letztes Frühjahr im Union Club kennen gelernt. Er und ein paar Kollegen von der Arbeit spielen in einer Blues Band, Homesick Eddy, und sie treten dort manchmal am Wochenende auf. Ich hatte den Auftrag, den Cutlass Sierra des Schlagzeugers einzukassieren. In der Spielpause kam Kristof und saß neben mir an der Bar.

»Bist du Eddy?«, fragte ich ihn.

»Nee. Hier gibt's keinen Eddy«, erklärte er. Mehr sprachen wir nicht miteinander.

Ungefähr einen Monat später traf ich ihn zufällig in Bernice's Bakery wieder. Er saß mit seinem Kaffee draußen und verfütterte den letzten Rest eines Muffins an ein paar Spatzen, die sich auf dem Gehweg tummelten. Ich setzte mich ein Stück weit von ihm entfernt und fing an, die Zeitung zu lesen. Es war noch früh und ruhig. Die Schnäbel der Vögel machten beim Picken ein kaum hörbares tickendes Geräusch auf dem Gehweg. Kristof rieb seine Finger aneinander und sprach lockend in seiner Muttersprache mit ihnen, es klang eher wie eine Melodie als gesprochene Worte. Ich hörte eine Weile zu, legte dann meine Zeitung beiseite und schaute ihn an.

Er war völlig vertieft und in diesem Augenblick der Konzentration unglaublich schön. Ich stellte ihn mir alt vor, in einer anderen Stadt vielleicht, die Arme so ausgestreckt, wie sie jetzt waren. Und dann blickte er auf, merkte, dass ich ihm zusah und richtete sich auf, plötzlich unsicher.

»Ich kenne dich doch«, sagte er und schaute mich prüfend an, während er versuchte sich zu erinnern. Die Spatzen stoben auseinander und zerstreuten sich beim Klang seiner Stimme.

Einige Tage darauf trafen wir zufällig im Lebensmittelladen aufeinander. Mein Korb war voll beladen mit Tiefkühlgerichten: steinharte Puten-Cordon-bleu, Tunfisch-Nudelauflauf, Hackbraten mit Apfeltörtchen zum Nachtisch. Kristof starrte mich entsetzt an. Sein eigener Wagen quoll über von Dingen, die mir fast exotisch vorkamen: grüne Gemüse, frisches Obst, Butter, Mehl, dunkles Olivenöl, dicke Knoblauchknollen.

»Verfolgst du mich?«, fragte ich zum Spaß und lachte.

»Nein, natürlich nicht.« Und er ging den Gang mit Konservendosen entlang und verschwand.

Als ich später auf dem Parkplatz in den Lkw stieg, kam er zu mir herüber.

»Könnte ich dir irgendwann mal was zum Abendessen kochen?«, fragte er.

»Klar.« Ich zuckte die Achseln.

»Heute Abend?« Es klang so unaufschiebbar, als benötige ich seine Hilfe dringend, wisse es aber nicht.

»Na gut«, stimmte ich zu. »Wie wär's mit einem Picknick?«

Wir gingen zum Autokino. Sie zeigten einen dieser Science-Fiction-Filme, die neuerdings so beliebt sind. Kristof brachte eine Kühltasche voller Essen, das meine kühnsten Erwartungen übertraf: winzige Pastetchen, gefüllt mit Gemüse und frischen Kräutern, über Kirschholz geräucherte Forelle, süßsaure Gurken, Heidelbeertörtchen. Wir saßen auf der Ladefläche meines Lkw unter dicken Decken und schlemmten, während New York und Paris in Schutt und Asche fielen. Nachtfalter glänzten wie Sternschnuppen im Licht des Projektors, und die Papierfabrik nur zwei Felder weiter stieß Rauchfahnen und Dampf in den wolkenlosen Himmel. Es war der Anfang einer langen Reihe wunderschöner Sommernächte, die den ganzen Juli und August hindurch anhielten.

Nach dem Film gingen wir zu mir nach Hause, lagen im Gras und schauten in das dunkle Dach der Ahornbäume hinauf. Die Luft, die von den Bergen herunterkam, war kalt, der Garten gesättigt vom Duft von Mrs. Carters Geißblatt und ihrer Lilien mit den pollenschweren Staubgefäßen. Einen flüchtigen Augenblick lang erinnerte mich das an eine kurze Zeit, die ich unten in Miami verbracht hatte, an den roten Jasmin und die Pfeifenstrauch-Büsche im Garten hinter unserer Wohnung in South Beach, an die tropische Üppigkeit, in der die Luft so dick schien, als sei sie flüssig. Ich spürte Kristof neben mir, seine nackten Arme mit der Gänsehaut. Er setzte sich auf, beugte sich über mich, und sein Hals war blass im Licht, das vom Haus her darauffiel.

»Wie alt warst du, als du hierher gekommen bist?«, fragte ich.

»Achtzehn«, sagte er, schob seine Hand unter meine Bluse und ließ die Knöchel in meiner Magengrube ruhen.

»Warst du seitdem noch einmal zu Hause?«

Er schüttelte den Kopf. »Nachdem ich weggegangen war, nahmen sie meiner Mutter die Arbeit weg. Sie war Architektin, und dann musste sie die Klos im Prager Bahnhof putzen.«

Er beugte sich vor, als wolle er mich küssen und legte seine

Finger an den Bund meiner Jeans. Ich wusste, ich sollte etwas sagen, aber mir fiel nichts ein.

»Ich bin als Einziger gegangen«, sprach er weiter. »Ich war jung damals. Ich traf meine Entscheidung. Es war feige, das zu tun.«

Seine Ablösung hatte etwas Tröstliches, eine saubere, endgültige Trennung, und, so mein törichter Gedanke, sie ähnelte der meinen.

»Und du?«, fragte er. »Woher kommst du?«

Es war eine einfache Frage, und ich hätte lügen können. Ich hätte sogar die Wahrheit sagen können, oder einen Teil der Wahrheit. Aber ich sagte nichts. Stattdessen streckte ich den Arm aus und legte meine Hand an die Seite seines Halses, auf das komplexe Netz aus Muskeln und Adern. Ich presste meine Finger in seine Haut und fühlte den Rhythmus seines Pulses, den Blutstrom, der vom Herzen zu seinem Gehirn floss.

»Lass uns reingehen«, sagte ich.

Ich verstand es damals nicht, aber jetzt habe ich begriffen, dass er Recht hatte, wenn er sagte, die Entscheidung, sein Land zu verlassen, hätte ihn für immer eingeschränkt. Unsere Entscheidungen sind es, die uns Grenzen setzen. Wenn ich das Geschenk seiner Frage angenommen hätte, wenn ich ihn auch nur ein kleines Stückchen meiner privaten Vergangenheit hätte sehen lassen, dann wäre vielleicht heute einiges anders. Aber ich schwieg und habe meinen Entschluss stumm zu bleiben zu lange beibehalten. Jetzt würde schon die kleinste Mitteilung verheerend wirken.

Er zog sich in meinem Schlafzimmer aus und erzählte mir dann vom Schlachthof. Ich spürte, dass er Angst hatte, ich würde wegen seiner Arbeit auf ihn herabsehen. Er konnte nicht wissen, wie wenig mir so etwas ausmachte, wie einfach mein Verlangen war. Ich wollte ihm nur zusehen, wie er sich auszog, meine Zunge gegen den Rand seines Schulterblatts mit der feinen Salzschicht legen, jede zarte Verbindung von Knochen und Muskeln spüren, die sich unter der Hülle seiner Haut bewegte. Das war alles, was ich von ihm wollte. Zumindest sagte ich mir das.

In meinen Schränken war nicht viel. Ich entschied mich für eine Packung Nudelauflauf mit Käse, stellte Wasser auf und kippte einen ordentlichen Schluck Whiskey hinunter. Die Nudeln waren wie Dinosaurier geformt, winzige Tyrannosaurus Rexe und Stegosaurier. Ich dachte daran Kristof anzurufen, entschied mich aber dagegen. Das ist eben die Schwierigkeit mit den meisten Beziehungen: Man muss die Verbindung pflegen. Es ist eine Angelegenheit der Energie, der Willenskraft und des Verlangens, es kommt darauf an, wie viel von sich selbst man geben will.

Nachdem ich Butter, Milch und das grellorangefarbene Pulver mit den Geschmackszutaten unter die winzigen Dinosauriernudeln gerührt hatte, trug ich den Topf ins Wohnzimmer, legte die Kissen an ihre Plätze auf der Couch zurück und schaltete den Fernseher an. Die Auswahl war begrenzt, hauptsächlich beschissene Festtagssendungen. *Weihnachten im Land der Seifenopern*, *Yuletide Country Jamboree* und *Das Wunder von Manhattan*. Ich zappte durch alle Kanäle, bis ich eine Wiederholung einer *Akte-X*-Sendung fand. Sie war schon halb vorbei, und ich hatte nicht die Energie, die Plotkonstruktion aufzudröseln. Ich aß auf, rollte mich auf die Seite und schlief ein.

»Miss Gardner? Ich weiß, dass Sie da drin sind, Miss Gardner. Machen Sie auf.«

Ich öffnete ein Auge, blinzelte zur Haustür hin und sah auf die Uhr. Es war kurz nach neun Uhr morgens, und der Whiskey vom Abend zuvor tat noch immer seine Wirkung. Ich bewegte mich so langsam wie möglich, um das Pochen in meinem Kopf im Zaum zu halten, setzte mich auf und fuhr mir mit den Fingern durchs Haar. Mein erster zusammenhangloser Gedanke war, dass es die Polizei sein könnte, aber so günstig lief die Sache für mich nicht. Ich erkannte durch die dünne Gardine Mrs. Jenkins' kräftige Schultern und ihren imposanten Busen. Sie hob die Hand im Handschuh und klopfte wieder. Ihr kleiner Hund kläffte im Vorgarten.

Ich hätte sie einfach ignoriert, wenn ich der Überzeugung gewesen wäre, dass sie das zum Gehen veranlassen würde, aber ich kannte ihre Hartnäckigkeit nur allzu gut. Ich hievte mich von der Couch, machte mich auf den bevorstehenden Wortschwall gefasst und öffnete die Haustür.

Mrs. Jenkins hatte sich für den Feiertag in Schale geworfen. Sie trug eines dieser Sweatshirts mit einem Weihnachtsmotiv, eine Applikation von Santas Werkstatt zog sich über ihre gewölbten Brüste. Santa selbst saß auf ihrer linken Brustwarze, ein breites Lächeln ins Gesicht gestickt. Der Anblick der vielen Farben ließ die Welt vor meinen Augen verschwimmen.

»Miss Gardner«, jammerte sie, »ich bitte Sie jetzt ganz höflich. Tun Sie bitte was wegen dem Gehweg? Mein Schatzi kommt nicht durch die Schneehaufen.« Sie breitete die Arme aus und zeigte auf das Geschöpf, das auf dem Gehweg stand und jämmerlich zitterte.

»Es ist schließlich Vorschrift, Miss Gardner«, fuhr sie fort, und ihre Augen wurden groß und rund, als sie über meine Schulter blickte und das Chaos hinter mir sah.

Ich schloss die Augen, sah kurz ein Bild vor mir, in dem ihr Hals und meine Hände eine Rolle spielten, und überlegte, ob ich mich darauf berufen könnte, dass es nachweislich Totschlag sei.

»Ich kümmere mich darum, sobald ich kann«, sagte ich ihr.

»Haben Sie getrunken?«, fragte sie barsch.

»Ja«, sagte ich, denn mein Kontingent an nachbarlicher

Liebenswürdigkeit war aufgebraucht, »ziemlich viel.« Ich schloss die Tür.

Ich hatte wirklich nicht die geringste Lust, ihr entgegenzukommen, aber wenn ich einmal aufgestanden bin, kann ich nicht wieder einschlafen, und ich dachte, draußen in der Kälte würde mein Kopf klarer werden. Ich setzte eine Kanne Kaffee auf, begann das Durcheinander notdürftig zusammenzuräumen, das mein Gast hinterlassen hatte, schlüpfte in Stiefel, Mantel und Handschuhe und fand den Schneeschieber im Schuppen hinterm Haus.

Die Temperatur schien stetig zu fallen. Die Sonne strahlte bei leuchtend blauem Himmel, was zu dieser Jahreszeit eine Seltenheit war. Aber seit dem Tag zuvor war es ein paar Grad kälter geworden. Der Wind war zu einer steifen, unablässig wehenden Brise geworden, und die rote Nadel des Thermometers an meinem Zaun hinter dem Haus zeigte –29 Grad.

Mein Kopf schmerzte noch, aber ich fühlte mich nicht mehr schwach. Als ich um die Vorderseite des Hauses stapfte, ging es mir fast gut. Die Berge, die das Tal umgeben, waren klar und weiß, und die Luft in meiner Lunge war beißend kalt und sauber. Sogar das Rentier aus Draht auf der anderen Straßenseite mit den hohlen, von Metall umgebenen Flanken und der roten Kugelnase sah würdiger aus als sonst. Mrs. Jenkins' Krippenszene war vom Wind etwas mitgenommen. Die Krippe des Jesuskinds war umgekippt und es lag mit dem Gesicht nach unten im Schnee. Der Engel war vom Dach gefallen und ruhte in einem Blumenbeet wie ein Penner, der den Rausch vom gepanschten Wein des vorangegangenen Abends ausschläft.

In den Rhythmus des Schaufelns vertieft, kämpfte ich mich durch die letzten paar Meter zum Gehweg, als ich Iwan Popovs schwarze Limousine die Straße herunterschlittern sah. Die Stereoanlage war auf volle Lautstärke gedreht, und das ganze Auto schien von dem schweren Bass zu pulsieren. Iwan saß auf dem Fahrersitz. Er kam rutschend hinter meinem Ford zum Stillstand, stellte den Motor ab und sprang heraus. Ich ließ die Schaufel fallen und sah ins Wageninnere. Der Mann, der mich geschlagen hatte, saß vorn auf dem Beifahrersitz. Als er mein Gesicht sah, hob er die Hand und zeigte mir den ausgestreckten Mittelfinger.

Iwan stapfte durch den kniehohen Pulverschnee zum Gehweg und kickte Schnee auf den gerade gefegten Beton. Jetzt bei Tageslicht sah er unattraktiv aus, eine jüngere Ausgabe seines Vaters mit Hängebacken, grobschlächtig und schwer, mit Bürstenschnitt und unreiner Haut. Er trug eine weiße Hockeyjacke mit roten Ahornblättern. In der rechten Hand hielt er den Aktenkoffer, der bei jedem Schritt gegen seinen Oberschenkel schlug.

»Wo zum Teufel ist sie?«, grölte er. Er kam näher, bis er nur ein paar Zentimeter von mir entfernt war, hustete, beförderte eine deftige Portion Schleim nach oben und zielte damit auf meine Stiefel, die er nur knapp verfehlte.

Ich sah auf den glänzenden Klecks. »Ich weiß überhaupt nicht, wovon du redest«, sagte ich.

Iwan kam noch näher heran. Er roch nach kaltem Zigarettenrauch und altem Schweiß. Das Schloss am Koffer sah aus, als wäre es von einem Schuss zerschmettert worden. Iwan ließ die Riegel aufklicken, und der Koffer flog auf. Gefaltete Papiere fielen auf den Schnee. »Die Karte, du Schlampe«, zischte er, fasste in die Jackentasche und zog eine hübsche kleine Neun-Millimeter-Pistole heraus. Er machte eine Kopfbewegung zum Haus hin. »Geh rein!«, schnauzte er.

Ich schaute an Iwan vorbei zu der schwarzen Limousine und die Straße hinunter. Auf der anderen Seite des Dairy Queen rollte ein Auto vorbei, dann noch eins. Ich hatte nicht die Absicht, den Vorgarten zu verlassen. Mein Standort war der einzige Vorteil, den ich hatte, und den würde ich nicht aufgeben.

Ich kenne den Wert von Zeugen und weiß, wozu Menschen fähig sind, wenn niemand zusieht.

Meine Arme hingen seitlich herunter, und ich griff schnell nach vorn und umfasste Iwans Hoden durch den weiten Schritt seiner Hose. Ich brauchte nur eine Sekunde, um die lose Haut fest zu packen, drehte sie mit einem Ruck nach links und zog gleichzeitig. Iwan murmelte etwas auf Russisch und stieß mir die Pistole in die Seite.

»Ich hab das nicht, was du suchst, du Scheißkerl«, sagte ich.

Über Iwans Schulter sah ich, wie die Fahrertür aufgestoßen wurde. Der große Russe stieg aus und kam über den Rasen. Iwan hob die freie Hand und schlug mir mit der Faust fest auf die Wange. Ich fühlte, wie der Knorpel in meiner Nase zusammengepresst wurde. Die Hand des zweiten Mannes war an meinem Ellbogen, dann wieder ein Schlag, diesmal tief in das weiche Fleisch meines Bauchs.

Das Blut in meinen Ohren rauschte, ich holte Luft und machte mich auf weitere Schläge gefasst. Aber sie schlugen mich nicht mehr. Jemand stieß mich fest in den Rücken, und ich fiel mit dem Gesicht voran in den Schnee.

Ich hob den Kopf und sah Mrs. Jenkins. »Haut ab!«, rief sie, als hätte sie es mit einer Meute wilder Hunde zu tun. Sie schwang ihr schnurloses Telefon wie eine Waffe. »Ich meine es ernst«, schrie sie von ihrer Veranda aus. »Ich rufe die Polizei!« Ich hörte Schatzi von der anderen Seite der Fliegentür jaulen.

Iwan starrte sie an und schürzte die Lippen zu einem bösen Lächeln. Der andere Russe trat einen Schritt zurück und schlug die Hände in den Handschuhen zusammen.

»Ich bin noch nicht fertig mit dir«, zischte Iwan. Dann gingen sie beide durch den Vorgarten zu ihrer Limousine.

Von der Stelle, an der ich lag, konnte ich Mrs. Jenkins' Knöchel sehen, als sie mühsam zu mir hergewatschelt kam. Sie trug Pantoffeln ohne Strümpfe, und ihre Haut war schlaff, blass und von bläulichen Venen durchzogen.

»Abscheulich«, keuchte sie, während die letzten Reste ihrer Gelassenheit schwanden, »widerlich.« Als sie ihre Hand auf meinen Arm legte, um mir beim Aufstehen zu helfen, spürte ich, dass sie am ganzen Körper zitterte.

»Ist schon gut«, sagte ich, kam schwankend auf die Füße und wischte mir den losen Schnee von der Hose.

Sie wiegte den Kopf. Ihr Atem war bitter vor Angst und ihre Wangen hochrot.

»Wirklich. Es ist alles in Ordnung. Sie sollten reingehen.«

»Was für eine schreckliche Sache«, murmelte sie.

Ich betastete meine Nase und spürte warmes, verschmiertes Blut. Wo ich gestürzt war, war der Boden mit rosa Punkten übersät. Bennetts Aktenkoffer lag offen im Schnee, der Inhalt flatterte wie verwundete Schmetterlinge umher. Ich beugte mich vor, hob eines der Papiere auf und faltete es auseinander.

»Landkarten«, bemerkte Mrs. Jenkins und schauderte. Sie kreuzte die Arme vor der Brust, drehte sich um und ging ins Haus zurück.

Ich nickte bestätigend. Es mussten mindestens zwei Dutzend sein, jede einzelne mit Flüssen und Namen und konzentrischen, topographischen Kreisen versehen. Ich bückte mich, sammelte die Landkarten zusammen und legte sie wieder in den Koffer zurück. Die ganze Zeit dachte ich an Iwan und diese Frau, die etwas suchten, was ich nicht hatte. Clay Bennett fiel mir ein, was man mit ihm gemacht hatte, und was sie mir antun könnten. Dann hörte ich Amos. Plötzlich schien das, was er in Charlie's Bar gesagt hatte, etwas weniger unsinnig. *Sie sagen, sie hätte ihn erstochen, aber ich wette, sie war es nicht.*

Ich klopfte den Schnee von meiner Hose, nahm die Landkarten mit ins Haus, rief Darwin an und bat sie, mich bei der

Filiale draußen zu treffen. Ich wollte den Jeep loswerden und Amos finden. Ich brauchte Antworten, die er vielleicht hatte.

7

Die Fahrt mit der zerbrochenen Scheibe durchs Tal war lang und kalt. Der Wind hatte die Straßen so glatt poliert wie die Oberfläche einer Eisbahn, und die Straße war gesäumt von leeren, liegen gebliebenen Autos. Selbst mit dem für extremes Wetter gut gerüsteten Cherokee musste ich ganz langsam fahren. Es war noch nicht Mittag, doch man hatte bereits das Gefühl, dass die Dämmerung nahte. Rauch von der Fabrik hing in dunklen Schwaden vor den Bergen. Der Winter hatte sich breit gemacht, offensichtlich in der Absicht, nicht so bald wieder zu verschwinden.

Es gibt Orte, an denen es leicht fällt, das Verstreichen der Zeit zu leugnen, Orte, an denen nichts stirbt und die Leute schläfrig und benommen werden wie Hennen, die man für den Hackklotz vorbereitet hat. Doch Montana gehört nicht zu diesen Orten. Hier ist es unmöglich, sich dem jährlichen Niedergang des Winters zu entziehen. Irgendwann im Oktober wechseln die Bäume ihre Farbe, und die Straßen werden von goldenen Blätterströmen überschwemmt. Dann kommt eines Nachts der Frost und lässt sich wie kalter, nächtlicher Sonnenschein nieder, und nur die Pflanzen, die geschützt im Schatten des Hauses stehen, überleben. Etwa eine Woche später stirbt alles.

Als ich mich mit dem betäubenden Wind im Gesicht über die verschneiten Straßen kämpfte, rief der Mangel an Farbe, das monotone Grau von Schnee und Himmel in mir ein tiefes Verlustgefühl hervor. Der Winter schien auf eine eigenwillige Art greifbar, ein unwillkommener Gast, eine Schwiegermutter, die ihre Koffer ausgepackt und sich auf einen ausgiebigen Aufenthalt eingerichtet hat.

Darwin wartete in der Filiale auf mich. Ich sah sie im Gebäude mit Flip und dem Parkplatzwächter reden, einem Typen namens Jan Jorgenson. Hinter den breiten Fenstern des Ausstellungsraums waren neue Autos ausgestellt wie Gebäck im Schaufenster einer Bäckerei. Verchromte Radkappen und polierter Lack glänzten verführerisch unter dem Scheinwerferlicht.

Ich hupte, um sie wissen zu lassen, dass ich da war. Dann fuhr ich den Jeep hinter die Filiale und parkte ihn in einem mit Maschendraht eingezäunten Bereich, in dem sie die beschlagnahmten Wagen abstellten, und ging durch den Garageneingang hinein.

Jan sprach gerade mit leiser und ernster Stimme, als ich den Ausstellungsraum betrat. »... das war das Pech bei der Geschichte ...«, hörte ich ihn sagen, bevor er aufschaute und verstummte.

»Geht es um Flip?«

Flip zwinkerte freundlich. Ich sah, dass er bereits ins Vorweihnachtskoma geglitten war. Unter seinen Augen waren dunkle Ringe, und die Haare standen in allen Richtungen wirr von seinem Kopf ab. »Versuch doch du mal, für fünf Kinder den Weihnachtsmann zu spielen.« Er zuckte die Achseln und zeigte auf Jan. »Eigentlich haben wir gerade von Clay Bennett gesprochen.«

»Was ist mit ihm?«

»Ich habe Flip daran erinnert, dass Bennett mit seinem Flieger irgendwann Ende der Fünfzigerjahre oben beim Bitterroot abgestürzt ist. Achtundfünfzig vielleicht?«, erklärte Jan.

»Er war in der Reserve der Air Force«, sagte Flip. »Er ist in einem alten Übungsflugzeug bei einem dieser plötzlichen Frühjahrsunwetter da oben in den Bergen runtergerasselt.«

»Das ist wirklich Pech«, stimmte ich zu.

»Aber das ist ja noch nicht alles«, fuhr Flip fort. »Sie haben sofort die Suche aufgegeben und ihn für tot erklärt. Haben seiner Frau eine Sterbeurkunde geschickt und alles.«

Jan unterbrach ihn. »Wenn ich mich recht erinnere, hat es kaum eine Suche gegeben, wegen des Wetters, nehme ich an, obwohl ich glaube, dass es nach zwei Tagen schon wieder aufgeklart hatte. Ich entsinne mich noch, dass wir es irgendwie komisch fanden. Ich arbeitete damals draußen auf dem Johnson-Belle Field, hab für eine Spedition Flugzeuge beladen. Ich weiß noch, dass in der Zeitung stand, sie würden von Fairchild aus losfliegen, um nach ihm zu suchen. Aber unsere Piloten sagten, es sei niemand in der Luft gewesen. Sie haben sein Flugzeug nie gefunden.«

»Was ist dann passiert?«, fragte ich.

Jan sah zu Flip hinüber. »Wie lang war es her? Zwei Monate, oder?«

»Zwei Monate, glaub ich«, stimmte Flip zu.

»Jedenfalls eines Tages, zwei Monate nachdem er abgestürzt war, kam Bennett aus dem Wald herausspaziert. Ein bisschen mitgenommen, aber lebendig.«

Wir schwiegen alle einen Augenblick und dachten über Bennetts Geschichte nach. Schließlich klatschte Flip in die Hände. »Also«, sagte er. »Ich höre, du hast schlechte Nachrichten für uns.«

Ich nickte. »Eine eingeschlagene Scheibe.«

Flip lächelte. »Könnte schlimmer sein.«

Nachdem ich den üblichen Papierkram erledigt und Flip mir meinen Lohn ausgezahlt hatte, überredete ich Darwin, mit mir in die Stadt zu Al and Vic's, einer von Amos' Lieblingskneipen, zu fahren. Die Besuche, die Iwan und die Frau mir abgestattet hatten, waren mir noch lebhaft in Erinnerung, und ich war froh, dass Darwin bei mir war. Die Barkeeper bei Al and Vic's sind alle über sechzig, haben Namen wie Monte und Stu und wissen noch, wie man Manhattans und andere altmodische Cocktails macht. Wenn man reinkommt, ist es, als betrete man eine Zeitmaschine. Sogar der Fernseher, ein brandneuer RCA, ist so eingestellt, dass man nur schwarzweiß sehen kann, als seien die Farben eine Beleidigung für die Stammgäste. Das Beste ist, dass ein Doppelter im Wasserglas nur 2,50 Dollar kostet.

Wir parkten vor dem Double Front, schlugen die Krägen an unseren Mänteln hoch und rannten über die Straße. Die Kälte hatte alle nach drinnen getrieben, und wir hatten Glück, noch die letzten freien Hocker an der alten Holzbar zu erwischen. Von Amos war weit und breit keine Spur, aber im hinteren Teil des Lokals sah ich Kristof über den Billardtisch gebeugt. Er sammelte gerade die Bälle ein und stand mit dem Rücken zu mir. Ich duckte mich hinter Darwin, eigentlich nicht, um mich zu verstecken, ich war nur nicht in der Stimmung, ihm zu erklären, warum ich ihn nicht zurückgerufen hatte.

Darwin ging an die Sandwichtheke nebenan und holte uns Hamburger, und wir saßen eine Weile schweigend da und lauschten der Geräuschkulisse ringsum. Montes Schuhe machten auf dem abgetretenen Boden ein gedämpftes Geräusch, wenn er zwischen Treppenschacht und Kasse hin und her ging, und die Billardbälle klickten leise. Meinen Hamburger hatte ich zu einer Flasche Pabst Blue Ribbon halb gegessen, als Darwin mich anstieß.

»Dein Freund ist hier«, sagte sie und zeigte mit dem Kopf nach hinten.

Ich blickte an ihr vorbei und sah Kristof zu, der sich bückte und konzentriert auf seinen Billardstock hinuntersah. Er bewegte den spitz zulaufenden Stock mit der rechten Hand vor und zurück, traf die Kugel genau, und zwei Bälle rollten ins Loch.

»Er ist nicht mein Freund«, sagte ich.

»Mhm. Du weißt ja, was Flip immer sagt: ›Wenn's wie Scheiße aussieht und nach Scheiße riecht …‹«

»Er ist nicht mein Freund.« Ich trank den letzten Schluck Bier aus, schob die leere Flasche über die Theke und starrte aggressiv ihr Spiegelbild hinter der Bar an.

Darwin räusperte sich laut und fummelte an einer Virginia Slims herum.

Ich gab Monte ein Zeichen und bestellte die zweite Runde. Er brachte die Getränke, ich bezahlte und zündete mir eine Zigarette an. »Hast du Amos heute schon gesehen?«, fragte ich, als er mir das Wechselgeld gab.

Er beugte sich über die Theke und hielt Darwin sein Feuerzeug hin. »Bisschen früh. Er fängt den Tag meistens drüben bei Charlie an. Kommt zur Happy Hour hier rein.«

Darwin zog an ihrer Zigarette, lächelte Monte dankend zu und schob sich auf ihrem Hocker zurück. »Wieso interessierst du dich denn überhaupt für den Freak?«

Ich zuckte die Achseln und schwieg ein paar Sekunden lang.

»Hast du irgendwas am Laufen, von dem du mir erzählen willst?«

»Ich brauche nur ein paar Informationen.«

Darwin runzelte die Stirn und schürzte die Lippen. »Wirst womöglich Ärger kriegen, wenn Amos was damit zu tun hat.«

Ich streifte die Asche am Rand des Aschenbechers ab. »Zu spät«, sagte ich. »Ich hab ihn schon.«

»Was soll'n das heißen?«

»Nix Gutes«, sagte ich, glitt vom Hocker und ging nach hinten.

Ich musste direkt am Billardtisch vorbei, um zur Toilette zu gelangen. Kristof sammelte die Bälle für ein neues Spiel ein, und ich drückte mich vorbei, ohne etwas zu sagen. Als ich herauskam, wartete er auf mich, die rechte Hand um den Billardstock gelegt. Er balancierte den Stock auf der Gummispitze und drehte ihn hin und her. Seine Finger am Holz waren stark und zugleich zart.

»Arbeitest du heute nicht?«, fragte ich.

»Späte Mittagspause.«

»Willst du später vorbeikommen?«

»Okay«, nickte er.

Aus dem Augenwinkel sah ich, dass Darwin uns beobachtete. »Gegen acht«, sagte ich, wandte mich um und ging zur Bar zurück.

»Nee«, sagte Darwin, schüttelte den Kopf und schlüpfte in ihren Mantel. »Ich würde eindeutig sagen, er ist nicht dein Freund. Eindeutig.«

»Wo gehst du hin?«, fragte ich.

»Amvets«, erklärte sie und zeigte mit dem Daumen zur Tür. »Hab 'ne Probe für die Weihnachtsshow. Soll ich dich zu Hause absetzen?«

Ich schaute auf die Uhr. »Nein danke. Ich geh rüber zu Charlie's.«

Sie knöpfte ihren Mantel zu und sah mich plötzlich ernst an. »Brauchst du meine Hilfe?«, fragte sie.

Ich schüttelte den Kopf.

»Ärger«, murmelte Darwin. Dann schaute sie nach hinten zu Kristof. »Hast du dich schon mal gefragt, was er in dir sieht? Warum er bei dir bleibt?«

Ich zuckte die Achseln. »Der älteste Grund, den's gibt, nehme ich an.«

»Der Junge kann ja gar nicht genug kriegen von schlechter Behandlung«, sagte sie, als wir in die kalte Luft hinaustraten.

Von Al and Vic's zu Charlie's Bar waren es nur ein paar Straßen. Ich war für das Wetter richtig angezogen, klobige Sorel-pac-Stiefel, Daunenmantel, dicke Mütze und lange Unterwäsche, aber die Kälte war trotzdem stärker. Jeder Zentimeter unbedeckter Haut schmerzte, als ich das warme Lokal betrat.

In der Bar waren die üblichen Gäste, Studenten, die hier versumpften, und Berufsgammler, dazwischen löschten auch ein paar respektable Leute, Ärzte und Rechtsanwälte, ihren Durst, und hier und da kam sogar ein Polizist zu einem späten Lunch ins Dinosaurier-Café. Da die Uni Weihnachtsferien hatte, waren weniger Studenten da als sonst, und diejenigen, die gekommen waren, hatten sich der Tonanlage bemächtigt. Bob Marley dröhnte aus den Lautsprechern.

Ich bahnte mir einen Weg zur Bar und suchte die von Rauch eingehüllte Menge nach Amos ab. Ich erkannte Bill Jackson, den Besitzer des Super Six Motels, der mit hochgezogenen Schultern vor einem der Spielautomaten stand. Sein Blue Heeler Dogin, ein australischer Hirtenhund, der manchmal unter akuten Anfällen von Aggression litt, lag zusammengerollt und trügerisch entspannt mit schmalen Augenschlitzen neben Bill. Als der Hund mich sah, stellte er die Ohren auf. Er stand auf, zog die Lefzen hoch und zeigte mir die Zähne.

Einen Streit mit dem Blue Heeler wollte ich nun wirklich nicht, also setzte ich mein entspanntestes Lächeln auf und ging vorsichtig um den Hund herum. »Guter Junge«, sagte ich freundlich. Keineswegs überzeugt von seiner eigenen Harmlosigkeit, ließ sich Dogin langsam zu Boden gleiten und knurrte. Ich drückte mich zur Theke durch und bestellte mir ein Moose Drool.

Etwa eine halbe Stunde und zwei Gläser später erschien Amos. Charlie's Tür ging weit auf, und ein Schwall kalter Luft drang in die Bar. Ich schaute auf und sah Amos' schwankendes Gesicht durch die Menge näher kommen.

»Soll ich dir 'n Bier ausgeben?«, fragte ich, als Amos sich neben mir auf einen Hocker lümmelte.

Er schaute hinter sich wie jemand, der von tollwütigen Hunden verfolgt wird. Sein Blick strich über die Menge hinweg. »Hä?«

»Kann ... ich ... dir ... ein ... Bier ... ausgeben?«

»Ja, klar.« Er zog einen Beutel losen Tabak aus dem Mantel und fing an, sich eine Zigarette zu drehen. Seine Hände zitterten wie bei einem alten Mann. Tabak fiel auf die Theke.

Ich bot ihm eine von meinen Parliaments an, worauf er mir ein verlegenes Lächeln zuwarf. »Dreckshände sind halb erfroren«, stammelte er.

Er hatte sich seit dem letzten Mal die Haare gefärbt. Grüne und rote Stacheln, abwechselnd nebeneinander. »Gefällt's dir?«, fragte er und fuhr sich über seinen Irokesenschnitt.

»Nicht besonders«, sagte ich und bestellte beim Barkeeper mit einem Handzeichen noch zwei Bier.

»Rot und grün, weißt du, für Weihnachten. Alle im Sender drüben finden's cool.«

Ich nahm einen Schluck Bier und spürte, wie Amos' Hand über meinen Schenkel glitt. »Du siehst nett aus heute Abend«, flüsterte er. »Wir könnten zu mir gehen, 'n bisschen schöne Festtagsstimmung, du weißt schon.«

»Du bist widerlich«, sagte ich und nahm seine verschwitzte Hand von meinem Hosenbein.

Der Barkeeper stellte uns zwei Rainiers hin und schaute zu, wie Amos die halbe Flasche auf einmal hinunterschüttete.

»Die zwei Indianer haben sie anscheinend geschnappt«, sagte ich vorsichtig, um die Unterhaltung in die gewünschte Richtung zu lenken. Amos war in der Hinsicht nicht wie Bill Jacksons Hirtenhund, bei dem man nie wissen konnte, was ihn provozierte.

Er nickte und schien auf etwas weit in der Ferne Liegendes

zu blicken. Ich hoffte, dass er die Theorie wiederholen würde, die er neulich abends zum Besten gegeben hatte, etwas über jemand anderen, nicht Tina, der den Mord begangen hatte. Aber er saß da wie ein Ölgötze, nur seine Kiefermuskeln bewegten sich.

»Und?«, fragte ich und änderte meine Taktik, indem ich meine Stimme leicht scherzhaft klingen ließ. »Hast du schon rausgekriegt, wer Bennett umgebracht hat?«

Amos knallte sein Bier auf die Theke und schaute wieder über seine Schulter. »Wieso fragst du mich so was?«, knurrte er.

Ich streckte die Hand aus und berührte lächelnd seine Schulter. »He, Mann«, sagte ich ruhig. »Ich ärger dich doch nur ein bisschen. Ich muss dich missverstanden haben.«

»Ja, stimmt«, stammelte er und kratzte nervös am Etikett seiner Rainierflasche herum. »Ich hab nichts gesehen.« Er hob das Bier an die Lippen, kippte den Rest hinunter, zog den Reißverschluss an seinem Mantel bis zum Kinn hoch und ging schnurstracks zur Hintertür.

Selbst für Amos war dieses Benehmen merkwürdig. Normalerweise hängte er sich wie eine Klette an mich. Sein bunt leuchtender Irokesenschnitt bewegte sich wippend durch die Menge und verschwand in der Nische, in der sich die Toiletten und die Hintertür befanden. Ich stand auf und folgte ihm zu den Billardtischen und Charlies alter Eichenholzbar im hinteren Teil. Ein paar Gäste saßen auf leeren Kühlern und den Flaschenregalen, deren Rückwände aus Spiegelglas bestanden.

Als ich an den Billardtischen vorbeikam, stutzte ich. Nick Popovs Frau Vera, die uns oben in dem Haus in Hot Springs den Tee serviert hatte, und ein etwa zwanzig Jahre jüngerer Mann saßen gegen einen Teil des alten Spiegels gelehnt. Vera trug schwarze Pumps und ein schwarzes, an der Vorderseite mit Perlmuttknöpfen versehenes Kleid mit einem lebhaften weißen Blümchenmuster, ihr braunes Haar mit den sorgfältig gelegten Locken hochgesteckt. Sie saß dem Mann zugekehrt, das rechte Bein unter sich geschlagen. Ihr linker Fuß baumelte in der Luft, und ihr Rock war so weit hochgerutscht, dass er den Blick auf ein breites Stück ihres glatten Schenkels freigab. Sie hatten die Köpfe zusammengesteckt, und bei dem ohrenbetäubenden Reggae konnte ich Vera lachen hören.

Ich hätte es gleich wissen sollen, hatte Nick gesagt. Ich warf einen letzten Blick auf Vera und ihren Begleiter und schlüpfte zwischen den Toiletten und der engen Küche den schmalen Korridor entlang. Ich machte mich für die Kälte bereit, legte die Hand auf den fettigen Türknopf und trat auf die kleine Straße hinter der Bar hinaus.

Nach der Wärme des Lokals erschien mir die Luft besonders grimmig. Der Asphalt mit seinen Schlaglöchern war glatt und glitschig von überfrorenem Matsch und Öl. Ich musste bei jedem Schritt aufpassen, dass ich das Gleichgewicht nicht verlor. Herrgott, dachte ich, zog die Mütze fest über die Ohren und knöpfte den obersten Knopf an meinem Parka zu. Der Gedanke, jetzt zu Fuß nach Haus zu gehen, gefiel mir nicht besonders, und ich überlegte, ich könnte zu Al and Vic's zurückgehen und nachsehen, ob Kristof noch dort war.

Ich ging gerade um die Ecke des Gebäudes, als ich die Balance verlor. In der einen Sekunde hatte ich noch gestanden, in der nächsten stieß etwas gegen mein Schienbein und ließ mich mit der Nase voran unsanft in einer eisverkrusteten Pfütze mit stinkendem Dreckwasser landen. Ich stützte mich mit den Handflächen auf der zerborstenen Teerdecke ab, drückte mich auf die Knie hoch und versuchte, mich wieder aufzurichten. Über meinem rechten Auge spürte ich einen stechenden Schmerz. Ich hob einen Finger an die Stirn und fühlte abgeschürfte Haut und einen klebrigen Blutfleck.

»Das war 'n schlimmer Sturz«, sagte eine Frauenstimme über mir. »Sie müssen gestolpert sein.«

Ohne nach oben zu sehen, wusste ich, wer es war. Ich hatte ihren Fuß am Schienbein gespürt und wusste, es war kein Unfall gewesen. Mein Herz vollführte mehrere Saltos in seinem Rippenkäfig. »Was immer Sie wollen, ich hab es nicht, und ich kann es nicht beschaffen«, sagte ich und kam endlich auf alle viere. Ich verlagerte mein Gewicht auf die Fersen und versuchte aufzustehen. Aber die Sohle ihres Stiefels drückte auf mein Rückgrat und hielt mich fest.

Ich drehte mühsam den Kopf, sodass ich sie richtig sehen konnte. Sie war ein paar Jahre älter als ich, Mitte dreißig oder Anfang vierzig, mit einem vernarbten Gesicht und strähnigem braunem Haar. Sie war groß und kräftig gebaut, nicht dick, aber muskulös mit stämmigen Schultern. Die Kälte schien ihr nichts auszumachen. Sie trug eine abgenutzte Motorradjacke und schwarze Jeans. Alles an ihr erinnerte mich an die unangenehmeren Seiten meines früheren Lebens: Tüten mit alten Tortillachips, Kaffee, der schon den ganzen Tag herumgestanden hatte, Frühlingsrollen, die unter dem roten Wärmestrahler an einer Tankstelle aufgewärmt wurden, Salz an den fettigen Fingern und der scharfe Geruch von Kleidern, die man zu oft getragen hat.

»Sie müssen mit Iwan Popov reden«, sagte ich. »Es geht doch irgendwie um eine Landkarte, oder?«

»Mit wem?«

»Ein Russe, der Autos klaut«, sagte ich. »Hat eine Werkstatt, wo er Autos auseinander nimmt, draußen in East Missoula. Alte Texaco-Tankstelle, nicht weit vom Highway.«

Ich trug einen Rollkragenpullover, und sie beugte sich herab, zog ihn von meinem Hals und strich mit dem Finger an dem Schnitt entlang, den sie mir am Tag zuvor verpasst hatte. »Du scheinst es ja mit den Osteuropäern zu haben«, knurrte sie mir ins Ohr. Ihre Jacke fiel auf, und eine alte Tätowierung unter ihrem rechten Schlüsselbein kam zum Vorschein, ein roter Drache und der Name *Josie* in dicker schwarzer Tinte.

»Wovon redest du?«, fragte ich und riss mich los.

Sie steckte die Hand in die Manteltasche und zog ein glänzendes Polaroidfoto aus der Innentasche. Ihr Lächeln war so breit wie eine Mondsichel. »Dein Freund«, sagte sie, ließ das Foto fallen und drückte mein Gesicht wieder zu Boden. »Ich bin sicher, es würde dir gar nicht gefallen, wenn ihm etwas zustoßen würde.«

Ich riss die Augen auf und starrte das Bild an. Es war ein eilig aufgenommener Schnappschuss, etwas unscharf. Trotzdem erkannte ich, was darauf abgebildet war. Es war mein Haus, düster und farblos vor dem schneeweißen Hintergrund. Da war meine Veranda, die Farbe an den Stufen abgeblättert bis auf das bloße Holz, der Briefkasten offen. Und da war Kristof, die Hand auf dem Geländer, den Kopf leicht nach vorn geneigt, die Wangen von der Kälte gerötet.

»Danke für die Auskunft«, hörte ich sie sagen. »Ich geb dir Bescheid, wie's läuft. Mit diesem Iwan.« Dann nahm sie den Stiefel von meinem Rücken, wandte sich der Einmündung der kleinen Straße zu und verschwand.

8

Ich brauchte keinen zweiten Besuch von Josie, der Drachendame, um zu wissen, wie die Sache mit Iwan ausgehen würde. Die beiden suchten dieselbe Sache, und auch wenn Iwan die Landkarte gefunden hätte, war es eher unwahrscheinlich, dass er sie teilen wollte. Zweifellos würde ich Josie bald wieder sehen und vermutete, bei der dritten Begegnung würde sie nicht so nett sein.

Ich zwang mich, meinen Blick von dem Foto mit Kristof zu lösen, steckte es in die Tasche und stand vorsichtig auf. Dass ich mich in Josies, Iwans und Bennetts kleine Dreiecksgeschichte eingemischt hatte, war eine Sache. Aber jetzt war Kristof auch darin verwickelt. Die Tatsache, dass sein Wohlergehen in meiner Hand lag, erfüllte mich mit tiefer Besorgnis.

Der Gehweg unter mir drehte sich, und ich lehnte mich an die Backsteinwand, um das Gleichgewicht wieder zu gewinnen. Ich atmete tief ein, dann noch einmal und sah dann zu, wie mein Atem aufstieg und sich auflöste. Im Gesicht spürte ich den angetrockneten Schmutz und das warme Blut von dem Sturz. Ich drückte mich an der Wand hoch, ging in Charlies Bar zurück und auf die Toilette.

Es waren kaum mehr als drei Meter von der Hintertür bis zu den Klos. Von dem kleinen Flur aus sah ich Vera Popov, die immer noch wie ein billiges Pin-up-Model an der Bar saß: der Rücken gerade, die Brüste herausgedrückt, das Bein untergeschlagen. Der Junge war weg, und Vera musterte die Menge wie ein Wolf, der eine Herde Vieh beäugt. Ich wandte den Blick ab und legte meine Hand an die Toilettentür, als ich spürte, dass mich ein Augenpaar fixierte. Das Gesicht, zu dem die Augen gehörten, war nicht mehr so jung wie damals, als ich es zuletzt gesehen hatte, trotzdem erkannte ich Jeff Riley sofort. Lieber Gott, dachte ich, während ich mich duckte, um seinem Blick auszuweichen, das hat mir gerade noch gefehlt. Ich trat in die Toilette, verschloss die Tür hinter mir und drehte das heiße Wasser an, so weit es ging.

Ich wusste, dass er warten würde, bis ich herauskam, und ließ mir Zeit, wusch mir das Gesicht und tupfte meinen Mantel mit einem Papierhandtuch ab. Nachdem ich mir die Haare unter die Mütze geschoben hatte, sah ich fast normal aus.

Riley hatte sich auf einen Hocker im hinteren Teil des Lokals gesetzt, in der Nähe der Toiletten. Als ich durch die

Tür kam, senkte er den Kopf, nickte jedoch kurz als Zeichen, dass er mich erkannte. »Alles in Ordnung?«

Ich schaute ihn an, seine perfekten weißen Zähne, ein väterliches Lächeln auf den Lippen, und meine Kindheit sprang mir entgegen, als sauste ich in einer mörderischen Biegung flussaufwärts.

An dem Abend, als meine Mutter auf meinen Vater schoss, hatten sie nicht zum ersten Mal Streit. Bei einigen meiner frühesten Erinnerungen ging es um Gewaltanwendung von geringerer Tragweite, die ich durch die Wände meines Zimmers hörte. Auf dem Steinboden zerschmettertes Porzellan. Die Geräusche von zwei miteinander ringenden Menschen. Atemloses Schluchzen. Und es gab subtilere Formen erbitterten Hasses. Die Kleider, die meine Mutter trug. Dünne Bändchen, die sich hinten kreuzten und die ganze Länge ihres Rückens und die Rundung der Schultern freigaben. Die Art und Weise, wie sie es genoss, sich bei Partys mit Männern zu unterhalten, wie sie ihren Hals milchig weiß und wie gemeißelt darbot, wenn sie den Kopf in den Nacken warf und lachte.

Am Tag, nachdem mein Vater durch den Schuss verwundet worden war, brachte mich eine Sozialarbeiterin in die Stadt zur Polizeiwache und setzte mich in einen gelben Raum, wo es zerlumpte Puppen und Zeitschriften gab. Es war wie das Wartezimmer beim Arzt, nur schlimmer. Von der Party bei meiner Freundin hatte ich noch ein Fläschchen rosa Nagellack in der Tasche, und während ich wartete, bepinselte ich jeden einzelnen meiner Fingernägel.

Als sie endlich kamen, um mich zu befragen, hatte ich mir bereits alles ausgedacht. Ich sagte ihnen überhaupt nichts. Ich hasste meine Mutter wegen dieser Tat, ich hatte sie auch schon gehasst, bevor sie auf ihn schoss. Aber ich wollte im Kampf meiner Eltern nicht Partei ergreifen. Der junge Polizeibeamte, den sie schickten, um mit mir zu sprechen, sah gut aus – wie ein Sänger oder ein Teenageridol. Sich überkreuzende Schattenlinien der mit Draht verstärkten Glasscheibe zwischen uns fielen auf sein Gesicht. Ich werde nie vergessen, wie enttäuscht er aussah, als er ging.

An kleinen Städten ist vor allem bemerkenswert, dass sich die Dinge dort ungewöhnlich langsam verändern. Es ist gut möglich, dass die Schulbank, auf der man als Zweitklässler saß, noch am selben Platz steht und die Herzen und Pfeile, die man damals ins Holz geschnitzt hat, noch da sind, und der Junge, dem sie galten, noch in dem kleinen Laden in der Nähe der Autobahn arbeitet. Die meisten Gesichter sind einem vertraut, selbst wenn sich die Begleitumstände völlig verändert haben: Der Quarterback aus dem Football-Team der Highschool zum Beispiel hängt jetzt bleich und schlapp an der Bar.

So war es also keine Überraschung, Riley wieder zu sehen. Seit ich zurück war, hatte ich erwartet, ihn irgendwo zu treffen. Der junge Polizist war älter geworden, wie vorauszusehen, aber er war immer noch attraktiv wie ein Wildwestheld. Groß und schlaksig, glatt rasiert und mit kurzem Haarschnitt, Mitte vierzig und langsam auf ein gut erhaltenes Seniorenalter zugehend. Sein Gesicht unter einer dünnen Schicht Stoppeln war gerötet und gesund. Es war ein Gesicht, zu dem »Yes, Ma'am« passte: pflichtbewusst, höflich, nicht unfreundlich. Er trug Straßenkleidung, braune Cowboystiefel, Jeans und eine abgetragene schwarze Carhartt-Jacke.

Nach dem Vorfall mit dem Schuss war ich nicht gerade eine Musterschülerin, und Riley hatte besonderes Interesse an mir gezeigt. Rückblickend betrachtet bin ich sicher, dass er es gut mit mir meinte, aber damals hasste ich ihn. Ich verabscheute die Zirkuskarten der Polizeiorganisation für die Jugendarbeit, die milden Gaben. Ich erinnere mich, dass er einmal zur Highschool kam, als sie mich zeitweilig vom Unterricht ausschließen wollten. Er überredete die Direktion, mir noch eine Chance zu geben, und ich verachtete ihn deswegen, sah auf seine ernste, selbstgerechte Art herab, wenn er mit mir sprach.

Jetzt starrte ich ihn an und vergaß, was er mich gefragt hatte, und dass ich an der Reihe war, etwas zu sagen.

»Geht's dir gut?«, fragte er noch einmal.

Ich nickte. »Ja.«

Man darf nicht vergessen, dass Polizisten einem immer das Gefühl geben, man hätte etwas Schlimmes angestellt, auch wenn es gar nicht so ist. Und auch Riley war so. Er schwieg einen Augenblick und betrachtete mich aufmerksam.

»Willst du mit mir essen?«, sagte er, und seine Stimme war nur ein klein wenig gönnerhaft. Er zeigte auf ein halb gegessenes Sandwich und eine Schüssel Gumbo-Suppe.

»Ich hab keinen Hunger.«

Riley blinzelte kurz, dann noch einmal und schaute mir ruhig ins Gesicht. »In Erinnerung an alte Zeiten«, sagte er.

Ich begriff, dass dies keine Bitte war, ich hatte keine Wahl.

»Es ist schön, dich wieder zu sehen, Meg«, sagte er schließlich.

Ich hatte mir Gedanken über wichtigere Dinge zu machen und dachte kurz daran, einfach durch die Hintertür zu schlüpfen, beschloss dann aber, dass ich die Unterhaltung, die er mit mir führen wollte, wohl doch hinter mich bringen sollte. In einer so kleinen Stadt wie Missoula kann man den Leuten nicht ausweichen. Ich wusste, dass er mich früher oder später aufspüren würde, also setzte ich mich auf einen Hocker ihm gegenüber, streifte meinen Mantel ab und bestellte mir eine Tasse Kaffee.

»Kann ich dir etwas zu essen bestellen?«, fragte er noch einmal.

Ich schüttelte den Kopf. »Ich habe gehört, Sie sind befördert worden.«

»Polizeipräsident«, sagte er. Er hielt einen Löffel Gumbo auf halbem Weg zu seinem Mund an. »Was hast du so getrieben?«

Ich zuckte die Achseln. »Hab 'ne Weile in New Mexico unten gesessen.«

»Gott, Meg«, seufzte Riley. »Du hast doch mehr drauf als so was.« Er schob sich den Löffel in den Mund, schluckte und deutete mit dem Kopf zur Hintertür. »Was ist passiert?«

Ich zuckte wieder mit den Schultern. Ich wollte ihn nicht ärgern, es ist einfach meine Art, dass ich mich offiziellen Personen gegenüber nicht gern hilfsbereit verhalte. Wenn ich mit ihnen zu tun hatte, war es zu oft unerfreulich.

»Steckst du irgendwie in Schwierigkeiten?« Er wies mit seinem Löffel auf mein Gesicht.

Ich nahm einen weiteren Schluck Kaffee. Flip sagt immer, die Bullen seien unsere Freunde. Ich bin mir da nicht so sicher, aber ich sah keinen Vorteil darin, ihn zu belügen.

»Ich arbeite für Flip Watkins«, sagte ich. »Anscheinend hab ich jemanden geärgert.«

»Du ziehst Autos ein?«

Ich nickte. »Die Leute haben sich nicht gerade darum gerissen, mir 'n Job zu geben.«

Riley lächelte, und ich konnte mir gut vorstellen, wie das Urteil in seinem Polizistengehirn über mich aussah: Lügnerin, Verbrecherin, Faulenzerin. »Soll ich herausfinden, wer dich angegriffen hat?«

»Nein danke. Das ist Berufsrisiko.« Ich trank meinen Kaffee aus, stand auf und zog meinen Mantel an. »Ich nehme an, ich darf gehen?«

Der Polizeipräsident nickte und stand auf. »Was war denn unten in New Mexico los?«, fragte er, als ich mich gerade an ihm vorbeischob.

»Nichts, auf das ich stolz bin. Passen Sie auf, hören Sie doch einfach auf, den Daddy zu spielen, ja? Es ist mein Leben. Ich werde schon damit fertig.«

»Wenn du mal irgendetwas brauchst«, sagte Riley und legte mir die Hand auf die Schulter, »du weißt ja, ich bin immer für dich da.«

»Alles klar.« Ich wandte mich zum Gehen, hielt dann aber inne. »Ach, da ist wirklich was, über das ich mir Gedanken gemacht habe. Diese Frau, Red Deer. Sieht nicht sehr gut aus für sie, oder?«

Er hob erstaunt die Augenbrauen. »Nein, warum fragst du?«

»Ach, die alten Zeiten. Die haben mich zum Grübeln gebracht.«

Meine Mutter inszenierte ihre große Verwandlung während der letzten paar Jahre, die ich zu Haus lebte. In Gesellschaft zeigte sie ihre neue Leidenschaft sehr offen. Sie fing an, sich im Supermarkt zu bekreuzigen oder plötzlich auf die Knie zu fallen, wenn sie in der Bank wartend in der Schlange stand. Vor jedem Essen flüsterte sie das Vaterunser. *Vater unser, der du bist im Himmel*, sagte sie, und ich sah, wie ihre Augen sich mit hervorgepressten Tränen füllten. Abends hörte ich, wie sie in ihrem Zimmer ihre Sünden bekannte. *Vergib mir die Dinge, die ich getan habe und die ich unterlassen habe.*

Es war kalt auf dem Weg von Charlie's Bar nach Hause, einsam wie ein Streifzug auf einem unbewohnten Planeten. Die Berge ragten drohend wie die blassen Schultern eines nackten Riesen auf. Vögel schwärmten wie dunkle Sterne über die kahlen Äste der Bäume.

Den ganzen Weg die Higgins Street hinunter und über die Brücke, wo der gefrorene Clark Fork unter mir lag, dachte ich an Tina Red Deer; wie ein Spaten das ungepflügte Erdreich umgräbt, durchwühlte ich meine Gedanken. Ich dachte an die dröhnend zufallenden Türen im Gefängnis, das vertraute

Quietschen von Metall auf Metall. Wenn man eingesperrt ist, entstehen gewisse Gewohnheiten. Der lange Weg zur Dusche, das klatschende Geräusch der Gummisandalen auf dem gebohnerten Linoleum. Die ständige Wiederholung der Arbeit, Hände, die jedes einzelne Laken falten – und dann noch einmal. Und beim Essen passt jedes Tablett genau in das andere – aneinander geschmiegt wie zwei Liebende.

Als sie mich damals vor vielen Jahren mitgenommen hatten und mich wegen meiner Eltern verhörten, wurde ich von Riley befragt, der damals noch ein ganz junger Kriminalpolizist war. Riley, der in der Diele gestanden hatte, unter dem Blick meiner Mutter errötete und später die Worte UNFALL, VERSEHENTLICHER SCHUSS auf das Stück Papier schreiben sollte, das meine Mutter vor dem Gefängnis rettete. Und Riley gegenüber hatte ich meine ersten Unterlassungssünden begangen.

Ich erzählte ihm nichts von meiner Mutter, wie sie meinen Vater dazu bringen konnte, dass er vor ihr zurückwich. Ich erzählte ihm nichts von den langen Fahrten meines Vaters zum Reservat und dass meine Mutter das Wort *Squaw* aussprach, als sei es scharfe Munition. Und ich erzählte ihm nichts von der Frau, die zu unserem Haus gekommen war. Sie hatte am Tag, bevor Vater durch den Schuss verletzt wurde, plötzlich auf der Veranda gestanden. Ihr Haar war schwarz und glatt, wie poliert. Ein glänzender Zopf hing auf ihren Rücken herab. Sie war die erste Frau, die ich je gesehen hatte, die schöner als meine Mutter war. Ihre Beine waren muskulös und ihre Hände wie kleine zarte Vögel.

Sie hatte ein Kind dabei, ein kleines Mädchen ungefähr in meinem Alter, vielleicht ein oder zwei Jahre älter. Es hielt die Hand der Frau auf eine Art, die mich erkennen ließ, dass sie Mutter und Tochter waren.

Ich kniete auf der Couch, das Gesicht an die Scheibe des

vorderen Fensters gepresst, und das Mädchen und ich betrachteten einander, als seien wir Rivalinnen.

9

Die Dunkelheit brach an diesem Nachmittag früh und schnell herein. Als ich nach Hause kam, war der Himmel im Westen des Tals mit breiten roten Streifen überzogen. Im Haus war es kalt. Mrs. Carters alter Heizkessel schien gerade genug Wärme zu erzeugen, dass die Rohre nicht einfroren. Der Wind wehte aus der Schlucht herunter, ließ mein Schlafzimmerfenster erbeben und überzog die Scheiben mit Eis. Ich duschte ausgiebig und zog dicke Unterwäsche, eine Wollhose und einen dicken Wollpullover an. Als ich ins Wohnzimmer tapste, zog ich das Polaroidfoto von Kristof aus der Manteltasche, knipste die Lampe an und hielt das Bild unter den Lichtschein.

Als ich klein war, hörte ich meinen Vater einmal zu einem seiner Freunde sagen, es gebe schlimmere Dinge, als zu sterben. Ich wusste nicht genau, was er meinte, aber mein kleiner Kopf nahm den Satz auf und behielt ihn im Gedächtnis. Ich muss jahrelang immer wieder über die Möglichkeiten nachgedacht haben. Etwas Schlimmeres, als zu sterben, konnte ich mir nicht vorstellen.

Meine Hände zitterten, als ich eine Zigarette anzündete und das Bild auf die Lehne der Couch legte. Sie hatte ihn beobachtet, dachte ich, ohne dass er es wusste. Ich ging zum Fenster, schaute auf die leere Straße hinaus und versuchte mir vorzustellen, wo sie gestanden haben konnte. Vielleicht im Schatten der Büsche im Nachbargarten, den großen, die im Spätsommer gelbe Blüten trugen.

Man muss sich Hitze vorstellen, die sich sengend heiß dem

Auge nähert, oder Fingernägel, die einem bis auf die Haut abgezogen werden, und das empfindliche Fleisch, das roh und nackt wie das Innere einer Orange bloßgelegt wird. Man denke an all die brutalen Formen der Folter: Daumenschrauben, spitze Treibstöcke für das Vieh, der panische Kampf um Atem und die Angst vor dem Ertrinken, wenn man immer wieder untergetaucht wird. Man muss sich das Wunder vorstellen, was der Körper alles aushalten kann. All dies kann man überleben, und Schlimmeres. Man kann auf der anderen Seite dieser unsäglichen Schmerzen wieder auftauchen und dankbar sein für die Luft, die man keuchend in die Lunge befördert.

Als ich Kristof zum ersten Mal küsste, legte er den Finger auf eine kleine faltige Narbe auf meinem Gesicht, einen Spalt, wo die Zellen zerstört worden waren und die Haut in leicht abweichendem Farbton nachgewachsen war. Später, nachdem ich mich ausgezogen hatte, fand er andere Zeichen, einen langen Haken auf meiner Wade, eine schon fast verschwundene Vernarbung am Ellbogen mit einer sauberen Bordüre aus genähten Stichen. Natürlich konnte er die Geschichten hinter diesen vernarbten Wunden nicht kennen. Er hätte nicht erraten können, welche ein Überbleibsel von einem Sturz auf dem Spielplatz oder welche das Andenken an einen Verrat war. Aber trotzdem hatte seine Zunge, die sich an diese kleinen Spalten drückte, etwas Obszönes an sich, ihre Intimität hatte etwas Unanständiges. Es war fast, als könne er im bitteren Salzgeschmack meines Schweißes jeden brutalen Moment der Verletzung schmecken.

Ja, dachte ich, mein Vater hatte wohl Recht. Es gibt Dinge, die schlimmer sind als das Sterben, Dinge, die nichts mit der festen Hülle der eigenen Haut zu tun haben.

Was wäre, wenn sie die Hand eines anderen Menschen nehmen und die Knochen zerschmettern würden? Was, wenn sie einen zum Zusehen zwängen? Würdest du an diese Hände denken, wie sie vorher waren, an die leichte Berührung dieser Finger an deinem Becken, den blassen Abdruck des Daumens auf der Innenseite deines Oberschenkels, die Handflächen, die sich um deine Brüste legten? Wenn sie ein Messer an seine Kehle legten, an die Stelle, wo du einst die regelmäßigen Schläge des Herzens gezählt hattest, und würdest du den Einschnitt immer wieder vor dir sehen? Wäre es eine Vorstellung, eine Einführung, eine Tür, die sich dem Angesicht des grinsenden Leids öffnet?

Ich schlüpfte in meine Sorelstiefel und den Mantel, nahm Mrs. Carters Zweiundzwanzig-Kaliber-Pistole und ging zur Tür.

Es war kurz vor acht, als ich quer durch die Stadt und durch die vom Wind glatt gefegten Flanken des Hellgate Canyon hinausfuhr. Ich hoffte, Iwan so besänftigen zu können, dass er zumindest eine freundliche Warnung annehmen und mir dafür Informationen geben würde. Zum Beispiel, was genau Josie eigentlich suchte und warum.

Die Wolken hatten sich zerstreut, und es war eine recht klare Nacht. Draußen im Canyon ragte der Schatten des Mount Jumbo empor und verdeckte die Sterne und die dicke Mondsichel. In East Missoula, das zwischen den beiden Bergen versteckt liegt, war es mindestens zehn Grad kälter als in der Talebene. Die schneebedeckten Stadtviertel glühten unter dem orangegelben Licht der Straßenlampen. Die Fernseher flimmerten hinter den Fenstern. Girlanden der Weihnachtsbeleuchtung schaukelten im Wind. Verrostete Autowracks und ausgemusterte Haushaltsgeräte lagen auf den Rasenflächen der Gärten verstreut wie Treibgut am Strand.

Ich sah Iwans gelben Camaro, den Darwin und ich hätten beschlagnahmen sollen und der vor der ehemaligen Texaco-Tankstelle von East Missoula geparkt war. Die Fensterscheiben der alten Werkstatt waren weiß gestrichen, sodass ich nicht hineinsehen konnte, aber ich stellte fest, dass dahinter Licht brannte. Außer dem Camaro, dessen Windschutzscheibe mit Eis bedeckt war, stand kein einziges Auto auf dem Parkplatz. Ich fuhr vorsichtig von der Straße herunter neben die stillgelegten Tanksäulen und stellte den Motor ab.

Irgendwo in der Garage spielte ein Radio, dessen Klang bis draußen auf den Parkplatz drang. Ein Lokalsender schmetterte Hörerwünsche und spielte dann zum Schluss einen alten Quiet-Riot-Song. Ich ging zur Tür und klopfte. Ich schlug so fest dagegen, dass meine Knöchel zu schmerzen begannen. »Iwan!«, rief ich.

Ich wartete einige Sekunden und klopfte wieder, schirmte mit den Händen seitlich die Augen ab und versuchte durch das weiß gestrichene Fenster hineinzuspähen. Gleich links neben der Tür war ein kleiner Kratzer in der Farbe, und ich konnte einen Teil des Raums sehen. Einen alten Ladentisch aus Glas. Die Ecke einer Kasse. Einen Aschenbecher voller Zigarettenkippen und eine leere Stolichnaja-Flasche.

Da noch immer niemand reagierte, drehte ich mich um, ging zur Rückseite des Gebäudes und suchte dort nach einem Eingang.

Im Schnee hinter der Garage waren wirre Spuren von Fußstapfen zu erkennen. Ich sank mit meinen Stiefeln in den pulverigen Schnee ein und bahnte mir zwischen Büschen und Gras einen Weg. Die Musik war hier hinten lauter, und als ich endlich den Hintereingang erreichte, begriff ich auch, warum. Die Hintertür stand offen, von einer dicken Schneeschicht, die sich auf der Schwelle angesammelt hatte, offen gehalten. Ich sah mich um und hatte plötzlich das Gefühl, nicht allein zu sein. Ich tastete nach der Pistole in meiner Tasche und trat ein.

In der Garage war es warm. Die Heizung war so weit aufgedreht, dass sie einen Ausgleich für die offene Tür schuf. Es roch intensiv nach Farbe, Schmierfett und Benzin.

»Iwan!«, rief ich. Keine Antwort.

Das Chassis eines Autos, dessen Marke nicht zu erkennen war, schwebte hoch über mir auf einer Hebebühne. Ein Stapel Radkappen lag wie kaputte fliegende Untertassen in einer Ecke. Ich sah das Radio, ging zu dem Regal hinüber, auf dem es stand, und schaltete es ab. Wohltuende Stille senkte sich über die Garage.

»Iwan!«, versuchte ich es noch einmal. Nichts.

Und dann sah ich ihn. Es war wie eine optische Täuschung, eine kurze Wahrnehmung aus dem Augenwinkel, die verschwindet, wenn sich der Blick von vorn darauf richtet. Ich hatte seine Hand bemerkt, die sich weiß von dem schmutzigen Betonboden abhob. Seine Finger klammerten sich an die Seite einer Schmiergrube, zuerst dachte ich, er hielte sich daran fest und sei dabei sich hochzuziehen. Aber je näher ich kam, desto klarer wurde mir, dass das nicht seine Absicht sein konnte.

Iwan war für die Gelegenheit perfekt gekleidet, als hätte er vorher gewusst, dass man ihn für immer mit den Kleidern im Gedächtnis behalten würde, die er an diesem Tag trug. Er hatte einen dunklen Anzug und ein rosa Hemd an und trug eine gut sitzende blassblaue Krawatte um den Hals. Eine Hand war erhoben, die andere auf den Rücken gebogen. Seine Knie waren ein Stück weit zur Brust hochgezogen. Die Grube hatte genau die richtige Größe und Tiefe für ihn, wie ein maßgefertigter Sarg.

Ich ging in die Hocke, um ihn besser sehen zu können. Die Augen waren weit geöffnet, und die Lichter über ihm spiegelten sich in seinen Pupillen wie zwei helle Perlen. Ein schwarzer Schnitt zog sich quer über seine Kehle wie ein Lächeln, das an die falsche Stelle gerutscht war. Wer immer das getan hatte, hatte saubere Arbeit geleistet. Sein Kopf war so weit zurückgebogen, dass sein Hemd und die Krawatte nur ein paar Spritzer abbekommen hatten. Das Blut floss seitlich an seinem Hals in zwei geraden Rinnsalen hinunter und sammelte sich unter seinen Schulterblättern.

Ich habe immer schon eine Schwäche für schlechte blutrünstige Filme gehabt, wo mit der Kettensäge gemordet und mit der Mistgabel getötet wird. Mir gefällt es, wie fein säuberlich diese Filme die Gewalt einsetzen, wie leicht man voraussagen kann, welche Figur sterben wird. Und obwohl man sich innerlich schon früh vom Cheerleader distanziert, die allzu leicht ihre Jungfräulichkeit aufgibt, erfüllt es einen doch mit Angst, wenn man ahnt, dass sie auch ihren Kopf noch verlieren wird. Ich habe lange über diese Filme nachgedacht und bin zu dem Schluss gekommen, dass die grobschlächtigen Moralkategorien einem übergeordneten Zweck dienen. Sie erlauben es, dass man eine Figur ganz und gar nicht mag und jede Spur von Mitgefühl oder Empörung ablegt. Wenn so die nebensächlichen Gefühle aus dem Weg geräumt sind, kann man die Herrschaft des Terrors in all seiner Herrlichkeit erleben.

Und ich mag ungeschriebene Gesetze und Regeln, den Keller, in dem man nie nachsehen, das Fenster, durch das man nie hindurchblicken darf, das seltsame Geräusch, dem man nicht nachgehen sollte. Und dann der letzte Knaller ultimativer Dämlichkeit: Das Mädchen im Nachthemd kommt die Treppe herunter, die Kamera ist auf ihre Brustwarzen gerichtet, die sich unter dem Baumwollstoff abzeichnen. Oder der Möchtegern-Held sinkt neben dem gerade erledigten Bösewicht in die Knie. Kameraschwenk zur langsam pulsierenden Halsschlagader. Schwenk zu den leise sich regenden Fingern. Die Wiederkehr des Bösen naht.

In der allwissenden Macht des Zuschauers liegt so etwas wie ein perverses Vergnügen. Du weißt, wer am Fuß der Treppe lauert. Die hundert und mehr Personen in der Dunkelheit um dich herum wissen es auch. Ein einziger kollektiver Seufzer. Oberschenkel drücken sich gegen Sitze. Und alle sehen gespannt weiter zu.

Das Problem im wirklichen Leben ist – die meisten Leute werden Ihnen das bestätigen –, dass man nicht überall zugleich sein kann. Es gibt kein Zoomobjektiv an der Hintertür, keine unter der Decke angebrachte Kamera. Jeder Blick erfasst nur den jeweiligen Standpunkt, und so fummelt man sich durch – weiter in das unbekannte Geschehen hinein.

Es dauerte eine Sekunde, bis sich mir die ganze Bandbreite der Situation erschloss. Meine Beine begannen zu zittern, und ich spürte, wie mein Magen rebellierte. Ich setzte mich auf einen Stoß Lkw-Reifen, zündete mir eine Zigarette an und versuchte, Ruhe zu bewahren. Iwans starrer Blick war auf einen Punkt knapp über meinem Kopf gerichtet. Wenn ich die Augen zukniff, konnte ich mir fast vorstellen, dass er mich direkt ansah, als ob wir uns unterhielten. Ich starrte auf die Beule an seinem Schädel, drückte meine Zigarette aus und steckte eine weitere an. Trotz der Dämpfe von Farbe und Benzin roch ich den intensiven Geruch seines Blutes.

»He, Iwan«, sagte ich und erschrak über meine eigene Stimme, »bist du ganz allein hier rausgekommen?«

Ich stand auf und ließ den Blick schnell durch die Garage schweifen. Ich hatte Iwans Alltagskleidung gesehen, und für die Werkstatt war er viel zu gut angezogen. Ja, seine Garderobe war fast ungewöhnlicher als das, was man ihm angetan hatte. In Missoula kleiden sich sogar die Mormonen eher nachlässig, ebenso wie Rechtsanwälte, Prediger und Börsenmakler, selbst russische Möchtegern-Gangster. Bestattungsunternehmer sind praktisch die einzigen, die Anzüge tragen.

Ich schlüpfte in den kleinen Raum vor der Werkstatt, den ich durch das Fenster gesehen hatte. Hocker standen an einer alten Theke. Da war die leere Stoli-Flasche, die ich gesehen hatte. Daneben zwei Gläser, eines mit dem leuchtend roten Schmetterlingsabdruck eines Lippenstifts. Also war eine Frau hier gewesen.

Mein erster Gedanke war, dass es Josie gewesen sein könnte, doch das lieferte keine Erklärung für Iwans Bekleidung. Und warum hätte er eine Flasche Wodka mit ihr teilen sollen? Warum hätte sie kostbare Zeit mit Trinken verschwendet? Nein, sagte ich mir. Josie war vielleicht hier gewesen, aber der Abdruck am Glas war der Lippenstift einer anderen Frau. Die logischste Erklärung war, dass Iwan eine Verabredung gehabt hatte. Warum sonst hätte er den noblen Anzug und die schicken schwarzen Schuhe angehabt, die im Winter so unpraktisch waren?

Ich drückte meine Zigarette mit dem Absatz aus. Dann fiel mir ein, dass ich keine Spuren hinterlassen sollte und bückte mich, um die Kippe aufzuheben.

Ich richtete mich gerade wieder auf, als ich unter dem Regal, auf dem die alte Kasse stand, etwas entdeckte. Eine geschmacklose, kleine Handtasche aus rotem Satin mit aufgestickten Goldperlen und einem stilisierten Blumenmuster – etwas, das Darwin gehören könnte. Ich zog die Tasche heraus, öffnete den Verschluss und sah hinein. Eyeliner. Rouge. Lidschatten in einem schrecklichen Lilaton. Zigaretten. Ein Lippenstift, der sich Carmine Passion nannte, passend zu dem Abdruck am Wodkaglas.

Ich kramte in den Kosmetikartikeln und hoffte, eine Geldbörse zu finden, eine Kreditkarte, irgendetwas. Mehrere verkrumpelte Zwanzigdollarscheine tauchten zwischen einer Ansammlung Bürstchen und Nagelfeilen auf. Ich zog ein kleines Fläschchen heraus und las das Etikett. Es war Russisch, hellblaue Buchstaben auf einem Hintergrund von rosafarbenen und weißen Blümchen. Ein Geschenk von Iwan? Ich schraubte den kleinen goldenen Deckel der Flasche ab und roch daran. Sogar russisches Parfüm war zweitklassig.

Ich stellte das Fläschchen beiseite und suchte weiter in der Tasche. Meine Finger trafen auf ein Gewirr von Schlüsseln, die ich herauszog und auf die Theke legte. An der Kette war ein Kaninchenfuß angebracht, das Fell grell rosa gefärbt. Ein kleines Schildchen hing an der Pfote, ein glänzendes Stück Kupfer, auf das das Wort VERA eingestanzt war. Plötzlich begriff ich, was das Parfüm bedeutete.

Meine Mutter hatte Parfüm getragen, als ich klein war. White Shoulders. Das billige Zeug, sagte sie immer, verriet ihre Herkunft als Tochter eines Weizenfarmers. Selbst als sie wohlhabend genug war, um sich etwas Besseres leisten zu können, trug sie es weiter. Ich erinnere mich an andere kleine Flaschen mit einer bernsteinfarbenen Flüssigkeit, die auf ihrem Frisiertisch standen, teurere Düfte, die ungenutzt herumstanden. Eines Tages versuchte sie es mir zu erklären. Sie sagte etwas über die Persönlichkeit einer Frau, etwas über Duft und Vertrautheit, etwas, das ich nicht ganz glaubte.

Später erst verstand ich die Macht der Düfte und dass es der Geruchssinn ist, über den ein Mensch sich am leichtesten einem anderen mitteilen kann. Als ich in New Mexico in der Wäscherei arbeitete, hielt ich oft mein Gesicht an die heißen Laken aus dem Trockner. Es war wie in der Kindheit, dieser Geruch warmer Baumwolle, wie die molligen Laken, mit denen meine Mutter im Winter mein Bett bezog. Und manchmal, wenn der Wind von der Wüste her kam und nach Kiefern oder Salbei roch, stand ich im Garten und sog ihn in mich hinein. Ich dachte an meinen Vater und daran, wie ich mit ihm im Frontgebiet der Rocky Mountains auf der Jagd war. Einmal sah ich eine Herde Antilopen über einen Bergrücken fliegen, deren Bewegungen so präzise waren wie die der Soldaten in einer Armee. Es war ein ganzer Strom, eine große Welle, die sich über den braunen Hügel ergoss, sich plötzlich nach Osten wandte und weiterzog.

Ich verstand also, warum Vera schlechtes russisches Parfüm in ihrer Tasche mit sich herumtrug. Aber es war mir unbegreiflich, wieso sie die Handtasche zurückgelassen hatte. Wenn es etwas gibt, das eine Frau nie vergisst, dann ist es ihre Handtasche. Ich besah mir die knallbunte Tasche näher, während ich versuchte, mir den Abend der beiden vorzustellen. Sie musste sich beeilt haben, um nach einem kurzen Abschied von dem Jungen, mit dem ich sie hatte sprechen sehen, hierher zu kommen. Nick Popov hatte Recht, er hätte es wissen sollen. Und jetzt hatte sie sich also mit seinem eigenen Sohn getroffen.

Und was dann? Sie war kurz auf die Toilette gegangen? Etwas hatte sie veranlasst, nach draußen zu gehen. Und als sie zurückkam, was hatte sie gesehen? Etwas, das sie ihre Tasche vergessen ließ. Etwas, das sie dazu brachte, schnell zu gehen. Den toten Iwan vielleicht. Oder vielleicht war sie diejenige, die ihn getötet hatte, obwohl mir das unwahrscheinlich erschien.

Draußen auf der Straße vor der Werkstatt brauste ein Lkw vorbei, und seine Motorbremsen quietschten wie ein gestrandeter Wal. Ich schaute auf, bekam Gänsehaut an den Armen und sah, wie das Scheinwerferlicht über die weiß gestrichenen Fensterscheiben glitt. Du bist schon zu lange hier, sagte ich mir. Ich stopfte sämtliche Gegenstände in Veras rote Tasche zurück, klemmte sie mir unter den Arm und verließ die Werkstatt.

Auf der Rückfahrt in die Stadt kam ich nur langsam voran. Der Wind heulte unablässig, und der Schnee auf den Straßen war zu hart gefrorenem, glattem Eis geworden. Ein Schleier aus trockenem Neuschnee wirbelte über die Teerdecke. In der Nähe der Van-Buren-Street-Brücke fiel mir ein blauer Volkswagen auf, der sich überschlagen hatte und halb von einer Schneeverwehung zugedeckt war. Die wenigen Leute, die im Freien waren, hatten sich mit Schals und Mützen vermummt.

Ich schaltete das Radio an und suchte die Sender nach einer Temperaturdurchsage ab. Der letzte Wert vom Flughafen lag bei minus 30 Grad. Auch wenn man hier aufgewachsen war und jeden Winter seines Lebens gegen die Kälte angekämpft hatte, man gewöhnte sich doch nie daran. Was das Wohlwollen gegenüber dem menschlichen Organismus betraf, hätten wir ebenso gut auf dem Mars leben können.

Ich warf einen Blick auf die rote Tasche auf dem Sitz neben mir und dachte an Vera, die mit dem Jungen in Charlie's Bar gelacht hatte, an ihren Schenkel, wie aus Stein gemeißelt und verführerisch. Und ich dachte an die andere Frau und den Drachen, der sich über ihre Brust breitete. Ich hatte Iwan an sie ausgeliefert, und jetzt war er tot.

10

Den ganzen Weg durch die Schlucht hinunter konnte ich den Geruch, der Iwan umgeben hatte, nicht loswerden. Ich kurbelte beide Fenster herunter und zündete mir eine Zigarette nach der anderen an, um ihn damit zu überdecken. Aber der Geruch des Todes hing in meiner Nase und in jeder Faser meiner Kleider. Ich konnte Kristofs Bild und den Gedanken, dass Josie ihn beobachtete, einfach nicht abschütteln. An der Ampel auf der Higgins Street musste ich halten, sauste dann über die Kreuzung und fuhr direkt auf den Broadway zu. Nach Hause konnte ich nicht. Wenn Josie zu Iwan hinausgefahren war und mit leeren Händen abziehen musste, würde sie jetzt wieder nach mir suchen.

Riesige, bunt gestreifte Zuckerstangen-Spazierstöcke und glänzende, mit Girlanden geschmückte Weihnachtsbäume hingen an den Straßenlaternen und schwankten im Wind. Iwan war tot, und ich würde anderswo nach den Antworten suchen müssen, die er mir vielleicht hätte geben können. Ich steckte eine weitere Zigarette an und horchte auf die Räder des Lkw, die auf der glatten Straße summten. Als ich sie halb geraucht hatte, war ich schon am katholischen Krankenhaus vorbei und fuhr auf den Parkplatz von Clayton Bennetts Büro.

Es war eine traurige kleine Bude, die in dieser Gegend mit Plätzen voller Gebrauchtwagen und billiger Motels schon von der Größe her aus dem Rahmen fiel. Ich erinnerte mich an verschiedene frühere Nutzungsvarianten des kleinen braunen Gebäudes. Es war ein Geschäft für Artikel zum Fliegenfischen gewesen, ein Tante-Emma-Laden, ein Pfandhaus. Ich spähte durch das Fenster hinaus auf das bemalte Brett, das über die Tür genagelt war. BIG SKY ADVENTURES. Rechts und links davon waren Doppeldecker auf dem Schild, die beim Abheben schwungvolle Linien zogen.

Zuerst versuchte ich es vorn an der Tür in der Hoffnung, dass ich Glück hätte. Bei einer meiner ersten Beschlagnahmungen hatte ich eine Viertelstunde lang versucht, mich durch ein Fenster in einen Wagen zu zwängen, bevor mir auffiel, dass er überhaupt nicht abgeschlossen war. Aber bei Bennetts Tür hatte ich weniger Glück. Ich ging zur Rückseite des Gebäudes und versuchte es an den niedrigen Fenstern. Ohne Erfolg. Die Hintertür war ebenfalls abgeschlossen, aber neben der Treppe entdeckte ich am Keller eine Bodenluke aus Holz. Die Luke war mit einem Vorhängeschloss gesichert, doch die Befestigung war rostig, und die Schrauben, von denen sie gehalten wurde, wackelten. Ich holte mein Messer aus der Gesäßtasche und schnitt ins Holz, stemmte die Schrauben frei und warf den Befestigungsgriff beiseite.

Die Luke ging ohne Schwierigkeiten auf, und man sah die ersten Stufen einer Treppe, weiter unten war alles dunkel. Ich ging vom Eingang weg, stapfte zum Wagen zurück, suchte eine Taschenlampe, kam wieder zurück und stieg hinab. Es war so feucht, dass die Kälte im Keller noch deutlicher zu spüren war als draußen. Der Strahl meiner Taschenlampe glitt über einen rauen Betonboden und die Wände, die Streifen von Schimmel und eingedrungenem Wasser aufwiesen. Es roch nach feuchtem Kalk und Pilz.

Am Fuß der Treppe blieb ich stehen und sah mich in dem niedrigen Kellerraum um. Gerümpel von früher füllte die eine Seite des Raums: Ein Angler aus Pappe mit einer Forelle, die an seiner Angel in der Luft hing und deren regenbogenfarben schillernde Schuppen vom Flusswasser glänzten. Ein altes Werbeschild für Camels, ein Joe Camel mit dicker Nase und Motorradjacke. Zerbrochene Neonreklame. Ein Haufen rostiger Ketten.

In der gegenüberliegenden Kellerecke hatte jemand mit zwei eingezogenen Bretterwänden und einer klapprigen Tür einen behelfsmäßigen Raum geschaffen. Die Tür stand einen Spalt offen. Ich richtete meine Taschenlampe auf den abgeteilten Raum und ging hinein. Mit dem Kopf stieß ich an eine dünne Kette, die bis auf Augenhöhe herunterhing und jetzt hin und her baumelte. In der Hoffnung auf Licht zog ich daran, aber es geschah nichts.

Auf den ersten Blick sah der Raum wie eine Kombination aus Lagerraum und Büro aus, obwohl es unverständlich schien, warum sich jemand hier unten ein Büro einrichten würde. Regale aus Eisenstäben, die seitlich an den Betonwänden befestigt waren, enthielten ausreichend Ausrüstungsgegenstände zum Wandern und Klettern, um eine kleine Expedition zum Mount Everest auszustatten: einen Schlafsack, zahllose Meter Kletterseil, Bergsteigergeschirr, einen Campingkocher, ein

Zelt, mit silbriger Folie wie Astronautennahrung verpackte Notfallrationen und einen warmen, aber leichten Parka. Ein Waffenschrank aus Nussbaum stand an der hinteren Wand. Durch die Glastüren sah ich vier Gewehre, zwei Schrotflinten und mehrere Dosen mit Schrot. Es waren große Kugeln zum Schutz vor Grizzlybären, Luchsen und anderen Raubtieren. Jetzt war klar, weshalb Bennett den Cherokee nicht bezahlen konnte. Ich streifte den Parka über meinen eigenen Mantel. Er allein dürfte schon mehr als einen Tausender wert sein.

In der anderen Ecke des Raums traf meine Taschenlampe auf einen langen schrägen Zeichentisch und zwei hohe Aktenschränke aus Metall. Auf dem Tisch lagen Papierstapel. Ich trat näher, ließ meinen Lichtstrahl weiterwandern und erkannte Karten, die denen aus Bennetts Aktenkoffer ähnelten, die in den Schnee gefallen waren. Sie durchzusehen glich den Vorschulaufgaben, bei denen man die Unterschiede zwischen zwei Bildern finden musste. Jede Karte hatte dieselbe Größe und Form, die gleichen Farben – hellgrün, schwarz und rot. Manche waren Kopien. Andere zeigten leichte Änderungen, und wenn man sie genauer betrachtete, stellte man fest, dass sie andere Gemarkungen betrafen. Ich leuchtete die Worte auf dem weißen Rand auf einer der Karten an, auf der UNITED STATES GROUND SURVEY stand.

Es waren offizielle Geländekarten der Regierung. Jeder, der sich mehr als eine oder zwei Meilen in abgelegenes Gebiet begibt, benutzt sie. Jede Karte bildet nur einen kleinen Bereich ab, fünfzehn mal fünfzehn Minuten auf dem betreffenden Breiten- und Längengrad. Der Vorteil ihrer begrenzten Reichweite ist, dass auf diesen Geländekarten sehr detailliert tatsächlich jeder Felsen, jedes Abfallen des Weges abzulesen ist. Kristof und ich hatten sie im Sommer zuvor benutzt, als wir zum Grasshopper-Gletscher im Gebiet des Absaroka Beartooth wanderten. Ich ging zu den Aktenschränken hinüber und fand weitere offizielle Geländekarten. Sie waren mit Minuten und Sekunden statt mit Namen gekennzeichnet, trotzdem konnte ich darauf ein paar vertraute Stellen unter den vielen topographischen Linien ausmachen: Bass Lake, Kootenai Creek, den Lochsa River. Sie lagen alle im Gebiet der Selway-Bitterroot Wilderness, dem Landstrich südlich von Missoula an der Grenze zu Idaho. Ich dachte an Jan Jorgensons Geschichte über den Absturz von Bennetts Flugzeug in den Bitterroots vor vielen Jahren.

In den Schränken waren ähnliche Karten in dicken Aktenordnern abgeheftet. Jeder Karteireiter war sorgfältig mit einem Datum versehen, manche davon fünfundzwanzig Jahre alt. Die meisten stammten aus den warmen Sommer- oder frühen Herbstmonaten. Die Datierungen auf den Karten der ersten beiden Jahrzehnte lagen weit auseinander und übersprangen manchmal zwei oder drei Jahre. In den letzten fünf Jahren folgten sie dann dichter aufeinander. Der letzte Sommer war mit Karten angefüllt, fast für jeden Tag war ein Datum eingetragen. Und dann, mitten im Oktober, hörten die Aktenangaben plötzlich auf.

Erstaunlich waren nicht die Karten an sich. Bennett hatte beruflich mit Ausflügen zu tun, sie hätten Aufzeichnungen der Flüge sein können, die er für Big Sky Adventures gemacht hatte. Aber die Zeitabfolge war merkwürdig. Und noch etwas anderes war seltsam: Auf jeder Karte war ein anderer Bereich mit rosa Textmarker schraffiert. Bennetts System war überaus methodisch. Erst wenn jeder Zentimeter eines bestimmten Gevierts komplett schraffiert war, ging er zu einem neuen über.

Es gab keinen Zweifel: Bennett war auf der Suche nach irgendetwas gewesen. Niemand kämmt einen Landstrich nur zum Spaß so gründlich durch.

Ich richtete mein Licht wieder auf das Lager der Ausrüstungsgegenstände. Alles war nur einmal vertreten – ein Parka, ein Schlafsack, ein Paar Schneeschuhe. Hatte er versucht, das alte Flugzeug zu finden? War es das, wonach auch Josie und Iwan suchten? Wäre es ein Übungsflugzeug gewesen, wie Flip und Jorgenson gesagt hatten, wäre es die Mühe wohl kaum wert gewesen.

Der Keller war so eisig wie ein Kühlhaus. Ich schloss die letzte Schublade mit Akten und merkte, dass ich sogar im Parka zitterte. Meine Wangen schmerzten und stachen vom Frost. Ich hatte meine Handschuhe ausgezogen und zwängte meine steifen Finger jetzt wieder hinein, schaute mich ein letztes Mal um und leuchtete die Wände mit der Taschenlampe ab.

Ich ließ den kleinen Raum hinter mir, verließ den dunklen Keller und stieg eine Holztreppe hinauf. Auch oben im Haus war es eiskalt. Die ganze Wohnung glänzte unter einer Raureifschicht. Die Luftfeuchtigkeit war zu Kristallen erstarrt. Eiskristalle schimmerten und blinkten in den trüben Lichtvierecken der Fenster. Ich probierte den nächsten Lichtschalter, drückte ihn abwechselnd nach oben und unten. Der Strom war abgestellt.

Er war merkwürdig, dieser Ort, den Bennett zurückgelassen hatte, ohne zu wissen, dass er nie zurückkehren würde. Das Haus roch nach Verfall und Vernichtung. Eine halb leere Kaffeetasse auf einem Schreibtisch. Eine Uhr, die irgendwann stehen geblieben war. Topfpflanzen, die der strenge Frost hatte absterben lassen. Es war, als tauchte man in ein gesunkenes Schiff, in dem das Chaos der Katastrophe unter den Schichten von Schlamm und Korallen erhalten geblieben war. Ich hatte das deutliche Gefühl, dass ich das Haus unbefugt betreten hatte und als Mensch hier fehl am Platz war. Wenn ein mürrischer Barsch vorbeigeschwommen oder der geschmeidige Körper eines Hammerhais in der Tür erschienen wäre, hätte es mich nicht überrascht. Meine Stiefel hinterließen schmierige Spuren auf der Eisschicht des Teppichbodens.

Ich ging durch den hinteren Teil des Hauses, in dem Bennett gewohnt hatte. Es hatte fast etwas Voyeuristisches, die Einzelheiten seines Lebens zu betrachten. Im Schlafzimmer lagen Kleider auf dem Boden. Ein Rasierapparat und eine Dose Rasierschaum lagen auf dem Rand des Waschbeckens im Bad. Eine kleine praktische Küche war notdürftig mit einer Kaffeemaschine, einem Mikrowellenherd, einem Kartentisch und Klappstühlen ausgestattet.

Ich ging den Korridor entlang zum vorderen Teil des Hauses mit Bennetts Arbeitsbereich. An den Wänden hingen Luftaufnahmen. Ich erkannte vertraute Landstriche Montanas: die Felsenklippen der »Chinesischen Mauer« im Bob-Marshall-Gebiet, Tower Falls im Yellowstone Nationalpark, den natürlichen Damm, der charakteristisch ist für die Mission Mountains. Schwarzweiße Bilder zeigten exotischere Orte: eine nierenförmige Insel mit einem endlos langen Strand, einen Flickenteppich von dicht mit Zuckerrohr bebauten Feldern, üppig bewachsene Hügel, die sich aus dem Ozean erhoben.

Das vordere Zimmer enthielt ein paar Stühle und zwei Schreibtische. Einer davon musste wohl seiner Sekretärin gehört haben, da eine lange Reihe von Nagellackfläschchen darauf stand. Am Rand der Schreibunterlage war ein Kartenhalter aus Plastik, der einen Stapel von Bennetts Geschäftskarten enthielt. Neben dem Halter lag noch ein Stapel Visitenkarten. Ich nahm die oberste von dem Stoß.

Gloria O'Keefe, Schönheitsberatung, stand in silbernen Buchstaben auf der rosafarbenen Karte. Zwei gewundene silberne Rosenstöcke rankten sich zu beiden Seiten des Namens empor. Am unteren Ende der Karte stand in kleineren Buchstaben eine Telefonnummer und eine Adresse: 901 South Easy Street. Schönheitsberaterin, dachte ich ratlos. Ich musste die Worte mehrmals lesen, bis mir klar wurde, dass es nur eine andere Bezeichnung für Kosmetikerin war. Ich steckte die Karte der Sekretärin in die Tasche und ging zum anderen Schreibtisch hinüber.

Bennett war nicht gerade ein Ordnungsfanatiker gewesen. Briefe türmten sich auf dem Schreibtisch, überfällige Rechnungen mit Strafandrohungen in verschiedenen Stadien, inklusive der Mahnung von GMAC für den Cherokee. Eine Mitteilung von Montana Power, dass der Strom am 20. Dezember abgestellt würde, erklärte das Fehlen von Heizung und Strom.

Mitten auf dem Schreibtisch lag ein einzelnes Kuvert, das an Bennett adressiert und nachlässig aufgerissen war. Ich streifte die Handschuhe ab, nahm das Kuvert und zog einen glatten, bunten Reklamezettel heraus. Ein Mann mit strahlend weißen Zähnen lächelte mich an. Vergeblich hatte der Airbrushkünstler versucht, die Falten in seinem Gesicht zu retuschieren. Hinter ihm wehte etwas unscharf eine amerikanische Flagge in einer imaginären Brise. HARVEY ECKERS, EIN MANN MIT INTEGRITÄT UND VISIONEN stand auf der Vorderseite des Zettels. Im Innenteil befand sich eine Karte, auf der man eine Reihe von Spendenvarianten ankreuzen konnte: 100 Dollar: Spender, 250 Dollar: Anhänger, 1000 Dollar: Partner.

Offensichtlich hatte Bennett nicht viel von Eckers' Politik gehalten. Jemand – ich nehme an, es war Bennett – hatte Eckers mit einem schwarzen Filzstift einen bürstenähnlichen Schnurrbart auf die Oberlippe gestrichelt, die zwei vorderen Zähne geschwärzt und seinen fast kahlen Kopf mit zwei kurzen dicken Hörnern gekrönt. Plötzlich empfand ich Sympathie für Bennett.

Im Büro war kaum etwas von Interesse. Hätte ich ein Beweisstück im Stil von Perry Mason erwartet, fand ich es jedenfalls nicht. Durch die Fenster zur Straße sah ich den Verkehr auf dem Broadway langsam vorbeiziehen. Auf der gegenüberliegenden Straßenseite war der kleine Laden, in dem Tina und Elton Nachschub an Malt Whiskey geholt hatten. Unter dem Schild des Super Six Hotels blinkte eine grüne Neonschrift ZIMMER FREI.

Ich trat meine Zigarette mit dem Stiefelabsatz auf dem frostharten Teppich aus und schaute mich ein letztes Mal im Büro um.

Draußen auf dem Parkplatz ließ ich den Motor meines Ford aufheulen. Die Heizung blies kalte Luft ins Auto. Ich machte einen Bogen, hielt am Rand des Broadway und beobachtete den vorbeifließenden Verkehr. Die Türen des kleinen Ladens gegenüber flogen auf, und ein Mann mit einer Zwölferpackung Bier im Arm stolperte heraus. Er taumelte vorwärts, schwankte in den grellen Schein der Straßenlampen hinaus, wich den Fahrzeugen aus und fluchte auf die Fahrer, die auf dem Eis um ihn herumfuhren.

Auf seiner rechten Gesichtshälfte war Grind, seine Nase war knollig, unförmig wie ein Blumenkohl und lila, als hätte er blaue Flecken. Er erreichte unversehrt meine Straßenseite, schoss über den Parkplatz des Super Six Motel und schob sich durch eine der Zimmertüren im Erdgeschoss. Obwohl er mich auch an Tina und Elton denken ließ, brachte er mir vor allem die dunklen Gefilde meiner Kindheitserinnerungen mit einem weiteren Schnappschuss meiner Eltern zurück, wieder an einem vierten Juli.

Wir fuhren spät in der Nacht nach Hause, ich saß auf dem Rücksitz und wollte wach bleiben, wollte den Tag festhalten, der gerade zu Ende gegangen war. Um uns herum war es pechrabenschwarz, das matte Schwarz einer Nacht in Montana. Unsere Scheinwerfer gruben sich einen Tunnel, eine fahrende Bühne, auf der immer Neues aufgedeckt wurde. Baumstämme flitzten vorbei und kleine Augen wie aus Kohle oder Spiegelglas. Die Straße war schlecht, kurvenreich und voller Wild. Sie führte mitten durch das Reservat. Hin und wieder schrie meine Mutter leise auf und hielt sich am Armaturenbrett fest, und mein Vater wich seitlich aus. Wieder fast erwischt. Flanken leuchteten vor uns auf, ein Geweih wie Ahornbäume im Winter. Schwarze Hufe donnerten wie Spitzenschuhe von Ballett-Tänzern auf einer Holzbühne. Meine Mutter atmete erleichtert auf.

Ich schlief ein, wachte aber nach kurzer Zeit wieder auf. »Mein Gott«, hörte ich meine Mutter sagen. Wir wichen wieder zur Seite aus.

Ich spähte über den Sitz und sah, dass es dieses Mal kein Hirsch war, sondern ein Mann. Er tappte auf die Straße in das grelle Scheinwerferlicht, dann war er wieder außer Sichtweite. Man hatte ihn nur den Bruchteil einer Sekunde sehen können, aber ich hatte alles wahrgenommen: T-Shirt, Jeans, rote Converse-Turnschuhe, Baseballmütze.

»Wieder mal ein betrunkener Indianer«, kommentierte meine Mutter. Sie zog eine Zigarette aus ihrer Packung auf dem Armaturenbrett, zündete ein Streichholz an und hielt die Hände schützend um die Flamme. Die Streichholzflamme war hell und roch nach Schwefel. Ich sah die feinen Linien um ihren Mund, als sie den Rauch inhalierte.

»Heute Abend ist Powwow«, sagte mein Vater.

Wir fuhren weiter, und immer wieder erschienen Männer, ein Dutzend vielleicht, mit Gesichtern wie blasse Blumen, wie Nachtfalter. Wie die Elstern, die in der Morgendämmerung in niedrigem Flug den Highway überqueren und uns, die wir auf dieser Straße fahren, trotzen.

11

Ich wusste, es war keine gute Idee, zu meiner Wohnung zurückzukehren, aber die Landkarten, die Iwan aus Bennetts Jeep genommen hatte, waren dort, und ich musste sie haben, um nachzusehen, inwieweit sie von den Geländekarten in Bennetts Büro abwichen. Ich nahm Mrs. Carters Pistole aus der Tasche, legte sie neben mich auf den Beifahrersitz und verließ den Big-Sky-Adventures-Parkplatz. Es war nur eine kurze Fahrt von Bennetts Büro zu mir, höchstens zehn Minuten. Ich brauste über die Brücke und die Higgins Avenue hinunter, nahm dann das Gas weg, sobald das Dairy Queen in Sicht kam. Ich kroch im Schneckentempo die Straße entlang, während ich suchend aus dem Seitenfenster hinausblickte.

Die meisten meiner Nachbarn lagen offenbar bereits im Bett. Ich erkannte die vertrauten Autos, die an beiden Gehwegen aufgereiht standen. Den braunen Explorer der Delaneys, Mrs. Jenkins' blauen Taurus. Den hellbraunen Minivan, der dem Paar von gegenüber gehörte. Vor meinem Haus war ein schwarzer rechteckiger Fleck ohne Schnee, wo ich normalerweise meinen Lkw parkte. Nichts Ungewöhnliches also.

An der nächsten Straße bog ich ab, fuhr einmal um den Block und von Westen her auf meine Wohnung zu. Plötzlich sah ich einen blauen Malibu, der in der Straße um die Ecke parkte, dessen Auspuff Abgase in die kalte Luft hustete und dessen Rücklichter wie zwei Raubtieraugen funkelten. Ein Subaru kam die Straße herunter auf mich zu, das Licht seiner Scheinwerfer fiel in den blauen Chevy und zeigte von hinten Josies Kopf und ihre breiten Schultern. Ich trat aufs Gaspedal und fuhr weiter, ohne anzuhalten.

Tausend gute Gründe sprachen dafür, dass ich mich so weit wie möglich von Kristof fern halten solle. Josie und ihre Drohungen waren nur einer davon. Trotzdem fuhr ich über die Van-Buren-Street-Brücke und parkte in der Front Street gegenüber von Kristofs Wohnung, während ich mir tausend und eine Ausrede für meine Anwesenheit ausdachte. Ich sagte mir, er hätte ein Recht darauf, über Josie Bescheid zu wissen, und dass sie ihn schließlich vor meiner Wohnung gesehen hatte. Es stimmte: Ich schuldete ihm das und noch viel mehr. Aber in Wirklichkeit wollte ich ihn einfach sehen. Außerdem konnte ich sonst nirgendwo hin.

Ich stieg aus dem Ford, überquerte die Straße, schloss die Tür zum Flur des Hauses auf, in dem Kristof wohnte, und stieg das Treppenhaus hinauf. Musik spielte in seiner Wohnung, etwas Ausländisches mit einem leichten Anflug von Jazz. Ich klopfte leise und hörte Füße auf dem Boden schlurfen. Die Tür ging auf, und er schaute mich an, dann trat er zurück und lud mich mit einer Handbewegung ein reinzukommen.

»Wo bist du denn gewesen?«

Ich zuckte mit den Schultern. »Arbeiten.«

»Ich bin bei dir zu Hause vorbeigegangen und hab auf dich gewartet.«

Ich zuckte zusammen und stellte mir vor, wie er draußen in der Kälte gestanden hatte.

»Tut mir Leid.«

»Ich hab mir Sorgen gemacht«, sagte er, wandte sich ab und ging in die kleine Küche. »Ich hab versucht anzurufen.«

Ich knöpfte den Parka auf, streifte die Stiefel ab und wusste nicht, was ich sagen sollte. Als ich meinen Mantel auf den Stuhl an der Tür legte, schlug Mrs. Carters Pistole gegen das Holz.

Kristof kam ins Wohnzimmer zurück und reichte mir ein Glas Rotwein. »Mein Gott!«, rief er, als er mein Gesicht sah. »Was ist denn passiert?«

Ich hob eine Hand und betastete die Wunde. »Es sieht schlimmer aus, als es ist«, sagte ich.

Er hatte offenbar keine Möglichkeit gehabt, nach der Arbeit zu duschen. Auf seiner Stirn war ein winziges Muster von Blutspritzern, ein halbes Dutzend kleiner roter Tupfen. Sein Gesicht war rot vom Wind, und ich sah die dünnen blauen Venen unter seiner Haut. Wir standen so nah nebeneinander, dass ich den Schlachthausgeruch an ihm wahrnehmen konnte: staubige Felle, Galle und Exkremente, die letzten Lebensäußerungen eines Tieres vor seinem Tod.

»Was ist los, Meg?«, fragte er schließlich.

Ich nahm einen Schluck Wein, dann noch einen und überlegte, wie ich seine Frage beantworten konnte. Ich wusste, ich sollte es ihm sagen, ich wusste, ich sollte ihn wenigstens an einem kleinen Splitter meines Lebens teilnehmen lassen, ihm wenigstens von Josie erzählen. Aber jede Antwort, die mir einfiel, erschien mir wie der Eingang zu einem Labyrinth oder die Wurmlöcher im Weltraum, auf die die Figuren in Science-Fiction-Filmen immer stoßen. Der Gedanke an so viel Offenheit, der Sog, in den ich dann geraten würde, machte mir Angst.

»Ich sollte nicht hier sein«, sagte ich, stellte mein Glas ab und begann meine Stiefel wieder anzuziehen. »Es ist gefährlich … für dich.«

»Nein«, sagte er. Ich wusste, dass er mich nicht verstanden hatte, und unternahm trotzdem nichts, um es ihm zu erklären. Er ging zur Tür und schob den Riegel vor. »Bitte bleib hier.«

Als ich Kristof kennen lernte, fragte ich ihn, wie es ihm gelungen sei, in den Westen zu fliehen. Ich erwartete Beschreibungen einer dunklen Nacht im Heißluftballon oder einer wilden Flucht über eine verminte Grenze mit ratternden Maschinengewehren in der Ferne. Als er mich anschaute und einfach: »Ich bin zu Fuß gegangen« sagte, war ich zuerst enttäuscht.

»Zu Fuß?«, fragte ich.

Er nickte.

Natürlich war die Wahrheit – als es mir endlich gelang, sie ihm zu entlocken – gerade wegen ihrer Einfachheit so faszinierend. An einem heißen Junitag ging Kristof zu Fuß aus Jugoslawien nach Griechenland. Er war mit seiner Familie auf Urlaub. Zusammen waren sie in den Bergen gewandert, und er ging den anderen ein Stück voraus. Er stand auf einem kleinen Felsvorsprung und sah sie im Tal unter sich. Sie hatten angehalten, um zu Mittag zu essen, und er sah seine Mutter das Essen hinstellen. Sein Vater hatte ein blauweißes Tischtuch aus seinem Rucksack gezogen, es auseinander gefaltet und wie eine Fahne zwischen dem Gestrüpp auf dem Boden ausgebreitet. Sein Bruder kniete nieder, eine winzige Gestalt gegen den braunen Hintergrund des Tals, und machte sich daran, etwas aufzuschneiden – vielleicht Käse oder einen Laib Brot.

Kristof griff in die Tasche und nahm einen Beutel mit losem Tabak heraus. Er rollte sich eine fransige Zigarette und setzte sich auf einen Stein. Als er die Zigarette ausgeraucht hatte, nahm er ein paar Schluck Wasser aus seiner russischen Armeeflasche. Dann, ohne auch nur noch einmal auf die drei Gestalten hinunterzublicken, stand er auf und ging in die Richtung, in der er die Grenze vermutete.

Ich denke gern auf diese Weise an Kristof. Ich stelle mir vor, dass sein Vater Stunden später auf die Uhr schaute und fand, es sei an der Zeit zurückzugehen. Oder dass seine Mutter die restlichen Portionen Wurst und Käse ordentlich in das weiße Metzgerpapier einwickelte, weil sie wusste, dass ihr Sohn fort war.

Am Anfang war ich von Genugtuung über die Fähigkeit erfüllt, einen Augenblick lang ganz kalt zu bleiben, die aus dieser Geschichte sprach. Erst später wurde mir klar, dass ich getäuscht worden war. Dieser einzelne Akt von eisigem Egoismus war nur ein einmaliger Zufall gewesen. Aber da war es schon zu spät, mich aus der Schlinge zu lösen.

Daran dachte ich, als ich in Kristofs Bett lag und dem Zischen des Wassers in den Rohren lauschte, ich dachte über die List in seiner Geschichte nach, über seinen Körper, der wie ein raffinierter Betrüger war. Er kam sauber und warm aus der Dusche, streckte sich neben mir aus und presste die Lippen gegen meinen Nacken, sein Penis lag weich an meinem Bein. Ich atmete tief ein, sog den Geruch seines sauberen Körpers in die Lunge und hielt ihn dort fest. Als er eingeschlafen war, schnarchte er leise. Die Luft entwich rhythmisch seinem Mund wie einem Blasebalg, und das Schwingen tief in seiner Brust klang wie ein exotisches und schönes Instrument, so als hätte sich sein ganzer Körper diesem Klang geöffnet.

Ich schlief ein und träumte vom Schlachthof und der schmalen Rutsche, auf der sie das Vieh einsperren, das getötet werden soll. Die Tiere drückten sich aneinander und rieben das schweißige Fell ihrer Flanken gegen die Holzbretter des Verschlags. Ihr Atem war feucht und warm. Ihre scharfen Hufe knackten auf dem Heu.

Auf einem langen Betonblock lag ein geschlachtetes Tier. Es war bereits enthäutet und ausgenommen, und die Rippen waren wie zwei Flügel ausgebreitet. Der Körper war blau und mit einer Membran dünner Häutchen überzogen, glatt und sehnig wie ein neugeborenes Kalb.

Als ich aus dem Traum erwachte und die Augen in der Dunkelheit des Schlafzimmers aufschlug, spürte ich, wie Kristof sich neben mir bewegte. Er fuhr mit der Hand an meinem Bauch entlang, legte die Handfläche um meine Brust und den Mund an die Mulde am Hals unterhalb meines Ohrs.

»Ich hab dich lieb, Meg«, flüsterte er. Früher hat er das

manchmal gesagt, am Anfang, bevor er wusste, dass er keine Antwort erwarten sollte.

Er breitete die Worte zwischen uns aus wie eine Einladung, und ich dachte nur an *Verlangen*, an nichts als das ungehinderte Begehren des Körpers. Ich rollte mich auf die Seite, legte meine Schenkel um seine Hüften und spürte ihn in mich eindringen.

Es war noch vor sechs, als ich aufwachte und die Augen im dunklen Zimmer aufriss. Vorsichtig, um Kristof nicht aufzuwecken, ging ich in die Küche, machte mir eine Tasse Nescafé und schüttete ihn hinunter. Im Haus war es still, nur der Kühlschrank summte leise, und die Luft blies durch die Heizungsschächte. Der Wind hatte sich gelegt. Draußen im Garten glänzte der Pulverschnee wie der gebauschte Rock eines paillettenbesetzten Kleides. Ich zündete eine Zigarette an und machte mir noch eine Tasse Kaffee.

Ich wäre gern nach Hause gegangen, um mich umzuziehen, die Zähne zu putzen und mich in mein eigenes Bett zu legen, wo ich tagelang schlafen würde. Ich wünschte mir Sicherheit, einen Kokon der Häuslichkeit um mich herum, all die Dinge, die ich mir in jenen Monaten in New Mexico ausgemalt hatte. Ich trank den letzten Schluck Kaffee, kehrte ins Wohnzimmer zurück und sah nach den Stiefeln und meinem Mantel mit der kompakten Pistole. Es war eine schöne handliche Waffe, und ich war dankbar, dass ich sie hatte, aber nachdem ich gesehen hatte, was mit Iwan passiert war, wusste ich, dass ich etwas Handfesteres brauchte, um für meine Sicherheit zu sorgen.

Vor nicht allzu langer Zeit war Montana noch nicht dem Zugriff der gierigen Klauen der Bundesregierung ausgesetzt. Obwohl wir wacker dafür kämpften, dass alles blieb, wie es war, verloren wir letzten Endes doch. Montana erhöhte als letzter

Bundesstaat die gesetzliche Altersgrenze für Alkoholgenuss von achtzehn auf einundzwanzig Jahre, und wir kapitulierten erst, als sie uns drohten, die Mittel für die Highways zu streichen. Selbst während der Ölkrise, als alle anderen nur fünfundfünfzig Meilen fuhren, brausten wir mit achtzig Sachen durch die Gegend. Von den Polizisten in Montana bekam man bis vor kurzem keine Verwarnung für zu schnelles Fahren; sie verlangten lediglich eine »Umweltschutzgebühr« von 5 Dollar, zahlbar an Ort und Stelle in bar. Und erst als das Brady-Gesetz verabschiedet wurde, sahen sich die kleinen Drugstores endlich gezwungen, den Kunden eine Wartefrist von zwei Tagen zuzumuten, bevor sie ihre brandneue Smith & Wesson mit nach Hause nehmen konnten.

Sie denken wahrscheinlich, solche Gesetze verhindern, dass ich als verurteilte Straftäterin in den Besitz einer neuen Glock oder Sig-Sauer kommen kann. Aber weit gefehlt. Von allen Gesetzen, die die Bundesregierung uns aufs Auge drückte, hat sich inzwischen die Brady Bill als eines der ineffektivsten erwiesen. Wäre es ein Samstagmorgen im Sommer gewesen, hätte ich nur durch die grünen Wohngegenden Missoulas zu fahren brauchen, um auf einem privaten Flohmarkt zu finden, was ich suchte. Und ein halber Tag hätte genügt, um in den Kleinanzeigen im *Missoulian* die Spalte für Schusswaffen durchzusehen. Bis zum Nachmittag hätte ich mich ausreichend bewaffnen können, um ein kleines Land zu erobern. Aber ich war in Eile und fuhr deshalb, nachdem ich Kristofs Wohnung verlassen hatte, zur Catalyst Espresso Bar hinunter, bestellte mir eine der größten, süßesten Kaffeekreationen, die es dort gab. Dann machte ich mich auf den Weg zu Ken Hoppies Pfandleihe in der Woody Street.

Als ich Hoppies schemenhafte Gestalt hinter den dunklen Fenstern seines Ladens sah, wurde mir leicht ums Herz, und mein Puls schlug ein bisschen schneller. Ken schlenderte durch das Geschäft, schaltete das Licht an und drehte das Schild um, auf dem OPEN zu lesen war. Ich wartete, bis er die Tür aufgeschlossen hatte, stieg aus dem Ford und ging über die Straße.

Als ich das Geschäft betrat, stand Hoppie schon hinter dem Ladentisch und breitete seine Zeitung auf dem Glastresen aus.

»Hey, Hop«, sagte ich, »hab dir dein Lieblingsgetränk mitgebracht.« Ich ging zur Theke und stellte einen weißen Pappbecher vor ihm ab. »Mandelmokkamilch.«

»Mit Sahne?«, fragte er strahlend.

Ich nickte.

Er nahm den Deckel ab und warf einen Blick in den Becher. Sein Bauch hing über den Hosenbund, er trug ein T-Shirt mit der Aufschrift: STOPPT DAS ORGANISIERTE VERBRECHEN, KAMPF DEM IRS – dem Finanzamt. Sein schwarzes Toupet saß leicht schief auf seinem Schädel. Er blies in den Kaffee und nahm dann einen vorsichtigen Schluck.

»Hast du in letzter Zeit Darwin mal gesehen?« Seine Lippen waren von einer dicken Schicht Schokolade und Sahne bedeckt.

»Hab kurz was mit ihr getrunken, gestern.«

Hop warf mir einen eifersüchtigen Blick zu. Er ist einer der wenigen Menschen, die ich schon seit meiner Kindheit kenne und mit denen ich noch jetzt Kontakt habe. Er war immer ein komischer Kauz gewesen und hatte wie ein alter Mann in unserer Schulklasse gewirkt. Seine Größe hätte für das Football-Team gereicht, aber er war ein sanfter, stiller Junge, der raue Spiele nicht mochte. Er hatte mehr für den Chor und die Theatergruppe übrig. Die meisten Kinder mochten Hop nicht besonders, und je älter wir wurden, desto mehr lehnten sie ihn ab. Ich traf ihn kurz nach meiner Rückkehr in die Stadt zufällig in Charlie's Bar, und er sagte mir, ich sei der einzige Mensch gewesen, der jemals nett zu ihm war.

»Hab sie neulich im Amvets gesehen«, sagte er. Er hat eine merkwürdig gehemmte Art zu sprechen, als müsste er die Worte regelrecht aus seinem riesigen Körper herauspressen.

»Ach ja?« Hop ist Stammgast bei den Transvestitenshows. Er ist zu schüchtern es zuzugeben, aber wir wissen alle, dass er wahnsinnig in Darwin verknallt ist.

Er nickte, und sein Toupet rutschte hin und her. Das Haarteil ist für ihn ein modisches Accessoire. Er trägt es nur manchmal, so wie andere Leute Hüte oder Krawatten.

»Bist du nur vorbeigekommen, um mir Kaffee zu bringen?«, fragte er.

Ich schüttelte den Kopf. »Ich bin hier, weil ich eines deiner Qualitätserzeugnisse kaufen will.«

»Aha. Und welche Kategorie soll's denn sein?«

»Die Kategorie Schusswaffen«, sagte ich und musste lächeln.

Hop lehnte sich zurück und rutschte auf seinem Hocker herum. Er schien fast so zufrieden über die Aussicht auf einen Verkauf, wie ich mich über den Kauf freute. »Hattest du da an etwas Bestimmtes gedacht?«

»Hast du was Bestimmtes da?«

»Ich hab alles da, Baby«, sagte er zwinkernd. Dann schob er die Zeitung vom Tisch und zeigte auf eine Reihe glänzender Handfeuerwaffen.

Als ich in New Mexico war, träumte ich manchmal von der Rückkehr nach Hause, von der Reise nach Norden, bei der aus dem Wüstengestrüpp langsam die blaugrünen Hügel der Rockies auftauchen würden. Ich stellte mir einen nie enden wollenden Abend vor, das Licht, das über die Heufelder zog, die Schatten der Wolken, die wie große dunkle Schiffe an den Bergen entlangstrichen.

Leute, die nie im Knast waren, glauben, der Freiheitsentzug diene dazu, dass man ein besserer Mensch wird. Doch in New

Mexico habe ich alle möglichen Süchtigen getroffen. Man kann es sich kaum vorstellen, welcher Stoff seinen Weg da hinein findet und wie das abläuft. Hauptsächlich die Frauen schaffen ihn hinein, Schwestern, Cousinen, Freundinnen, manchmal sogar Mütter. An einem Abend habe ich mal eine sechzigjährige Frau mit einem Dutzend heroingefüllter Kondome im Waschraum gesehen. Sie hatte sich hingehockt, als wollte sie entbinden und zog die kleinen weißen Beutelchen aus ihrer Vagina. Ich fragte sie später, wie sie sie reingekriegt hätte, und sie sagte, ihre Tochter hätte sie bis zum Besucherraum in sich getragen. Den Transfer hatten sie unter einem Picknicktisch bewerkstelligt.

Es ist ein einmaliges Phänomen, die Liebe der Junkies, der unverfälschte Respekt, die elementare Sehnsucht. Aber ob wir nun Ausgestoßene sind oder nicht, süchtig sind wir alle. In den durcheinander gerüttelten Zellen unseres Körpers tragen wir alle die geliebte Erinnerung an ein Zuhause wie das Paradies mit uns herum. Diese Empfindungen, wie damals das Licht fiel, wie die Luft in unsere Lungen drang und wie wir das besondere Blau des Wassers oder die filigranen Linien eines Heuackers sahen – all das wollen wir wieder finden. Den Geruch heißer Laken im Trockner. Der mit dem ersten Atemzug eingesogene Geruch des windgepeitschten Salbeis. Der erste leuchtende Sonnenstrahl, der das Auge trifft. Etwas Vertrautes, das uns heilig ist.

Als Hop sich bückte, den hinteren Teil des Schranks aufschloss und die erste Waffe, eine Sile-Benelli-Automatik, vom Regal nahm, sie umdrehte und den kreuzweise gerippten Nussbaumschaft in meine Hand gleiten ließ, konnte ich nichts anderes denken, als dass ich zu Hause war.

Ich strich über das Visier am Ende des Laufs und ließ meinen Daumen über den Stahl unten am Griff gleiten.

»Der Lauf ist hartverchromt und fest mit der Waffe verbunden«, hörte ich Hop sagen, »und sie hat einen verriegelten Verschluss.«

Ich legte die Sile-Benelli auf den Schrank und trat zurück, um die anderen Waffen zu betrachten, jeden perfekten Mechanismus, einfach und tödlich.

»Mann, was ist denn das hier?«, fragte ich und zeigte auf einen riesigen Revolver im oberen Fach. Es war die größte Handfeuerwaffe, die ich je gesehen hatte.

Hop lachte leise. »Das ist 'n tolles Ding, was? Eine Taurus Raging Bull. Größer als 'ne 44er Magnum. Dagegen sieht Dirty Harrys Knarre wie'n Pusterohr für Kleinkinder aus.«

»Was schießt man damit?«

»Vier-vierundfünfziger Casull.« Hop grinste.

»Nicht gerade praktisch, oder?«

»Nur wenn man einen Elch heimbringen will. Es ist eigentlich eine Waffe zum Vorzeigen. Wahrscheinlich werde ich sie behalten, bloß aus Spaß.«

Mein Blick glitt wieder über den Schrank und blieb an einer glänzenden, automatischen Pistole ganz hinten auf dem unteren Regal hängen. »Die da«, sagte ich und deutete darauf.

Hop lächelte. »Sig P zwei-neunundzwanzig. Großartig«, meinte er, streckte den Arm aus und versuchte schwer atmend den Griff zu erreichen.

Stell dir feuchtheiße Abende auf dem Rücksitz im Auto deines Vaters vor. Den Stoff des BHs zurückgeschoben, unter dem sich weiße Haut und der rostbraune Kreis um die Brustwarze zeigen. Der erste Junge, der dich geküsst hat, sein Daumen reibt die Spitze deiner Brustwarze, seine Zunge gleitet über deine Zähne, seine ungelenken Hände schließen sich fest um deine Taille.

Ich nahm die Pistole von Hop entgegen und wog sie in der Hand.

»Alles in Ordnung damit?«, fragte ich.

»Na klar.«

»Kannst du das irgendwie schwarz abwickeln?«

Hop nahm einen Schluck von seinem Kaffee. »Die beschissene Brady Bill«, seufzte er, schüttelte den Kopf und stellte den Becher ab.

Ich lächelte verständnisvoll.

»Scheiß drauf.« Er strahlte. »Wir werden uns was einfallen lassen.« Er richtete sich auf und schob sich auf dem Hocker zurück. Ich hörte, wie er gedankenverloren an seiner Lippe saugte.

»Hast du 'n paar extra Magazine da?«

»Hey, Mädel«, pfiff er. »Was hast du denn vor, willst du 'ne Bank ausrauben?«

»Nur zu meiner eigenen Sicherheit.«

»Ach ja«, sagte er und musterte mich mit geneigtem Kopf. »Alles klar.« Dann rutschte er von seinem Sitz und watschelte in den hinteren Teil des Geschäfts.

Ich verließ Hops Laden, fuhr über den Fluss zu meiner Wohnung zurück und betete, dass Josie das Warten zu lang geworden war und sie beschlossen hatte, ihre Überwachung wenigstens für ein paar Stunden aufzugeben. Ich wollte immer noch die Karten haben, um zu vergleichen, ob sie dasselbe Stück Land betrafen wie das in Bennetts Büro. Und ich musste telefonieren. Ich musste mit Vera Popov sprechen und sie fragen, was sie gesehen hatte.

Ich nahm die Straße, die hinterm Haus vorbeiführt, weil ich den Malibu sehen wollte, bevor Josie mich entdeckte. Aber ihr Auto stand nicht mehr da. Die Spuren im Schnee führten von der Stelle weg, wo sie die Nacht zuvor geparkt hatte. Sie hatte gewendet.

Da hab ich ja Glück, sagte ich mir, aber als ich mich meinem Haus näherte, entschwand mein Glück gleich wieder.

Am Gehweg stand ein blau-weißer Streifenwagen mit dem Polizeiabzeichen. Die Fahrertür ging auf, und Jeff Riley stieg aus, stand auf der Straße und winkte mir, ich solle anhalten.

Eine Sekunde lang dachte ich, ich könnte einfach weiterfahren, aber dann gewann die Vernunft die Oberhand und ich lenkte den Lkw vorsichtig auf die Seite.

»Hey, Riley«, sagte ich und kurbelte das Fenster runter, machte jedoch keine Anstalten auszusteigen. »Oder soll ich Sie Polizeipräsident nennen?«

Riley schaute mich ernst an. Eher Gary Cooper als John Wayne. »Lad mich doch ein, mit reinzukommen, Megan, okay?«

Ich sagte nichts. Er kam näher, legte eine behandschuhte Hand auf meine Tür und zog am Griff.

Die Sig lag in einer braunen Papiertüte auf dem Vordersitz, und ich sah, dass Rileys Blick darauf ruhte. »Du bist gestern Nacht nicht heimgekommen«, sagte er.

Ich zuckte die Achseln und stieg aus dem Lkw. »Nach Ihnen«, sagte ich zu ihm und folgte ihm, als er den Gartenweg entlang und die Stufen zum Haus hinaufging. Auf der Veranda ging ich um ihn herum, schloss die Tür auf und bedeutete ihm mit einer Handbewegung einzutreten.

»Machen Sie sich's bequem«, sagte ich. Sein Gesicht war gerötet, und sein Körper strahlte Kälte aus. Er blieb mitten im Wohnzimmer stehen, sah sich um und registrierte, was von dem Chaos, das Josie hinterlassen hatte, noch zu sehen war. Der Schnee, den er mit seinen Stiefeln auf den Teppich hereingetragen hatte, fing schon an aufzutauen.

»Wo warst du gestern Nacht?«, fragte er, nahm ein Taschentuch aus der Gesäßtasche seiner Jeans und wischte sich die Nase ab.

Ich zuckte die Achseln, darum bemüht, das Durcheinander zu ignorieren, sodass er mich hoffentlich einfach nur für schlampig halten würde. »Unterwegs. Für Flip, hab mich umgesehen.«

»Wo genau?«

»Ich bin nach Superior raufgefahren, um nach einem Lumina zu suchen, den ich in letzter Zeit versucht habe aufzugabeln.« Schon als ich die Worte aussprach, wusste ich, dass diese Lüge nichts bringen würde. Noch nie hat mich ein Polizist gefragt, wo ich war, wenn er nicht die Antwort bereits kannte.

»Mach mir doch nichts vor, Meg.« Riley setzte sich auf die Couch. Seine Beine waren so lang, dass die Knie bis fast an die Brust reichten. Unter seinem Mantel zeichnete sich der Umriss seiner Pistole ab.

In der Küche fand ich Zigaretten. Riley drehte schnell den Kopf zur Tür und beobachtete, wie ich zurückkam. Ich setzte mich ihm gegenüber, zündete ein Streichholz an und rauchte. Schweigend hielt ich den Blick auf Mrs. Carters braunen dicken Teppich gesenkt.

»Ungefähr um sechs Uhr heute früh kommt einer von Iwan Popovs Kumpeln auf die Wache. Ein großer hässlicher Kerl und er ist kreidebleich. Er sagt, er wäre gerade in East Missoula draußen gewesen. Weißt du, was er noch behauptet?«

Ich schüttelte den Kopf.

»Er sagt, Iwan sei tot. Also, was weißt du darüber?«

»Das ist schlimm.«

Riley sank in sich zusammen und stützte den Kopf in die Hände. »Pass auf, Meg, das Problem ist Folgendes. Er sagt auch, dass du und Iwan kürzlich einen nicht sehr freundlichen Wortwechsel gehabt hättet. Dass du ihn angegriffen hättest. Er sagt, daher hättest du das blaue Auge.«

Ich zuckte die Achseln. »Na und?«

»Gib mir eine von den Zigaretten, ja?«, sagte Riley.

Ich warf ihm die Packung zu.

»Weißt du, wie oft ich's in den letzten zehn Jahren schon aufgegeben habe?«, murmelte er und fummelte mit zitternden Händen an der Packung herum. Dann hielt er plötzlich inne und warf sie auf den Boden. »Verdammt noch mal, Meg. Es sieht eben am ehesten so aus, als wärst du es gewesen.«

Ich schaute auf und versuchte das, was er damit sagen wollte, einzuordnen. »Sie meinen, ich hätte ihn umgebracht?«

»Das hab ich nicht gesagt.« Riley drehte seinen Ehering am Finger und warf einen gierigen Blick auf die verschmähte Packung Zigaretten.

»Iwan hat jede Menge Feinde«, sagte ich. »Warum es mir anhängen?«

Ich konnte Riley atmen und in weiter Entfernung das Kratzen eines Schneeschiebers auf Beton hören.

»Ich habe erfahren, was in New Mexico los war, Meg«, sagte er bedauernd. »Warum hast du's mir nicht erzählt?«

Ich nahm einen tiefen Zug an meiner Zigarette. »Es schien Sie eigentlich nichts anzugehen, warum sie mich in den Knast gesteckt haben. Der Typ war ein blöder Kerl, mein zeitweiliger Freund. Als es passiert ist, waren wir beide betrunken.«

Riley hielt einen Moment still, drehte dann wieder seinen Ring am Finger. »Du hast einen Menschen mit einem Messer angegriffen, Meg. Kapierst du nicht, wie schlecht es für dich aussieht?«

»Ach Mist«, wehrte ich ab. »Es war doch was ganz anderes. Ich hatte 'ne Wut im Bauch, hab mich vom Augenblick hinreißen lassen. Wer das mit Iwan getan hat, der hat es doch richtig genossen.«

»Ich geb dir Bescheid, wenn wir dich brauchen«, sagte er mit der Stimme eines enttäuschten Highschool-Rektors. Er holte tief Luft und stemmte sich von der niedrigen Couch hoch. »Dir ist wohl nie klar gewesen, dass ich auf deiner Seite war, was?«

Ich lehnte mich zurück und sah ihm beim Hinausgehen zu. Er öffnete die Tür, und das Zimmer füllte sich mit einer Kälte, die bis in die Knochen drang.

»Die Frau, nach der du gefragt hast, die Indianerin…«, sagte er und drehte sich noch einmal zu mir um.

»Tina Red Deer?«

»Ja, Red Deer.« Er nickte. »Ist sie eine Freundin von dir?«

Ich zuckte die Schultern.

»Wir haben ihren Fall heute früh abgeschlossen.«

»Wovon reden Sie denn, wieso den Fall abgeschlossen?«

»Sie hat sich gestern Nacht in ihrer Zelle erhängt. Ich dachte nur, du würdest es vielleicht wissen wollen. Mir schien, als hättest du ein Interesse an ihr.«

Ich starrte ihn an, mein Gesicht schmerzte, als sei ich gerade geohrfeigt worden.

Er setzte seine Mütze zurecht, trat auf die Veranda hinaus und verschwand.

Ich horchte auf die Geräusche, als er ging, seine Stiefel, die auf dem körnigen Eis des Gehwegs knirschten. Eine Autotür schlug zu, ein Motor wurde angelassen. Ich saß regungslos da, bis meine Zigarette heruntergebrannt war und ich die Glut an meinen Fingern spürte. In Gedanken ging ich durch die kalten Flure des Gefängnisses, das nach frischer Farbe und feuchtem Zement roch. Es war Nacht, die Wände und Decken hatten die unwirklich schiefergraue Schattierung, die mich immer an Schlafwandeln erinnert. Das Mondlicht warf eckige Formen auf den Boden.

Es erinnerte eher an ein Gefängnis im Film als an die Anstalten, die ich tatsächlich kannte. Zellen mit grauen Gittern und übereinander stehende Betten. Ratten huschten an meinen Füßen vorbei. Überall um mich herum schlafende Frauen. Atmende Körper, die sich umdrehten, Lippen, die sich bewegten und vor sich hin murmelten. Es war, als sei man in einer Höhle, einem Ort, an dem Tiere im Rudel überwintern.

Weiter vorn schlug im Flur ein Stuhl auf den Boden auf. Ein Strick knackte. Ich sah einen zuckenden Schatten, Füße, die in die Luft traten und strampelten wie ein Schwimmer beim Paddeln. So ist sie gestorben, dachte ich. Der Strick um die Halsmuskeln zog sich fester zu, ein Schrei und vielleicht Reue, der Wunsch, diesen letzten Sprung ungeschehen machen zu können. Tina Red Deer. Die Frau, die vielleicht meine Schwester war.

12

Nachdem Riley gegangen war, kam ich mir in dem leeren Haus verletzlich und schutzlos vor. Ich konnte nicht sagen, wann Josie zurückkommen würde, und ich wollte nicht da sein, wenn es soweit war. Ich hörte meinen Anrufbeantworter ab. Amos Ortenson hatte eine Nachricht hinterlassen, eine hektische Bitte ihn anzurufen. Seine Stimme überschlug sich, als er irgendetwas über Zimmer Nr. 103 sagte. Ich kritzelte die angegebene Nummer auf einen Zettel und steckte ihn in meine Gesäßtasche.

Dann warf ich ein paar Kleidungsstücke zum Wechseln, dazu etwas Unterwäsche und eine Zahnbürste in eine braune Supermarkttüte aus einer der Küchenschubladen. Bennetts Koffer war in meinem Schlafzimmerschrank. Ich holte ihn heraus und ging zur Tür.

An der Tankstelle um die Ecke hielt ich an und wählte Amos' Nummer.

»Thunder Bird Motel«, antwortete eine phlegmatische Frauenstimme beim zweiten Klingeln.

»Eins-null-drei? Amos Ortensons Zimmer?«, fragte ich skeptisch und überlegte, ob ich mir eine falsche Nummer aufgeschrieben hatte. Ich konnte mir nicht vorstellen, wieso Amos sich ein Zimmer im Thunder Bird genommen haben sollte.

»Bleiben Sie dran.«

Es klickte. Dann war ein dumpfes, hartnäckiges Klingeln zu hören und kurz darauf wieder die Stimme der Frau. »Er antwortet nicht. Wollen Sie eine Nachricht hinterlassen?«

»Nein danke«, sagte ich immer noch ratlos. Es war schon seltsam, aber andererseits war Amos einfach ein komischer Typ.

Ich schob den Gedanken an ihn für den Augenblick beiseite, holte ein paar weitere Münzen aus meiner Manteltasche und wählte Popovs Nummer in Hot Springs. Ein Mann nahm ab. Als ich sagte, ich wolle mit Vera sprechen, hörte ich ein gelangweiltes, verächtliches »Hallo«.

»Mrs. Popov?«, fragte ich.

»*Da*«, sagte sie träge, als sei die Kommunikation mit einem anderen menschlichen Wesen weit unter ihrer Würde. Ich hatte das Gefühl, dass sie das russische Wort gesagt hatte, weil es sich so kurz und mühelos aussprechen ließ, und nicht, weil es aus ihrer Muttersprache stammte.

»Wie sind Sie heute früh nach Haus gekommen, ohne Ihre Schlüssel?«

Am anderen Ende entstand eine lange Pause, ich hörte Veras Haar am Hörer rascheln.

»Wer ist da?«, fragte sie.

»Ich habe Sie neulich in Hot Springs kennen gelernt. Ich war dort, um mit Nick zu sprechen. Sie brachten uns Tee an den Pool.«

Schweigen und ein leises Knacken am anderen Ende.

»Ich habe Ihre Tasche, Mrs. Popov«, fuhr ich fort, unsicher, ob sie sich daran erinnern konnte, wer ich war. »So 'ne kleine rote mit Goldbesatz.«

»Und?« Ihre Stimme war ruhig und kühl. Sie kann außergewöhnlich viel mit einer einzelnen Silbe rüberbringen, dachte ich.

»Ich könnte sie Ihnen nach Haus bringen. Vielleicht würde Ihr Mann gern wissen, wo ich sie gefunden habe.«

»Bitte, tun Sie sich keinen Zwang an.« Ich hörte, wie sie ein Streichholz anzündete, und dann das schwache Knistern von trockenem Tabak und Papier.

»Außerdem war der Polizeipräsident hier. Wir kennen uns seit vielen Jahren. Ich dachte, er würde es ebenfalls interessant finden, dass Sie dort waren.«

Vera schwieg noch immer. Ich war beeindruckt, wie gut es ihr gelang abzuwarten und ihre Worte mit Bedacht zu wählen. Die meisten Leute machen den Mund auf, ohne darüber nachzudenken, was sie eigentlich sagen wollen.

»Was wollen Sie?«, fragte sie.

»Ich will wissen, was Sie gesehen haben.«

»Und dann geben Sie mir meine Tasche zurück?«

»Ja.«

»Gut«, sagte Vera. Sie verwendete das Wort anders als ich, eher als Bestätigung. Wie etwa ›Die Sache geht klar‹. »Sie sind in Missoula?«

»Ja.«

»Wir treffen uns im Y. Bei Fred, kennen Sie das?«

»Ja, ich kenne es.«

»Gut. Fragen Sie nach mir. In zwei Stunden.«

Im Lkw öffnete ich den Aktenkoffer, blätterte den Stapel Karten durch und sah nach, wann sie datiert und welche Orte abgebildet waren. Alles passte zu dem, was ich in Bennetts Büro gesehen hatte. Die Karten waren aus derselben Gegend, ein großes Waldstück in der Nähe des Lochsa River, an der Grenze zu Idaho. Ich versuchte mir das Land dort vorzustellen. Ich konnte mich nur an eine Menge Bäume und hügeliges Hinterland erinnern. Ein X in der rechten Ecke eines der Vierecke stand für die Powell Ranger Station. Ebenso wie die Karten in Bennetts Büro waren auch diese mit rosa Stift schraffiert. Die angegebenen Daten lagen nicht lange zurück, von Oktober bis Anfang Dezember.

Ich zündete mir eine Zigarette an und betrachtete die Quadrate, in denen die Bäche wie dünne blaue Adern auf dem kräftig rosa gefärbten Papier verliefen und wo Bennett Teile des Geländes mit Textmarker hervorgehoben hatte. Hätte er dort nach einem Flugzeug gesucht, wäre es wie eine Suche nach einer Stecknadel in dem riesigen Heuhaufen der Bitterroot-Bergkette gewesen.

Nachdem ich den Parkplatz der Tankstelle verlassen hatte, fuhr ich zum Missoula Club hinüber; um die Zeit totzuschlagen, holte ich mir einen Hamburger und Kaffee, bevor ich auf der Interstate in den stürmischen westlichen Teil des Tals fuhr. Ich sah die Y-Bar schon von weitem, lange bevor ich sie erreichte. Wie ein Denkmal für die Trucker auf ihren langen Fahrten stand sie ganz allein auf der Anhöhe. Neonschriften hingen an spindeldürren Pfosten hoch über dem Gebäudekomplex. Schilder mit blinkenden Lichtern informierten über die Uhrzeit und die Temperatur, über die Preise von Benzin und Zigaretten sowie über das Angebot für einen Steakteller mit Eiern, den es für fünf Dollar und fünfundneunzig Cents gab. Auf den Plakatwänden lockten die Darbietungen bei Fred's: hüllenlos und vierundzwanzig Stunden am Tag.

Ich quetschte mich mit dem Ford zwischen einen Wal-Mart-Sattelschlepper und einen Viehtransporter. Der ganze Parkplatz roch nach Schafdung und nasser Wolle. Rosaschwarze

Nasen drückten sich gegen die Luftlöcher in der Blechwand, hinter der rotgeränderte Augen blinzelten. Ich ging zur Tür und wünschte, ich hätte Vera nicht gerade hier treffen müssen.

Zu dieser Tageszeit war bei Fred's nicht viel los. Ich sagte dem Mann an der Tür, ich sei gekommen, um Vera zu treffen, worauf er mich näher heranwinkte und auf den Barkeeper deutete. Ich ging zur Bar, hielt aber den Blick, so gut es ging, gesenkt.

»Ich suche Vera«, sagte ich zu dem Barkeeper. Er war klein und untersetzt mit dicken, muskulösen Armen. Seine schwarzen, nach hinten geklatschten Haare lagen dicht am Kopf an und zeigten deutliche Linien von den Zähnen eines Kamms. Im Spiegel hinter ihm konnte ich die Bühne sehen. Eine junge Frau, die aussah, als hätte sie erst kürzlich ein Baby bekommen, schwang lässig die Hüften, ließ sich auf die Knie fallen und starrte in die Dunkelheit hinaus. Ich hatte das Gefühl, mir würde gleich schlecht werden.

»Hier lang«, brummte der Mann. Er kam hinter der Bar hervor und führte mich einen schummrigen Korridor entlang. »Da drin«, sagte er. Ich ging durch eine Tür, auf der PRIVATTANZ stand, und hörte sie hinter mir zufallen.

Der Raum, in dem ich mich befand, war eine nur schwach beleuchtete Kabine mit einem einzelnen Holzstuhl. An der oberen Hälfte der einen Wand waren auf beiden Seiten Spiegel angebracht. Hinter meinem Spiegelbild konnte ich gerade noch die Umrisse einer anderen Gestalt ausmachen. Ein geisterhafter Kopf, Schultern, die helle Glut einer Zigarette. Jemand beobachtete mich. Ich setzte mich auf den Stuhl und wartete, sah zu Boden und tat so, als hätte ich den Beobachter nicht bemerkt. Der Raum rief in mir die schlimmsten Erinnerungen an die Zeit im Gefängnis wach. Der völlige Mangel an Intimsphäre, ein fast erotischer Voyeurismus. In New Mexico hatte ich nachts oft wach gelegen und den Frauen in den

Zellen rechts und links von mir gelauscht, die quietschenden alten Betten und Haut, die sich an Haut rieb.

Ich hörte, wie sich der Türknauf drehte, schaute auf und sah Vera. Sie kam herein, schloss die Tür hinter sich und lehnte sich an die Wand. Sie trug Stiefel mit Leopardenmuster und nadeldünnen Absätzen, einen schwarzen Lederrock und einen Mantel aus Leopardenpelzimitat. In der rechten Hand hielt sie eine Beretta Bobcat. Es war eine kleine Waffe, fünfundzwanzig Kaliber, und obwohl sie sie nicht auf mich gerichtet hielt, schien sie mir bedrohlich. Ich rutschte auf meinem Stuhl hin und her und schluckte hart.

»Nettes Lokal«, sagte ich und versuchte gelassen zu klingen. »Da haben Sie 'ne gute Wahl getroffen.«

»Ich hab früher hier gearbeitet. Man ist nett zu mir«, erklärte sie. »Hier habe ich Nick kennen gelernt.« Ihr Englisch war fast akzentfrei.

»Sie sind nicht zusammen nach Amerika gekommen?«

Sie winkte verächtlich ab. »Nein.«

Ich schaute auf die Pistole und dann auf unsere schattenhaften Gestalten im Spiegel. »Sie haben mich beobachtet.«

Vera nickte.

»Haben Sie vor mich zu erschießen?«, fragte ich.

»Nein«, antwortete sie mit stockender Stimme. »Ich wusste am Telefon nicht … ob Sie lügen.« Sie steckte die Pistole in ihre Manteltasche und zog stattdessen Zigaretten heraus. »Ich dachte, vielleicht könnte *sie* es sein.«

»Wer?«

»Die Frau«, sagte Vera, und plötzlich lief ein Schauder über ihren mageren Körper. Sie zog an der Zigarette und starrte auf die rote Tasche auf meinem Schoß. »Arbeiten Sie mit Iwan zusammen?«

»Nein.«

»Sind Sie von der Polizei?«, fragte sie misstrauisch.

Ich schüttelte wieder den Kopf. Obwohl es gut möglich gewesen wäre, dass ich log, schien meine Antwort ihr zu genügen.

»Nick sagt, Sie wären eine echt tolle Frau. Ich kann das eigentlich nicht sagen.«

Ich zuckte die Achseln und hielt die Tasche hoch, damit Vera sie besser sehen konnte. »Was ist gestern Abend passiert?«

»Keine Polizei«, sagte sie. »Sie versprechen mir das?«

Ich sah, dass Angst in ihr hochstieg. Es war etwas, das wir gemeinsam hatten. Etwas, das ich verstand.

»Ich verspreche es«, sagte ich.

»Iwan ist die letzten paar Tage so nervös gewesen, ganz anders als sonst. Und als wir das Auto hörten und sahen, dass es keins war, das wir kannten, sagte er zu mir: ›Vera, geh auf die Toilette.‹ Sie stieß einen tiefen Seufzer aus, zündete sich an ihrer Zigarette eine neue an und warf die Kippe auf den Boden. »Also bin ich gegangen. Die Toiletten dort sind im Freien.« Sie zog bei dem Gedanken die Nase kraus. »Ich hab also meinen Mantel und meine Tasche genommen. Ich hatte es sehr eilig, verstehen Sie, schnell, schnell. Ich blieb vielleicht zehn Minuten, aber Iwan kam nicht, um mich zu holen, und es war kalt, deshalb kam ich aus der Toilette raus.«

Sie schwieg und kreuzte die Arme vor ihrer Brust.

»Haben Sie gesehen, wer es gewesen ist?«, fragte ich.

»Ich habe sie von hinten gesehen, als sie wegging«, sagte sie. Ihre Finger gruben sich in ihre Oberarme, und ihre Fingernägel wurden weiß. »Als ich hineinging, roch ich schon, was sie getan hatte.« Vera schaute mich direkt an und atmete tief ein. »Geben Sie mir meine Tasche«, sagte sie.

Ich dachte an die Garage, den Geruch von Blut und Schmierfett.

»Sie sollten zur Polizei gehen«, sagte ich.

Sie warf den Kopf zurück und lachte. »Sie kennen doch meinen Mann, oder? Seine Geschäfte?«

»Ja.«

»Dann wissen Sie auch, warum wir nicht zur Polizei gehen können.«

Ich hielt ihr die rote Tasche hin und zog sie dann schnell wieder zurück. »Was ist denn mit Iwans Geschäften? Was hatte er mit Clayton Bennett zu tun?«

»Da gab es ein altes Flugzeug. Iwans Schatzsuche.« Vera stieß die Worte voller Verachtung hervor. »Sie waren wie zwei kleine Jungs.«

Sie griff gierig nach der Tasche. Ich überließ sie ihr.

»Nur das Flugzeug?«

»Über Geschäftliches hat er mit mir nicht geredet.« Sie strich ihren Rock über den Oberschenkeln glatt. »Ich hoffe, Sie finden heraus, wer es getan hat.« Sie sah mich an, und ihre Augen waren dunkel und feucht. »Ich hoffe, Sie bringen sie um.« Sie legte die Hand auf den Türknopf und verschwand.

So sehr ich mich auch anstrengte, Amos Ortenson und sein neuer Aufenthaltsort gingen mir einfach nicht aus dem Sinn. Lästig wie ein eingerissener Fingernagel hatte mich der Gedanke während des Treffens mit Vera innerlich ständig beschäftigt. Auf dem ganzen Weg zurück in die Stadt dachte ich an ihn, und als ich die Ausfahrt Van Buren Street erreichte, verließ ich die Interstate und fuhr östlich in Richtung Hellway Canyon und Thunder Bird Motel. Der Wind wehte heftig auf dieser Seite des Tals. Mein alter Ford bebte und schoss schwankend an der Eastgate Lounge vorbei.

Die frühe Dämmerung verdunkelte bereits den Himmel, und ein paar vereinzelte Wolken, die von unten vom orangefarbenen Licht der Stadt angestrahlt wurden, zogen über das Tal. Neonlicht schien aus dem rund um die Uhr geöffneten

Lebensmittelladen und beleuchtete einen Haufen aufgestapelter, unansehnlicher Weihnachtsbäume. Ein Obdachloser, unförmig in seinen übereinander getragenen Kleiderschichten, ging vor den automatischen Türen auf und ab.

Am hinteren Ende des Parkplatzes stand das Thunder Bird Motel, dessen Hohlblocksteine an der Rückseite dem Wind zugewandt waren und über dem in sieben Meter hohen Neonbuchstaben der Name leuchtete. Vor den Fenstern des Büros hing ein riesiger, mit Spielzeug beladener und mit Lichtern und Plastikgirlanden geschmückter Zug. Teddybären und fröhliche Soldaten winkten von den Güterwagen herab. Ich parkte an der Seite des Gebäudes, die dem Fluss am nächsten war, neben den Müllcontainern, und stellte den Motor ab. Durch die Fenster des Ford sah ich den Clark Fork, der von weißem Eis und schwarzen Wasseradern wie ein Spinnennetz überzogen war.

In der grellen violetten Beleuchtung auf dem überdachten Weg kniff ich die Augen zusammen und zählte die Fenster der Zimmer im untersten Stock. Mein Blick hielt bei 103 an, dann stieg ich aus dem Ford und ging über den Parkplatz. Bei dieser ganzen Sache mit Amos hatte ich kein gutes Gefühl. Als ich die Hand hob, um an die Tür zu klopfen, zögerte ich einen Moment und holte die Sig aus meiner Gesäßtasche.

Ich klopfte einmal, bekam keine Antwort.

»Amos«, rief ich und ging mit dem Mund ganz nah an die Tür, »ich bin's, Meg.«

Ich versuchte den Knopf zu drehen und spürte, wie er nachgab. Die Tür ging auf.

»Amos«, wiederholte ich und schoss dabei hinter dem Türpfosten hervor. Wieder keine Antwort.

Ich hatte gehört, dass das Thunder Bird eine Hochzeitssuite hatte, und offensichtlich war es dieses Zimmer. Die meisten Einrichtungsgegenstände waren rot oder rosa und mit dicken

Herzen dekoriert. Ein herzförmiges wattiertes Kopfteil aus Satin war mit schwarzen Ziernägeln hinter dem riesigen Bett an der Wand befestigt. Die Decke war mit Spiegelglas bedeckt. Von Amos keine Spur.

Ich stieß die Tür hinter mir mit dem Fuß zu und drehte den Schlüssel um. Zimmer 103 war aber nach dem, was ich bis jetzt sehen konnte, eigentlich keine Suite. Es war nur ein Zimmer mit einem Bad, das sich an den hinteren Teil anschloss. Auf dem roten Teppich vom Whirlpool zur Toilettentür waren nasse Fußspuren zu sehen, denen ich nun folgte. Mit einem großen Schritt trat ich über einen Kleiderhaufen und erkannte Amos' zerrissene Jeans und sein Sex-Pistols-T-Shirt. Der Fernseher war an, mit leisem Ton auf irgendeine Festtags-Pornoshow eingestellt. Es war eine äußerst geschmackvolle Sendung: Mrs. Santa Claus beugte sich über einen Stapel Geschenke, während ein Kobold sie von hinten nahm.

Das Zimmer war eiskalt, und als ich ins Badezimmer trat, sah ich, warum. Das Fenster über der Toilette stand weit offen. Ich stützte mich mit den Händen auf das Fenstersims und schaute in den Wind hinaus. Der Schnee war von wirren Spuren zerwühlt, Vertiefungen, die aussahen, als sei jemand gestürzt oder weggeschleppt worden. Und da, am Rand des wuchernden Distelbusches, standen zwei spitze Haarbüschel hoch, einer rot, der andere grün, die festlichen Farben von Amos' Irokesenschnitt.

Ich wandte mich vom Fenster ab und rannte durch das Zimmer, den überdachten Weg entlang und um die Müllcontainer herum zur Rückseite des Thunder Bird.

Ich würde sagen, dass mir die verschiedenen Aspekte von Tod und menschlicher Brutalität nicht fremd sind. Aber auf das, was ich zwischen den geisterhaften, mit Schnee beladenen Büschen sah, war ich vollkommen unvorbereitet. Amos Ortenson lag nackt und lang gestreckt auf dem Rücken im

Schnee. Außer einem glänzenden Rinnsal von Blut im Mundwinkel war sein Gesicht unversehrt. Der Rest seines Körpers aber war entsetzlich zugerichtet. Jemand hatte sich mit einem Messer über seine Brust und den Bauch hergemacht und die Haut so aufgetrennt, wie ein Jäger das dicke Fell eines Rehs aufschlitzen würde. Ein sauberer langer und tiefer Schnitt lief vom Brustkorb bis zum unteren Ende des Beckens, die Genitalien waren unberührt.

Er war noch nicht lange tot. Sein Blut im Schnee war dickflüssig wie Schokoladensirup. Selbst bei einer Kälte weit unter dem Nullpunkt konnte ich den starken mineralischen Geruch seiner inneren Organe riechen. Mir wurde übel. Hastig verwischte ich mit dem Fuß meine Spur im Schnee, legte die Hand vor den Mund und wich zurück.

In Erwartung der Käufer, die sich für die Festtage eindecken wollten, hatte man vor dem Lebensmittelladen mit dem Rund-um-die-Uhr-Service die Lautsprecher angeschaltet. Nat King Coles Stimme hallte blechern und dünn über den leeren Parkplatz. Ich setzte mich in den Ford, drehte die Heizung hoch und versuchte, mir heiße Maronen und ein Kaminfeuer neben dem Weihnachtsbaum vorzustellen, einfach nur irgendetwas anderes als Amos' blasse Leiche. Cole sang frohgestimmt *Merry Christmas*. Ich legte den Gang ein und ließ das Thunder Bird hinter mir.

13

Als ich auf den Broadway hinausgerollt war und in westlicher Richtung davonfuhr, wollte ich nur unter Menschen sein. Es spielte kaum eine Rolle, wer sie waren, jeder, dessen Puls noch schlug, wäre geeignet. Was ich mir wirklich wünschte, war, mit

Kristof ins Bett zu schlüpfen, mich auszuziehen und seine Haut an der meinen zu fühlen, als seien wir eins. Ich wollte zusehen, wie er schlief, wollte jeden seiner Atemzüge beobachten. Oder ich hätte gern mit der Hand über seine Wirbelsäule gestrichen bis zur Vertiefung des Beckens, bis zu der flachen Stelle unten am Rücken, wo die Muskeln sich zu zwei symmetrischen Höhlungen wie Augen verbinden. Wie ein Schmetterling, habe ich oft gedacht, wie ein großer Schmetterling würde ich ihn umschließen.

Ich war nur ein paar Straßen von seiner Wohnung entfernt, unterdrückte aber den Wunsch, zu ihm zu fahren. Es gab andere Dinge, um die ich mich kümmern musste. Außerdem hatte Iwans und Amos' Tod in mir merkwürdige, gewagte Gefühle geweckt, und ich wollte nichts sagen, was ich später bereuen würde. Stattdessen fuhr ich an den einzigen Ort, bei dem ich sicher sein konnte, dass ich mich dort nicht einsam fühlen würde. Die Sonne war gerade untergegangen, als ich auf einem Platz an der hinteren Tür des Oxford Saloons parkte. Überall in den anderen Kneipen der Stadt war jetzt Happy Hour. Aber hier, wo die Stimmung ständig eher düster ist, waren nur ein paar vereinzelte Gäste an der Bar, und einige eifrige Spieler standen im flimmernden Licht vor den Poker- und anderen Spielautomaten.

Ich fand einen Hocker am Tresen und bestellte eine Tasse Kaffee.

»Wollen Sie was essen?«, fragte die Kellnerin. Sie schien erleichtert, als ich den Kopf schüttelte.

Ich sah sie gemächlich zum anderen Ende des Tresens schlendern, wo sie zu ihrer *People*-Zeitschrift zurückkehrte.

Der Kaffee war stark und bitter, er brühte zweifellos schon seit heute früh vor sich hin. Aber er war heiß, und da die Kälte mir bis in die Knochen drang, war ich dankbar dafür. Ich zündete eine Zigarette an und schaute auf die beleuchtete Speiseliste über dem Grill. HIRN UND EIER stand auf der Tafel, und in Klammern dahinter: WEIL ER SIE BRAUCHT.

Das war Amos' Problem, dachte ich, während ich immer noch versuchte, das Bild seines geschändeten Körpers zu verdrängen. Ein bisschen mehr Grips hätte ihm vielleicht das Leben gerettet. Aber ich fragte mich, ob es diesmal nicht etwa eher ein *Zuviel* an Wissen gewesen war, das ihm zum Verhängnis wurde, als der *Mangel* daran. Er hatte vielleicht mehr über Bennetts Tod gewusst, als er sich anmerken ließ.

Ein *Missoulian* voller Kaffeeflecken lag auf dem Tresen. Ich nahm die Zeitung, blätterte ziellos darin herum und versuchte, mich irgendwie zu beschäftigen. Mein Horoskop sah seltsam gut aus. Es wurde kein gewaltsamer Tod erwähnt, sondern der Rat lautete: *Riskieren Sie etwas auf dem Gebiet der Liebe!*

Ich legte den Lokalteil beiseite und warf einen Blick auf die erste Seite. Ein kleines Brustbild in einem Artikel auf der unteren Hälfte der Seite veranlasste mich, näher hinzusehen. Es war Harvey Eckers, der dämliche Milliardär. Auf dem Foto neben ihm zeigte sein Kontrahent, Gregory Jacobs, ein strahlendes Lächeln. UMFRAGEN ZEIGEN, ECKERS BAUT AB lautete die Schlagzeile. Ich dachte an des Bild in Bennetts Büro, die Hörner auf dem Kopf des Kandidaten.

Jacobs hatte wohl eine Möglichkeit gefunden, sich gegen die Vorwürfe zu wehren, er hätte seine Frau betrogen. Die Zeitung berichtete, Eckers' Onkel, Kingston Starre, ein ehemaliger US Senator, sei in den fünfziger Jahren massiv an der antikommunistischen Bewegung beteiligt gewesen. Starre hatte die Bespitzelung der »linken Sympathisanten« in den Streitkräften geleitet. All das war nicht neu, aber Eckers war damals bei der Air Force, und Jacobs' Lager ließ nun durchblicken, Eckers habe seinem Onkel zugearbeitet.

Ich las den Artikel zu Ende und legte die Zeitung weg. Es gab kein Material für eine richtige Schlammschlacht, also griff

Jacobs zu jedem Notbehelf. Wenn die erste Empörung verflogen war, würde Eckers wahrscheinlich kaum schlechter dastehen. Auch wenn die Wähler vielleicht die ständigen Affären eines Politikers interessant finden mochten, so glaubte ich doch nicht, dass die trockene Geschichte amerikanischer Innenpolitik sie fesseln würde. Ich zog meine Geldbörse aus der Tasche, blätterte die Scheine durch, klatschte einen Fünfdollarschein auf den Tresen und winkte die Kellnerin zu mir herüber, damit sie mir herausgab. Sie nahm mein Geld und gab mir vier Dollarscheine zurück.

»Die sind doch alle gleich«, kommentierte sie mit einem Blick auf die Schlagzeile über Eckers und schüttelte den Kopf. Die Krähenfüße um ihre Augen waren mit Make-up überdeckt, das jedoch ein paar Farbtöne zu dunkel für ihre Haut war.

Ich ließ einen Dollar für sie liegen und steckte den Rest des Wechselgelds in meine Geldbörse. Sie war voll gestopft mit unnötigem Kram: Quittungen von Tankstellen, Visitenkarten, Zettelchen mit alten Telefonnummern. Die Ecke einer rosa Visitenkarte steckte zwischen zwei Zehndollarscheinen. Ich zog sie heraus und drückte die Börse fest zusammen, um sie schließen zu können.

»Schönheitsberaterin«, murmelte ich vor mich hin und las den Namen von Clay Bennetts Sekretärin. Die Adresse in East Missoula lautete South Easy Street. Ich warf einen letzten Blick auf die Zeitung und auf Harvey Eckers' Gesicht in Schwarzweiß, dann ging ich hinaus und fuhr wieder nach Osten in Richtung Hellgate Canyon.

Wie zu erwarten war, besaß die Easy Street keinerlei Ähnlichkeit mit ihrem Namen. Es zeigte sich, dass es sich um eine Sackgasse mit langweiligen einstöckigen Familienhäusern tief zwischen den dunklen Wänden des Canyons handelte. Kaputte Dreiräder ragten aus Schneehaufen auf, die vom Wind glattgewetzt schienen. Ausrangierte Elektrogeräte, verrostete Waschmaschinen, Trockner und Elektroherde standen in den Vorgärten herum. Hier und da hatten einige der Bewohner einen halbherzigen Versuch unternommen, die Häuser mit Weihnachtskitsch zu schmücken: hier eine blinkende Lichterkette, dort eine Gruppe von Rentieren, die am Dachvorsprung emporkletterten.

Ich ließ den Wagen im Leerlauf rollen, bis ich Glorias Haus fand, stellte den Motor ab und stieg aus. Das Außenlicht an der Vorderseite brannte, und ein gedrungener Baum glänzte hinter dem Panoramafenster. Ich stieg die vereisten Stufen hoch und klopfte. Ein Hund bellte hinter der Tür und kratzte mit den Krallen am Holz. Ich klopfte wieder und trat einen Schritt zurück.

»Herrgott, Glo! Geh doch verdammt noch mal an die Tür, ja?«, rief eine Männerstimme, die von einem lauten Fernseher übertönt wurde.

Einige Augenblicke verstrichen, nur vom Gekläffe des Höllenhunds unterbrochen. Endlich öffnete sich die Tür und gab den Blick auf eine kleine gepflegte Frau frei, die Hausschuhe, rosa wie eine Puderquaste, und einen lindgrünen Jogginganzug trug. Ihr gefärbtes Haar, das an den Wurzeln grau war, hatte einen schauderhaften Farbton, der an Auberginen erinnerte. Sie hatte eine lange dünne Zigarette im Mund. Den Hund, einen kleinen Jack Russell Terrier, hatte sie am Halsband gepackt und hielt seine zappelnden Vorderpfoten über dem Fußboden hoch.

»Kann ich Ihnen helfen?«, fragte sie, ohne die Zigarette aus dem Mund zu nehmen.

»Mrs. O'Keefe?« Ich hielt ihr die rosa Visitenkarte hin, als würde sie meinen Besuch erklären.

»Miss«, korrigierte sie mich und drehte sich zu dem Mann

um, dessen Stimme ich gehört hatte. »He, Blödmann. Bring das verdammte Vieh in den Keller, okay?« Ihre Stimme und Ausdrucksweise standen in einem so absoluten Kontrast zu ihrer Erscheinung, dass sie fast schizophren wirkte. Ich wich zurück, fast in der Erwartung, dass sie jeden Moment durchdrehen würde.

Blödmann lehnte sich in das weiche Vinyl seines Fernsehsessels zurück und verschränkte die Hände im Nacken. Im Fernsehen lief eine festliche Unterhaltungssendung, und er hielt den Blick unverwandt darauf gerichtet.

»Ich rede mit dir«, schnauzte Gloria ihn an, erntete jedoch keinerlei Reaktion. Sie wandte sich wieder mir zu, nahm mit der freien Hand die Zigarette aus dem Mund, und ihre Stimme wurde zuckersüß. »Ich bin gleich zurück, Schätzchen. Kommen Sie doch rein.« Sie verschwand, und ich hörte, wie eine Tür geöffnet und wieder zugeworfen wurde, danach ein entferntes Jaulen.

Ich schloss die Haustür hinter mir, trat einen Schritt ins Wohnzimmer und versuchte, das unangenehme Schweigen zu durchbrechen. »Was seh'n Sie sich denn an?«, fragte ich den Blödmann. Er rutschte mit seinem schweren Körper zur Seite und brummte etwas Unverständliches. Sein T-Shirt schob sich hoch und legte seinen dicken Bauch frei.

Gloria erschien wieder in der Tür und warf ihm einen bösen Blick zu. »Mein Studio ist hier hinten, Schätzchen.« Sie strahlte mich an und gab mir ein Zeichen, ihr zu folgen.

Wir gingen durch die Küche und kamen in ein zusätzliches Zimmer im hinteren Teil des Hauses. Gloria knipste eine Deckenlampe an, sodass eine Schönheitsliege und ein breiter Frisiertisch mit einem Spiegel zum Vorschein kamen.

»Sie sehen echt so aus, als könnten Sie Hilfe brauchen«, sagte sie, bevor sie »Nichts für ungut« hinzufügte.

»Also eigentlich, Miss O'Keefe …«

»Gloria.«

»Eigentlich, Gloria, bin ich nicht wegen einer kosmetischen Behandlung gekommen.«

»Oh.« Sie drückte eilig ihre Zigarette aus, zog das Oberteil des Jogginganzugs fester um ihren Oberkörper und sah etwas gekränkt aus.

»Ich bin Mitglied bei der Montana Backcountry Pilots' Association«, sagte ich. Es war eine plumpe Lüge, aber das Einzige, was mir einfiel.

»Wir spenden schon für die Freimaurer«, sagte sie argwöhnisch.

Ich schüttelte den Kopf. »Wegen Geld bin ich nicht hier. Ich habe gehört, dass Sie für Clayton Bennett gearbeitet haben.«

Gloria nickte.

»Er war Mitglied in unserem Club. Wir geben einen Rundbrief zum Andenken an ihn heraus. Ich dachte, vielleicht könnten Sie mir ein paar Fragen beantworten.«

Gloria schaute mich mit herabhängenden Mundwinkeln skeptisch an. »Wie hieß der Club noch mal?«

»Montana Backcountry Pilots' Association«, sagte ich und hoffte, dass es wenigstens derselbe Name war, den ich vorher angegeben hatte.

»Noch nie gehört.«

Ich zwang mich zu dem breitesten süßlichen Lächeln, dessen ich fähig war. »Clay ist schon fast zehn Jahre lang ein angesehenes Mitglied.«

Sie trat etwas zurück und setzte sich, immer noch skeptisch, auf den Frisiertisch.

Ich schaute auf die Uhr, runzelte die Stirn beim Anblick meines Spiegelbildes und fuhr mir mit der Hand über die Wange. Das Letzte, worauf ich Lust hatte, war eine Komplettbehandlung, aber ich musste sie irgendwie zum Reden bringen.

Gloria zog eine weitere Virginia Slim aus der Tasche ihres Anzugs und fingerte an ihrem Feuerzeug herum. »Herbst«, sagte sie. Sie hatte angebissen. Ihre Augen wurden schmal und richteten sich konzentriert auf mein Gesicht.

»Bitte?«

»Ja, unbedingt Herbst. Das ist Ihre Farbenskala.« Sie warf die Zigaretten auf den Frisiertisch, streckte die Hand aus und hob mein Kinn. »Ich könnte wegen des blauen Auges da etwas unternehmen. Eine Gratisberatung.«

Ich sah wieder in mein Spiegelbild und heuchelte großes Interesse. »Ach was soll's«, sagte ich, »tun wir's doch einfach!«

Gloria lächelte und zeigte auf ihren Sessel. »Machen Sie sich keine Sorgen«, sagte sie, während sie sich hinter mich stellte und mein Gesicht im Spiegel betrachtete. »Für dieses erste Mal bleiben wir jetzt bei einem ganz natürlichen Stil. Keiner wird merken, dass Sie überhaupt Make-up tragen. Man trägt ja einen frischen Look in dieser Saison.«

Ich nickte und bemühte mich, keine Grimassen zu schneiden. Sie ging zum Frisiertisch hinüber und suchte zwischen ihrer Sammlung von Töpfchen und Puderdosen herum.

»Also, wegen Clay. Wir wollen uns auf seine Begeisterung für die Berge konzentrieren. Ich habe gehört, er hatte ein echtes Faible für die Bitterroots, hat dort oben viel Zeit verbracht.«

Gloria lachte. »Ach, lassen Sie doch das Geschwafel, Schätzchen. Haben Sie Clay überhaupt jemals kennen gelernt?« Sie beugte sich über mich und führte einen kleinen feuchten Grundierungsschwamm an mein Gesicht.

»Ist es so offensichtlich?«

Sie zwinkerte und betupfte weiter mein Gesicht.

»Ich verdiene mir nur was nebenbei, wenn ich diesen Rundbrief schreibe. Ehrlich gesagt, ich bin noch nie in so einem kleinen Flugzeug gewesen. Aber ich wäre wirklich für alles dankbar, was Sie mir erzählen können.« Ich versuchte noch einmal mein einfältiges Lächeln. Wunderbarerweise schien es zu funktionieren.

Gloria trat einen Schritt zurück und begutachtete den Fortschritt, den sie mit meinem Gesicht gemacht hatte. Sie nahm ihre Virginia Slim wieder in die Hand und zündete sie an. »Erstens mal«, legte sie los, »hat's da kein Faible für die Bitterroots gegeben. Clay hat die verflixten Berge gehasst. Wenn's nach ihm gegangen wäre, hätte er sie nie wieder angeguckt.«

Vom Wohnzimmer drang ein gedämpfter Ruf nach Service herein. Gloria öffnete die Tür und steckte den Kopf hinaus. »Verpiss dich!«, schrie sie und kam wieder herein. »Sind Sie mal verheiratet gewesen?«, fragte sie.

Ich schüttelte den Kopf.

»Gut so. Das ist 'ne ganz miese Masche, die einem da aufgeschwätzt wird.« Sie legte die Zigaretten beiseite und nahm ein winziges Bürstchen. »Augen schließen bitte.« Borsten strichen über meine Lider. »Sie kennen Clays Geschichte nicht?«

»Nicht sehr viel davon jedenfalls.« Ich sah zu ihr hoch. Ich wollte ihre Version von Bennetts Leben hören.

»Es ist eigentlich eine erstaunliche Sache.« Sie sah mich scharf an. »Romantisch, wenn Sie mich fragen. Er war in den Fünfzigerjahren Reserveoffizier der Luftwaffe. Als Pilot. Aber er kam mit einem Flugzeug runter – in den Bitterroots.«

»Er stürzte ab, meinen Sie?«

»Was sollte ich sonst meinen, Schätzchen? Es war zeitig im Frühjahr, aber Sie wissen ja, wie das Wetter da oben sein kann. Manchmal schlimmer als jetzt. Können Sie sich das vorstellen?«

Ich schüttelte den Kopf und warf einen Blick aus dem Fenster. Es war nicht gelogen. Ich konnte es mir tatsächlich nicht vorstellen. »Wie hat er überlebt?«

»Schauen Sie mal nach unten, bitte.« Sie strich mit einem Stift an meinem Augenlid entlang. »Er fand eine Beobachtungsstation der Feuerwehr. Da gab es einen Schrank voller Dosen mit Bohnen und genug Bücher, mit denen er über die Runden kam, bis der Schnee schmolz.«

»Er hat gelesen?«

Gloria lachte wieder. Ein raues, ehrliches Lachen.

»Quatsch. Die Bücher waren der einzige Brennstoff, den er finden konnte. Er verbrannte sie, um sich warm zu halten. Er war über zwei Monate dort. Als er losging, hatten sie ihn schon lange für tot erklärt. Er hat zwei Angler zu Tode erschreckt, die ihn gefunden haben, wahrscheinlich sah er aus wie ein Toter. Stellen Sie sich das mal vor, seinen eigenen Totenschein zu betrachten. Bitte mal nach oben sehen.«

»Aber er hat's geschafft?«

»Klar. Er wurde als Held gefeiert. Ich war natürlich damals noch sehr jung.« Sie legte kurz ihre Hände auf die Brüste, so als wolle sie ihre frühere Jugendlichkeit betonen. »Sie können jetzt mal einen Blick in den Spiegel werfen, aber ich bin noch nicht ganz fertig.«

Gloria ließ die Hände sinken, ich öffnete die Augen und starrte das bizarre Geschöpf im Spiegel an. Ich sah wie Tammy Faye Bakker aus, wenn sie einen schlechten Tag hat. »Ich habe gehört, das Flugzeug wurde nie gefunden?«

»Clay selbst sagte, es sei wegen des Unwetters gewesen. Er sagte, alles sei vom Schnee zugedeckt worden. Sie haben schließlich aufgegeben, aber Clay nicht.« Sie schüttelte den Kopf und wischte sich über die Augen. Eine glänzende Träne hing auf ihrer Wange. Ich dachte an den Blödmann im Wohnzimmer und fragte mich, ob Bennett vielleicht mehr gewesen war als Glorias Chef. »Stellen Sie sich vor, er hat die ganze Zeit – seit damals – nach dem Flugzeug gesucht.«

Ich stand auf und versuchte, am Spiegelbild meines Gesichts vorbeizusehen. »Sie sagten, Clay war Reservepilot, oder?«

Gloria nickte.

»Was hat er da gemacht? Seine Aufgaben, meine ich.«

»Ich weiß nicht genau. Ich nehme an, er flog manchmal für diesen Obstkonzern.«

»Welchen Obstkonzern?«

»Warten Sie mal, Starry Fruit. Star Fruit. Irgend so was. Draußen im östlichen Teil von Washington. Clay hat in Spokane gewohnt, bevor er hierher zog.« Sie legte einen Finger an die Unterlippe und runzelte die Stirn.

»Hat er für sie Plantagen gespritzt – mit Pestiziden?«

»Keine Ahnung.« Ihre Stirn glättete sich wieder. »Sie haben ihn aber immer noch bezahlt.«

»Wie eine Pension?«

»Ich nehme an, aber es war nicht regelmäßig, eher so, dass er jedes Jahr einen Scheck bekam.«

»Viel Geld?«, fragte ich und bereute es sofort wieder, weil ich mich fragte, ob ich zu weit gegangen sei.

Gloria neigte den Kopf zur Seite und sah mich an. »Genug«, sagte sie.

Die kurze Strecke, auf der der Highway 200 aus dem Canyon hinausführte, war vom Wind freigefegt, aber rutschig. Die Stadt hatte das große Enteisungs-Fahrzeug ausgeschickt, das schwerfällig vor mir her kroch und dampfende Chemikalien auf die Fahrbahn spritzte. Der Schnee war nicht mehr strahlend weiß, stattdessen hatten die Abgase und die feinen Partikel der Papierfabrik ihm eine triste graue Färbung verliehen. Schneeklumpen, mit Sand und Eis vermischt, lagen an der Straße.

Ich fuhr ziellos herum und versuchte, meine Gedanken zu ordnen und zu entscheiden, was ich als Nächstes tun sollte.

Die Stadt wimmelte von hektischen Käufern, die in letzter Minute noch etwas suchten. In den Fenstern des großen Backsteingebäudes, in dem sich das Kaufhaus befand, blinkten Weihnachtsbäume, sangen Schaufensterfiguren, die als Weihnachtssinger posierten, und in geisterhaften Kaminen knisterte Feuer aus Seidenpapier. Als ich auf der Front Street an der Ampel anhalten musste, geriet der Wagen plötzlich ins Rutschen, und ich kam erst ein paar Zentimeter vor einer schwer bepackten Fußgängerin zum Stehen. Die Frau starrte mich über die roten und grünen Fransen ihres Schals hinweg böse an, hob ihre freie Hand und zeigte mir ihren ausgestreckten Mittelfinger. Die Ampel wurde grün, ich fuhr los und fegte an dem flatternden Saum ihres Mantels vorbei.

Bei Bennetts Suche musste es um mehr gehen als nur um das alte Flugzeug. So viel stand fest. Hatte er damals, vor vielen Jahren, an dem bestimmten Tag etwas transportiert, das sein Leben wert war – und das von Iwan und Amos? Iwans Schatzsuche, hatte Vera gesagt. Was für eine Art Schatz konnte sich in dem vor vierzig Jahren abgestürzten Wrack eines Düsenflugzeugs der Air Force verbergen?

Ich fuhr auf der Higgins Avenue über die Brücke nach Süden. Bei der Dairy Queen nahm ich das Gas weg und sah die Straße zu meinem Haus hinunter. Zwei Autos standen am Gehweg, schwarzweiß mit den unverwechselbaren Aufbauten und dem Blaulicht. Riley, dachte ich. Die ewigen Kaffeetrinker.

Es ist merkwürdig, wie leicht es dazu kommt, dass man seine gesamte Sicht der Dinge ändert. Ich hatte dieses Haus eigentlich nie gewollt, die Verantwortung, den Blätterregen im Herbst, den man aufrechen, den wild wachsenden Rasen, den man ständig mähen musste. Ich sah dem August mit Bangen entgegen, weil man wahnsinnig aufpassen und voller Panik die Rasensprenger andrehen musste. In der ersten Zeit nach meinem Einzug war mir nicht klar gewesen, in was ich da hineingeraten war. Ich dachte, ich könnte mit minimalem Aufwand durchkommen, aber bei den ersten Anzeichen von braun gebranntem Gras kamen sofort die Nachbarn vorbei, Mrs. Jenkins oder die Delaneys von gegenüber. Sie bombardierten mich mit wohlmeinenden Tipps. »Das Müllauto kommt diese Woche extra durch und sammelt Blätter ein«, sagten sie nebenbei, wenn sie mich auf der Straße trafen. Oder: »Brauchen Sie Hilfe, springt der Rasenmäher nicht an? Mein Junge kümmert sich gern für Sie darum.«

Um eine gute Nachbarin zu sein, ist es oft wichtig, den Schein zu wahren. Was man in den eigenen vier Wänden macht, ist unwesentlich. Es spielt keine Rolle, dass Mrs. Perkins in dem gelben Haus, sobald ihr Mann um acht Uhr morgens zur Arbeit geht, anfängt, billigen Chablis zu trinken, oder dass der Mann in dem auf antik getrimmten Backsteinhaus nachts gern ins Zimmer seiner Tochter schleicht und sie beim Schlafen beobachtet.

So erfüllte ich also immer meine Rolle, sehnte mich jedoch gleichzeitig nach der alten Ungebundenheit und Freiheit. Aber als ich die beiden Streifenwagen vor meinem Haus sah, änderte sich das schlagartig. Einen Augenblick lang wäre ich tatsächlich gern hineingegangen. Ich wollte die Zuflucht eines Heims, die Geborgenheit zwischen vier Wänden. Ich musste mich zurückhalten, so wie man sich im ersten Moment des Einschlummerns schonungslos gegen den Schlaf wehrt. Sollen sie doch da bleiben, sagte ich mir, ohne mich umzudrehen. Ich streckte die Hand nach unten und berührte den Griff meiner Sig, als sei sie ein Talisman, eine glänzende Münze in meiner Tasche.

14

Nur nach der Topographie zu urteilen, müsste man eigentlich sagen, dass Montana nicht aus einem, sondern aus zwei Staaten besteht, der eine aufrichtig, der andere heimtückisch. Im Osten, wo die Rocky Mountains in das Grasland der Northern Plains übergehen, gibt es nichts Verborgenes. Die geologische Vergangenheit der Erde liegt offen da, die großen Überschwemmungen und Umbrüche, die Apokalypse aus Eis und Schnee, die den Kontinent prägten. Selbst in den Bergen im Westen sind die Täler baumlos, breit und lang, und es gibt vieles, das auf das Krachen und Knirschen vorgeschichtlicher Kräfte hinweist, die das Land formten.

Erst wenn man aus Missoula hinaus in Richtung Idaho fährt, fängt die Täuschung an. Hier erheben sich die Berge um einen herum, versperren die Aussicht, und man vergisst leicht die zerklüfteten ausgedehnten Flächen der undurchdringlichen Landschaft, die unbekannten Weiten der Nine Mile Divide, die chaotischen Gipfel des Bitterroot Gebirgszugs. Das, was sich an Zivilisation am Highway entlangzieht, scheint ausgedehnter und fester verankert, als es in Wirklichkeit ist.

Wenn ich jetzt auf jenen Abend zurückblicke, könnte ich vielleicht sagen, dass die Richtung, die ich einschlug, etwas mit einer Illusion von Ordnung zu tun hatte. Ich wollte verschwinden, unsichtbar sein wie das wilde Hinterland Montanas, das hinter den dicht mit Kiefern bewachsenen Bergen versteckt liegt. Oder ich könnte sagen, dass es da eine Frage gab, auf die ich immer noch eine Antwort suchte.

Ich ließ also meine Wohnung und Missoula hinter mir und folgte dem gewundenen Tal des Clark Fork durch Alberton, Tarkio und Superior. Auf der Straße lag der Reif vom gefrorenen Atem des Flusses. Langsam schlängelte ich mich durch die

Kurven und sah mich in Gedanken bei jeder Biegung durch die Leitplanken brechen und ins eisige Wasser hinunterstürzen. Bei St. Regis wandte ich mich direkt nach Osten, Richtung Paradise. Ich war hungrig und müde, hielt an einer Tankstelle im Ort an und versorgte mich mit Kaffee und Zigaretten, bevor ich zu meinen Eltern hinausfuhr. Als ich von hinten auf den Wohnwagen zufuhr, war es schon spät.

Im Winter ist die Stille hier unvergleichlich. Die Tiere, die nicht nach Süden gezogen sind, verbergen sich in Höhlen, stecken ihre Köpfe unter warme Flügel oder rollen sich unter dem dichten Schnee zusammen. Die wenigen, die keinen Winterschlaf halten, wandeln schweigend wie Mönche in einem gefrorenen Gebetsgarten umher. Wenn man sie trifft, eine Eule im schwarzen Geäst eines Apfelbaums, das Gesicht eines Hirschs vor dem Fenster des Schlafzimmers, ist ihre Gegenwart beunruhigend wie die einer Statue, die zum Leben erwacht ist, oder das eigene Gesicht, das dir unerwartet aus einem Spiegel entgegenblickt.

Obwohl es entsetzlich kalt war, fuhr ich die holprige Straße zum Wohnwagen meiner Eltern mit offenem Fenster hinunter. Amos war nicht der Einzige, der an diesem Tag gestorben war. Nach dem ersten Schock verebbte der Schrecken über den Mord an ihm, und Tina Red Deers graues Gesicht stand mir wieder vor Augen. Der Tod, der unbewohnte, leere Körper, hat etwas von einem verlassenen Haus an sich, das danach verlangt, in Beschlag genommen, von jemandem eingefordert zu werden. Jetzt, da Tina nicht mehr da war, wollte ich dringender denn je zuvor wissen, was uns beiden gemeinsam war. Wenn es stimmte, dass sie die Tochter meines Vaters war, dann musste er es erfahren.

Ich fuhr so langsam und leise ich konnte, wusste aber genau, wie laut der Motorenlärm war und registrierte, dass das Geräusch den Schnee von den Zweigen der Kiefern plumpsen ließ. Kurz bevor der Wohnwagen in Sicht kam, überwand ich einen kleinen Hügel und schaltete Motor und Scheinwerfer aus. Der Wagen rollte im silbrigen Mondlicht die letzten paar Meter im Leerlauf weiter. Ich fuhr an der Einfahrt meiner Eltern vorbei und hielt neben dem Plankenzaun, der an der Grenze des Grundstücks entlanglief.

Ein breiter Acker lag innerhalb des Zauns unter tiefem, unberührtem Schnee. Der Wind hatte die Oberfläche wie rollende Dünen geformt, wie ein Meer, dessen Wellengang plötzlich angehalten wurde. Der Mond, gerade aufgegangen, war fast voll und schien zu dieser Jahreszeit heller als die Sonne. Der klare Himmel war mit Sternen übersät. Am anderen Ende des Feldes leuchtete der kleine Wohnwagen meiner Eltern wie eine Campinglaterne.

Ich nahm das Fernrohr aus dem Handschuhfach und beobachtete meine Eltern, wie ich es schon öfter getan hatte. Ich wollte hineingehen. Das war meine Absicht, deshalb war ich gekommen. Aber irgendwie konnte ich meiner Mutter nicht noch einmal gegenübertreten. Sie trug das Essen auf, etwas Dickflüssiges, das sie in tiefe Teller schöpfte. Sie fütterte meinen Vater, wobei sich ihre Hand in einem merkwürdig gleichmäßigen Rhythmus bewegte. Vom Teller mit dem Löffel zum Mund. Sie wischte ihm das Kinn ab und legte die Serviette beiseite. Ihr Haar war straff hochgesteckt und sie trug irgendein unförmiges Hauskleid mit einem tropischen Blumenmuster. Ich zündete eine Zigarette an und trank meinen kalten Kaffee. Ich wünschte mir, sie würde weggehen. Ich wollte meinen Vater besuchen, ohne dass sie dabei war. Sie muss doch bestimmt irgendwohin gehen, sagte ich mir. Ein Gebetskreis. Ein Handarbeitskränzchen. Die Generalprobe für das Weihnachtsspiel morgen Abend.

Ich beobachtete, wie sie vom Tisch aufstand und das Geschirr in die Spüle stellte. Sie schaltete den Fernseher an, setzte meinen Vater auf der Couch zurecht und verschwand. Ich hatte nicht die Absicht, jetzt hineinzugehen, aber trotzdem konnte ich nicht wegfahren. Ich hatte Bennetts teuren Parka an, den ich im Büro von Big Sky Adventures mitgenommen hatte, fing aber trotzdem vor Kälte an zu zittern. Ich ließ den Motor an und drehte die Heizung auf. Die Zündung klang laut wie ein Schuss aus einem Gewehr.

Nach etwa fünfzehn Minuten kam der Kopf meiner Mutter in Sicht. Sie ging durch die Küche und holte etwas hoch oben von einem Schrank herunter. Ihr Haar fiel jetzt über die Schultern, wie ich es seit vielen Jahren nicht mehr gesehen hatte. Es war dicker denn je und noch immer rot wie brennende Glut. Sie hatte sich umgezogen und trug einen grünen Morgenmantel aus Seide oder Satin, der sich fließend an ihre Handgelenke schmiegte und dessen spitzer Ausschnitt den Blick auf ihre weiße Brust freigab. Sie holte eine Flasche aus dem Schrank und goss sich ein. Dann wiegte sie den Kopf und zündete sich eine Zigarette an.

Ich nehme an, ich hätte überrascht sein sollen, sie so zu sehen, den Menschen, der sie in ihrem Inneren war, wie das rohe, weiche Fleisch einer Auster. Aber ich hatte immer gewusst, wer sie war, wie wenig sie sich geändert hatte. Ihr zuzusehen war wie immer: magische Faszination und zugleich Erschrecken, die schäbige Erregung des Voyeurs. Sie ging im Wohnwagen hin und her, als schwebe sie von einem erleuchteten Fenster zum anderen, und der grüne Morgenmantel schmiegte sich an ihren Körper, wie das Wasser des Flatheadflusses um einen Stein herumfließt. Sie war so schön wie eh und je, bezaubernd und gefährlich. Ich konnte meinen Blick nicht abwenden.

Es dauerte fast zwei Stunden, dann hatte sie sich bis zur Besinnungslosigkeit betrunken. Die ganze Zeit saß mein Vater im Wohnzimmer. Sein Kopf schwankte kraftlos hin und her, während das blaue Licht des Fernsehers über sein Gesicht flimmerte. Eine Zeit lang tanzte meine Mutter allein. Dann setzte sie sich an den Küchentisch und weinte. Schließlich ließ sie den Kopf auf den Tisch sinken. Ich steckte mir eine Zigarette an und beobachtete sie gut fünf Minuten. Als sie sich nicht bewegte, stieg ich aus dem Auto und machte mich durchs Feld auf.

Der Mond stand noch so niedrig, dass er unheimliche Schatten warf. Die Umrisse der Gelbkiefern fielen auf den silbrigen Boden wie lange dünne Messer mit spitzen Zacken. Als ich mitten auf dem Feld war, hielt ich an und blickte auf meinen eigenen Schatten zurück, der auf das Schneemeer fiel. Ich hob die Arme und sah mein Schattenbild, das sich groß wie ein riesiger, dünner Vogel ausbreitete.

Leise ging ich die Stufen hinauf, öffnete die Tür und trat hinein. Es war warm im Wohnwagen, die verbrauchte Luft roch nach Zigarettenrauch. Ein Teller mit Keksen stand auf dem Couchtisch. Dieses Mal waren es keine Bäume, sondern vergnügte Weihnachtsmanngesichter mit glitzernden Bärten aus rotem Zucker. Die Lichter am Plastikbaum blinkten – an und aus und wieder an. Meine Mutter machte eine leichte Bewegung und seufzte leise. Ihr Bademantel war aufgegangen, und ihre rechte Brust hing auf den Tisch. Wie oft tat sie so etwas? Mein Vater sah zu mir auf, irgendwo tief in seinen Augen leuchtete Wiedererkennen. Seine Hände lagen ordentlich im Schoß. Die Kissen um ihn herum waren dunkel von Nässe. Der Uringeruch vermischte sich mit dem Duft nach Kiefern, Kerzen und Zimt.

Ich ging zum Schrank und suchte eine saubere Hose und Unterwäsche für ihn. Als ich zurückkam, wollte er nach den

Keksen greifen, aber seine Hände fuchtelten nur hilflos herum. Ich schob meine Arme unter seine Achseln, zog ihn von der verpinkelten Couch hoch und machte seinen Gürtel auf.

»Daddy«, sagte ich, »die Red-Deer-Frau. Erinnerst du dich an sie?«

Sein Atem an meinem Gesicht roch wie der eines Kindes, nach alter Milch und halb gekautem Essen. Er legte den Kopf in den Nacken und starrte mich an.

»Red Deer«, sagte ich noch einmal, dieses Mal laut. »Das kleine Mädchen. Wie hieß sie noch mal?« Mühsam hob ich ihn hoch und zog seine Hose und die feuchte Unterhose herunter. Die Haare um seinen Penis waren grau und dünn wie Zuckerwatte.

Er umklammerte meine Schulter und brabbelte etwas, seine Stimme war laut und aufgeregt. Ich half ihm, die Hose zu wechseln. Er trat einen Schritt zurück, während ich seinen Gürtel zuschnallte, dann stand er da wie ein Kind, das für den Kirchgang fertig gemacht worden ist.

»Tina Red Deer?«, fragte ich und gab ihm einen Keks.

Er brabbelte wieder, legte den Keks hin, humpelte zum Schlafzimmer und schüttelte den Kopf.

In dem tristen, kleinen, holzgetäfelten Zimmer lag das Hauskleid meiner Mutter brav auf ihrer Seite des Bettes. Ihre Hausschuhe warteten geduldig auf dem Bettvorleger, auf dem stand: ERWACHE UND FINDE JESUS. Auf der Seite meines Vaters waren extra Kissen und Schaumgummistützen aufgeschichtet, das Bett eines Achtzigjährigen. Mein Vater war einundsechzig.

Ich stand unter der Tür und beobachtete ihn. Er öffnete den Mund und bewegte die Zunge, als versuche er ein Wort herauszubringen. Dann ging er durchs Zimmer, blieb vor einer Kommode stehen und machte eine fahrige Geste, mit der er mir zu bedeuten schien, ihm zu folgen. Oben auf der Kommode befanden sich dicht gedrängt gerahmte Bilder, kleine Fläschchen und Zettel. Es war ein bizarrer Reliquienschrein. Ein winziger Zahn in einem leeren Tablettengläschen, der erste, der mir ausgegangen war. Eine feine blonde Locke von mir. Mein Bild mit den Zahnlücken aus der zweiten Klasse. Ein Foto von meiner Abschlussfeier nach der achten Klasse. Ein Gedicht über Kürbisse, das ich für Halloween geschrieben hatte, als ich zehn war.

Und in der Mitte ein Bild von uns dreien, das immer das Lieblingsbild meiner Mutter gewesen war. Eine Freundin meiner Eltern hatte es im Sommer vor dem Unfall auf dem Jahrmarkt aufgenommen. Es war ein heißer Tag, und unsere Gesichter waren rot, gesund und gebräunt. Meine Mutter hatte den Arm um meinen Vater gelegt, und man sah den Schatten ihrer Muskeln spielen, während sie ihn hielt. Ihr Haar war perfekt frisiert und wurde von einem losen Band gehalten. Mein Vater hatte die Hände unter meine Achselhöhlen gelegt, als wolle er mich hochheben.

Und so war es auch gewesen. Sobald der Auslöser geklickt hatte, hob er mich auf seine Schultern, und ich sah von oben die Gasse zwischen den Buden, die mich schwindelig machten. Es war ein perfektes Bild, nicht statisch wie die meisten Fotos. Vielleicht hatte meine Mutter es deshalb so gemocht. Es war eine Ahnung von Bewegung in unserer Haltung. Sogar der Hintergrund war bewegt. Die Lichter des Taifunrads, die sich drehten und unscharf abgebildet waren, ein kleiner Junge, der winkte, ein Pfeil, der durch die Luft auf sein Ziel zuflog.

Mit großer Anstrengung holte mein Vater das Bild von der Kommode herunter. Ich streckte die Hand aus, um es zu nehmen, aber er hielt es sich vor die Brust. Wieder bewegte er den Mund, beugte sich an mein Ohr.

»Red … Deer«, stammelte er und riss die rückwärtige Abdeckung aus dem Rahmen. Er hielt ihn mir hin und versuchte wieder etwas zu sagen.

Hinter dem Foto von uns war ein zweites Bild, ein kleineres. Ich nahm es und betrachtete die beiden dunklen Gesichter auf dem glatten Papier, eine Frau und ein Kind. Die Haare des kleinen Mädchens waren zu zwei langen Zöpfen geflochten. Das Haar der Frau war ebenfalls lang, schwarz und gelockt, wie es Mode war. Es erinnerte mich an die Heldinnen meiner Kindheit: Farrah Fawcett, Wonder Woman. Das Bild war im Freien aufgenommen, und hinter ihnen lag die braungoldene Weite der Great Plains. Die Frau sah geradeaus, aber der Blick des Mädchens war leicht nach oben gerichtet zu demjenigen, der fotografierte.

Irgendwie hatte das Bild all die Jahre überlebt. Ich war sicher, meine Mutter hätte es zerrissen, wenn sie davon gewusst hätte. Aber es hatte da gesteckt wie ein Schatten hinter uns dreien, ein letztes Lachen auf Kosten meiner Mutter. Die andere Familie meines Vaters.

»Es gibt sie nicht mehr«, sagte ich und nahm seine Hand. Speichel glänzte in seinen Mundwinkeln. Er sah mir in die Augen. »Das Mädchen … sie ist tot, Daddy.«

Er bewegte die Hand, und seine Nägel gruben sich in meine Handfläche. Einen Augenblick lang schien es, als seien seine Gedanken auf die Sache gerichtet, als verstehe er, was geschehen war. Dann riss der Gedanke offensichtlich ab, und er wandte sich um und wanderte ziellos in Richtung Wohnzimmer.

Ich nahm das Bild aus dem Rahmen und steckte es in die Tasche des Parka. Als ich aus dem Schlafzimmer kam, saßen meine Eltern zusammen am Küchentisch. Meine Mutter war immer noch halb weggetreten, und mein Vater griff nach ihrer freiliegenden Brust. Sie öffnete ein Auge wie ein gefährliches Tier, das man betäubt hat, und während ich vorbeiging, sah sie zu mir auf. Ich öffnete die Tür, trat in die kalte Nacht hinaus und ließ sie so zurück, wie sie da saßen. Draußen hatte sich der Schnee wie eine feine Haut aus Eis über das Feld gelegt. Ich hielt mich an meine alte Spur und ging zum Lkw zurück.

Den ganzen Weg über nach Westen durch die Berge konnte ich ständig nur an Flucht denken. Immer wieder stellte ich mir Iwan und Amos vor, so wie ich sie zuletzt gesehen hatte, und Josie. In Missoula war ich nicht wirklich zu Hause, es gab keinen Grund zu bleiben. Ich dachte über die Möglichkeiten nach, alte Kontakte, die ich noch um Arbeit bitten konnte, Geld, das mir jemand schuldete. Ich konnte sogar wieder ganz von vorn anfangen, mir eine Stelle als Kellnerin suchen, noch mal aufs College gehen.

Bei Superior konnte ich die Augen kaum mehr offen halten, also verließ ich den Highway und quartierte mich in einem schäbigen kleinen einstöckigen Motel ein. Mein Zimmer war merkwürdig gemütlich: die langweilige Einrichtung in Schattierungen von rostfarben und graubraun, die Nähe zur Autobahn, die hübschen kleinen Flaschen Shampoo und Pflegebalsam, die verblichenen Handtücher. Sicherer als die fremdländische Atmosphäre bei Kristof. Und sicherer als Mrs. Carters kleines Haus. Diese Art von Motel war perfekt, weil die Umgebung keine charakteristischen Merkmale besaß, an denen sich seine Lage festmachen ließ. Außerdem hatte es keinerlei Eigencharakter und so dicke Vorhänge, dass das meiste Tageslicht abgehalten wurde. Ein Ölgemälde über dem Bett zeigte einen blauen Bach, Bäume im Herbst und eine Steinbrücke.

Ich verriegelte die Tür, zog mich aus, ging unter die Dusche und ließ so lange das heiße Wasser laufen, bis das Bad von weißem Dampf eingehüllt war. Ich konnte morgen früh losfahren, sagte ich mir, nachdem ich eine Nacht lang richtig geschlafen hatte. Die Aussicht, mich einfach wegzustehlen, war verlockend. Ich schloss die Augen und fühlte das Wasser über meinen Rücken laufen und gegen meine Schulterblätter, die verkrampften Muskeln und die Wirbelsäule spritzen. Ich benutzte das Shampoofläschchen und die winzige Seife.

Nachdem ich mich abgetrocknet hatte, trat ich wieder ins Zimmer, zündete mir eine Zigarette an und legte mich aufs Bett. An der Schranktür war ein Spiegel, in dem ich meine Beine, meine Hüften und das dunkle Dreieck meiner Schamhaare sehen konnte. Ich stützte mich auf einen Ellbogen und sah die Magengrube lockerer werden, als sich mein Becken nach oben drückte.

Draußen auf der Straße donnerte ein Sattelschlepper vorbei, wurde mit knirschendem Geräusch heruntergeschaltet und quälte sich dann die Auffahrt zur Interstate hinauf. Ich drückte die Zigarette aus, legte die Hände zwischen die Beine und stellte mir das graue Band des Highways vor, die beglückende Monotonie großer Teile von Amerikas Landschaften, die erotische Anonymität.

Durch die Wand hörte ich, wie meine Nachbarn den Fernseher anschalteten, ziellos von Sender zu Sender zappten und ihn schließlich abdrehten. Es muss einen Moment gegeben haben, in dem sie noch schwebte, dachte ich und betrachtete mich im Spiegel, die Schatten an meinen Beinen, wo sich die Muskeln spannten. Ein Widerstand gegen die Schwerkraft bei ihrem letzten Sprung, dann baumelte ihr Körper hin und her wie ein Pendel, das die Sekunden misst.

Du wirst Missoula morgen früh verlassen, versicherte ich mir selbst, aber schon als ich es sagte, wusste ich, dass ich nicht weggehen würde. Als ich die Augen schloss, sah ich Kristofs Gesicht auf Josies Foto vor mir, die Lippen geöffnet und verletzlich, seine Wangen der Kälte ausgesetzt. Und ich sah Amos, wie er sich mit seinen schlaksigen Gliedmaßen durch die Menge bei Charlie's bewegte, wie er sich mit zitternden

Händen eine Zigarette drehte, den Mund zu einem schiefen Lächeln verzog und sich über die Zacken seines Irokesenschnitts fuhr.

15

Es war schon spät am nächsten Morgen, als der Highway mich endlich nach Missoula zurückbrachte. Wenn man von Westen kam, wurde einem klar, dass die Vorgeschichte des Tals vom Meer geprägt war. Die Häuser stiegen an den südlichen Hängen hoch wie Wellen, die sich am Ufer des prähistorischen Sees brachen, der früher an der Stelle des Tals gelegen hatte. Die Bebauung zog sich an den Bächen entlang wie Ströme oder schimmernde Flussarme, die sich nach Westen bis nach Idaho und nördlich bis zum Flathead ausbreiteten.

Amos' Tod war kein Zufall. Ich wollte herausfinden, warum er ermordet worden war. Ich hoffte, dass ich Glück haben und vor Ort eintreffen würde, bevor die Leiche entdeckt wurde und sein Wohnwagen voller Polizisten wäre. Aber die Kaffeetrinker waren mir einen Schritt voraus. Eine ganze Gruppe von ihnen hatte sich auf dem schäbigen Standplatz für Wohnwagen hinter dem Super Six versammelt. Ein halbes Dutzend Polizeiautos drängte sich auf dem Parkplatz des Motels. Soweit ich sehen konnte, war es eine typische Polizeioperation, jede Menge Kaffeetrinken und zielloses Hin- und Herlaufen. Ich beschloss, es später noch einmal zu versuchen, trat aufs Gas und fuhr zügig am Krankenhaus vorbei in Richtung Universität.

An der University of Montana waren Winterferien, und der Campus war nahezu ausgestorben. Ich fuhr im Bogen hinter dem Lehrgebäude vorbei und hielt vor der Zentralbibliothek an. Dann zog ich Bennetts Aktenkoffer unter meinem Vordersitz hervor, schlang den rechten Arm um das graue Metall und trat in die Kälte hinaus. Ein Schild an der Tür gab bekannt, die Bibliothek sei geschlossen, wies aber fleißige Studenten an, zum juristischen Seminar weiterzugehen. Ich ging den langen Weg über den verschneiten Campus und hoffte, dass sie das hatten, was ich wollte.

Die Bibliothek des juristischen Seminars war nahezu leer. Ein paar Studenten wanderten wie Zombies durch die Magazine. Ein Mädchen saß an ihrem Platz, hatte den Kopf auf den Tisch gelegt und schnarchte laut.

Ich fragte den Jungen bei der Ausleihe nach alten Ausgaben des *Missoulian*.

Er legte eine zerfledderte Ausgabe von *Forbes* beiseite. »Wie alt?«

»Achtundfünfzig«, sagte ich.

»Mikrofilm«, antwortete er und gab mir einen gelben Zettel. »Füll das Bestellformular aus, dann hol ich sie dir.«

Ich füllte den Zettel aus, dachte kurz über den Zeitabschnitt und über das nach, was Gloria über den Absturz gesagt hatte. *März – September* schrieb ich auf und gab dem Typen das Formular.

»Ich darf immer nur einen Monat auf einmal ausgeben«, sagte er, als er meine Bestellung las.

Ich schaute mich in der leeren Bibliothek um. »Gibt es viele, die heute nach den Artikeln aus dem *Missoulian* von vor vierundvierzig Jahren fragen?«

Der Junge schüttelte den Kopf und stand auf. »Dauert ein paar Minuten«, brummte er.

Ich setzte mich an eines der Mikrofilm-Lesegeräte, öffnete den Koffer und blätterte wahllos in Bennetts Karten herum. Der Koffer war ziemlich mitgenommen, das Schloss verbogen und beschädigt, weil Iwan es mit einem Schuss gewaltsam geöffnet hatte. Das Futter mit den französischen Lilien hing an manchen Stellen durch, an den Rändern hatte es sich aus der Metallumrandung, die an der Innenseite des Koffers entlanglief, gelöst. Ich nahm alle Karten heraus, legte sie auf den Tisch und fuhr mit der Hand über das Futter. Der Boden war viereckig wie eine Schachtel. Der Deckel war abgerundet, Seiten und Ecken gingen ineinander über. Ich zog das Futter mit den Lilien von den Rändern weg, und in beiden Hälften kam eine schwarze Plastikunterseite zum Vorschein.

»Hier, bitte.«

Ich schaute erschrocken auf und sah den Jungen von der Ausleihe vor mir stehen. Er hielt einen Stoß von Mikrofilmrollen.

»Na, dann viel Spaß beim Lesen«, sagte er, als er die Filme neben dem Lesegerät auf dem Tisch absetzte. Als er weg war, legte ich den Koffer auf den Tisch neben die Karten.

Seit der High School war ich in keiner Bibliothek mehr gewesen, und ich brauchte eine Weile, bis ich herausgefunden hatte, wie das Lesegerät funktionierte. Ich drehte an den Knöpfen und überflog die Ausgaben vom März. Nichts. In der dritten Aprilwoche fand ich die erste Erwähnung des Absturzes. AIR-FORCE-PILOT VERSCHWINDET ÜBER DEN BITTERROOTS, lautete die Schlagzeile auf der Titelseite.

Bennett hatte, so wurde berichtet, allein einen Flug in einem T-33-Übungsjet gemacht, als er verunglückte. Er war Reserveoffizier, Oberleutnant. Offensichtlich stand zu der Zeit, als der Artikel geschrieben wurde, nicht viel Information zur Verfügung. Ein Frühjahrsunwetter wurde in der Zeitung erwähnt und die Möglichkeit, dass das Wetter etwas mit dem Absturz zu tun haben könnte. Laut *Missoulian* hatte derselbe Schneesturm die Suche nach dem abgestürzten Piloten behindert. Ich kritzelte den Namen des Flugzeugs auf einen Zettel, machte eine Fotokopie des Artikels und ließ den Film weiter durchlaufen.

Ein zweiter Artikel, der ein paar Tage später erschien, gab Aufschluss darüber, dass die Air Force weder Bennett noch sein Flugzeug finden konnte. Obwohl das Wetter besser wurde, brach man die Suche ab, und Bennett wurde offiziell für tot erklärt. »Wir haben alles getan, was in unserer Macht stand«, wurde ein Offizieller zitiert. Ich dachte daran, was Jan Jorgenson bei dem Gespräch im Autohaus gesagt hatte, dass die Piloten bei Johnson-Belle keine Flugzeuge in der Luft gesehen hätten und wie merkwürdig es ihnen vorkam, dass die Air Force die Suche so schnell abbrach, und selbst jetzt schien das noch merkwürdig.

Ich rollte den Mikrofilm weiter, spulte vor bis Ende Juni und suchte die Nachricht über Bennetts wunderbare Rückkehr. »TOTER« PILOT FINDET AUS DEM BLODGET CANYON ZURÜCK verkündete der *Missoulian*. Genau wie Gloria gesagt hatte, Bennett war ein Held. Er behauptete hartnäckig, er sei wegen des Unwetters abgestürzt, hätte es aber geschafft, mit dem Flugzeug auf einer entlegenen Landebahn zu landen. Was er über die dort verbrachte Zeit berichtete, hörte sich wirr an. Er sei fast verhungert, erklärte er, hätte von einem dürftigen Vorrat an Konserven gelebt, die er in einer Beobachtungsstation der Feuerwehr gefunden hatte, und hätte geschmolzenen Schnee getrunken. Trotzdem äußerte er keinen Zorn darüber, dass man ihn für tot erklärt und aufgegeben hatte.

»Ich wusste, ich würde es irgendwie schaffen herauszukommen«, erzählte er einem Reporter. Auf dem Foto daneben lächelte er breit.

Einer der anderen Offiziere seiner Reserveeinheit, ein gewisser George Dupres, wurde ebenfalls zitiert. Er sagte: »Wir wussten alle, dass er nicht so schnell aufgibt.«

Es war seltsam, wie die Zeitungen die missglückte Suchaktion einfach übergingen. Fast so, als hätte die Air Force Bennett oder das Flugzeug gar nicht finden wollen. Oder vielleicht ging es nicht um den Flieger, sondern um das, was im Flugzeug war. Das, was Bennett gesucht hatte, bevor er starb, das, hinter dem Iwan und Josie her waren.

Etwas stimmt hier nicht, sagte ich mir. Ich fragte mich, ob Tina in dem Augenblick, als die Schlinge sich um ihren Hals zusammenzog, den gleichen Gedanken gehabt hatte. Etwas ist ganz und gar nicht in Ordnung. Und als Bennett durch die Wolken stürzte, dem Moment des Aufpralls entgegen, hatte da auch er diese Worte gesagt?

Nachdem ich Dupres' Namen notiert hatte, machte ich noch eine Fotokopie, bevor ich das Gerät abschaltete. Ich streifte meinen Mantel über, bückte mich und stopfte die Karten wieder in den Koffer. Der Deckel ließ sich zuklappen, doch er ging nicht ganz zu. Ich legte die Handfläche auf den Metalldeckel und drückte, aber er ließ sich nicht wieder schließen. Also öffnete ich ihn wieder und fuhr mit der Hand an dem metallenen Rand entlang, wo der Deckel und die untere Hälfte aufeinander liegen sollten. Die Plastikbespannung an der Innenseite des Deckels hatte sich gelöst und saß leicht schief. Ich zog ein bisschen, bis sie ganz abging und ich sie in der Hand hielt. Unter der Plastikschicht war Styropor mit Spuren von Kleber, und in einer Plastiktüte für Frühstücksbrote lag eine rechteckige Geländekarte.

Ich hielt inne, holte tief Luft und sah mich in der Bibliothek um. Der Typ am Tisch las wieder in seiner Zeitschrift. Das Mädchen schlief immer noch an seinem Platz. Ein anderes Mädchen saß mit dem Rücken zu mir und blätterte in einer juristischen Fachzeitschrift. Ich zog die Plastiktüte aus dem Koffer, machte sie auf und holte die Karte heraus. Sie war von derselben Gegend wie die anderen, irgendwo oben in den Bitterroots. In der rechten unteren Ecke, wo ein N und ein Pfeil die Richtung Norden markierten, hatte jemand mit einem Kugelschreiber einen zweiten Pfeil eingetragen, der fast senkrecht zum ersten Pfeil stand.

Ich faltete die Karte auseinander und legte sie auf den Tisch neben das Lesegerät. Die Bodenfalten, Land und Wasser mit dem Wirrwarr der Namen – Goat Heaven Peak, Wounded Doe Ridge, Barren Creek – hatten etwas Poetisches, ebenso wie die Karte selbst, ihre Bildersprache, die Übersetzung der Beschaffenheit der Landschaft in zweidimensionale Symbole. Hier die unterbrochene blaue Linie eines ab und zu auftauchenden Wasserlaufs. Dort das schwarze Viereck einer Beobachtungsstation.

Ein rosa Fleck hatte sich über das Papier gebreitet, als sei Farbe ausgelaufen. Der obere Teil erstreckte sich über Indian Meadows und die Erhebung des Freezeout Mountain, dann über das Becken zwischen Sponge Creek und Fish Lake Creek. Am unteren Rand der schraffierten Fläche lag Fish Lake, dessen Blau sich zusammen mit der rosa Tinte in violette Farbe verwandelt hatte. Und neben dem langen schmalen See war ein schwarzes Kreuz.

Wenn man glaubt, dass Unterschiede zwischen den Sprachen zu den Dingen gehören, die uns von anderen trennen, dann muss man auch glauben, dass die universelle Sprache der Symbole uns irgendwie vereint. Seit die ersten Menschen ihre verschmierten Stöcke an der dunklen Wand einer Höhle angesetzt haben, hat das spitze Dach eines Zeltes die Bedeutung Unterschlupf gehabt, und die gebogene Form eines Fisches stand für Essen. Aber hier war ein Symbol, das jener frühe Kartenleser in Häuten und Fellen nicht verstanden hätte. Vielleicht hätte er das nicht ganz symmetrische Kreuz betrachtet und an einen Vogel gedacht oder an einen Pfeil, der gegen die gespannte Sehne eines Bogens gedrückt wurde. Vielleicht hätte er es auch mit Fliegen in Verbindung gebracht, den Feuerstein einer Pfeilspitze, die auf ihr Ziel zueilte, eine V-Formation aus Gänsen, die vom See aufflogen.

Aber da ich im Zeitalter des Düsenantriebs geboren bin, in der Ära der Mondfahrt und Weltraumfähren, wusste ich auf den ersten Blick, was das winzige Bildsymbol zu bedeuten hatte. Es war direkt am Rand eines Sees, an einem Ort, an dem mehrere dünne Pfade sich überschnitten. Auf dem viereckigen Stück Land gab es so wenig Bemerkenswertes, dass es mir sofort ins Auge stach. Es war das gedruckte Symbol für ein Flugzeug, das Zeichen des Kartographen für eine Landebahn.

Ich schaute auf den unteren Teil des Vierecks, auf den mit der Hand eingetragenen Pfeil, faltete dann die Karte zusammen und steckte sie in die Tüte zurück.

Als ich die Bibliothek verließ, gab ich den Mikrofilm bei dem Jungen ab, trat in die Vorhalle, steckte eine 25-Cent-Münze ins Telefon und wählte die Nummer von Ken Hoppies Pfandleihe.

»He, Hop«, sagte ich, als er sich meldete, »was weißt du über alte Düsenflugzeuge?« Hop ist ein Experte für alles, was mit dem Militär zu tun hat, und ich dachte, wenn irgendjemand Bescheid wüsste, dann er.

»Was für eins?«

»Ein Übungsflugzeug der Air Force. Aus den Fünfzigerjahren«, erklärte ich und schaute auf meine Notizen. »Es heißt T-33.«

»Was willst du darüber wissen?«, fragte Hop.

»Wie viel ist so was wert?«

»Heute?«

»Ja.«

»Wenn es in tadellosem Zustand ist, wäre es einem Sammler so um zwanzigtausend wert, warum?«

»Bin bloß neugierig. Was konnte so ein Flieger als Fracht transportieren?«

»Nichts.«

»Überhaupt nichts?«

»Ja. Null«, wiederholte er. »Es ist ein Übungsflugzeug, einem Kampfflugzeug nachgebaut. Ich meine, na ja, alles ist möglich, aber man müsste die Maschine komplett abspecken, wenn man etwas transportieren wollte. Dann wäre es eigentlich keine T-33 mehr.«

»Aber möglich wäre es?«

»Klar.«

»Danke«, sagte ich, obwohl ich mir nicht sicher war, ob das eine hilfreiche Auskunft war oder nicht.

Ich hängte auf und wählte Nick Popovs Nummer in Hot Springs. Nach dem zweiten Klingeln war Vera am Apparat.

»Bei Iwans Schatzsuche«, sagte ich, »um wie viel Geld ging es da?«

Vera schnappte nach Luft, fing sich aber schnell. »Sie dürfen nie hier anrufen«, zischte sie.

»In Ordnung. Machen wir es doch so: Sie sagen es mir, und ich werde Sie nie wieder belästigen. Wie viel? Tausende? Millionen?«

»Millionen«, sagte sie.

Ich hörte ein Klicken. Sie hatte aufgelegt.

Paranoia macht dich kaputt. Es ist das Mantra des Kiffers. Als ich in der High School war, schwänzten meine Freundin Stacy und ich oft die Schule und gingen an den Fluss hinunter, um einen draufzumachen. Stacys Eltern waren reiche Ex-Hippies, die einen Naturkostladen eröffnet und genug verdient hatten, dass sie mit vierzig in den Ruhestand gehen konnten. Als Stacy dreizehn war, fand sie ihren Vorrat und bediente sich mit ihrem besten Gras. Mir war damals Alkohol lieber. Während

Stacy in der Unterwäscheschublade ihrer Eltern wühlte, ging ich zur Food Farm hinunter und bat Billy Craighead, den geistig Behinderten, der vor dem Laden stand und Zeitungen verkaufte, hineinzugehen und mir ein Sixpack zu kaufen.

Ich weiß nicht, warum wir glaubten, wir müssten zum Fluss gehen. Unseren Eltern wäre es ziemlich egal gewesen. Meine Mutter war ständig in der Kirche. Ich hätte mir das ganze Gesicht mit Teufelsbildern tätowieren lassen können, und sie hätte es kaum bemerkt. Und Stacys Mutter und Vater verbrachten ihre Zeit in beseligtem Müßiggang im Whirlpool, genossen die alten Motown-Platten und erlebten ihre Jahre der freien Liebe noch einmal.

Das Flussufer war ein unheimlicher Ort. Es gab dichtes Gebüsch und das undurchdringliche Unterholz der Pappeln, wo man sich verstecken konnte. Außer in den kältesten Wintermonaten waren ständig irgendwelche Rumtreiber da, die unter den Bäumen übernachteten. Manchmal steigerten wir uns in heftige Angst und stellten uns vor, wir seien entdeckt worden. Dann fing Stacy immer an, ihren Spruch herunterzuleiern.

Paranoia macht dich kaputt. Ich sagte die Worte laut vor mich hin, während ich den Fluss überquerte und den Broadway entlang in Richtung von Amos' Wohnung fuhr. Josies Gesicht und Amos' nackter Körper tauchten immer wieder vor meinem inneren Auge auf. Was immer er getan hatte, er hatte nicht verdient, so zu sterben. Auf dem schäbigen Wohnwagenplatz gab es kein Anzeichen, dass die Polizei da war, also fuhr ich um das Super Six herum und parkte neben einem der überquellenden Müllcontainer.

Die Gegend zwischen dem Motel und dem Fluss sah irgendwie improvisiert und futuristisch aus. Diese Wohnwagen ließen den meiner Eltern tatsächlich wie ein echtes Paradies aussehen. Aber selbst die primitivsten Domizile, die billigsten kleinsten Kisten, die nicht einmal eine Toilette zu haben schienen, waren mit Kabelanschlüssen oder sogar kleinen Satellitenantennen ausgestattet. Hinter den mit weißem Reif überzogenen Fenstern flimmerten die Fernseher.

Man hatte mehrere traurige Versuche unternommen, zu Weihnachten zu dekorieren. Ein anderthalb Meter hoher Spazierstock mit rotweißer Spirale erstrahlte neben der Treppe vor einem der größeren Wohnwagen. Ein Plastikweihnachtsbaum mit einem Clowngesicht schüttelte seine Zweige, als ich vorbeiging, und fing an »Jingle Bells« zu spielen. Die ärmliche Schäbigkeit in Verbindung mit moderner Technologie und Geschmacklosigkeit erinnerte mich an einen schlechten Apokalypse-Film. Amerika nach dem dritten Weltkrieg. Mel Gibson, der die öden Felder des Mittleren Westens nach einem letzten Kanister Benzin oder einer Packung Zigaretten absuchte.

Der Tag hatte sich aufgehellt, aber die Sonne spendete nur mäßige Wärme. Außer dem Parka trug ich eine wollgefütterte Carhartt-Hose, seidene lange Unterhosen, zwei Pullover und meine Stiefel. Mit all den verschiedenen Schichten, in denen ich steckte, fühlte ich mich wie ein schwerfälliger Käfer. Ein Schubs, und ich wäre auf den Rücken gefallen und hätte ohne fremde Hilfe nicht mehr aufstehen können. Die beißende Kälte griff die unbedeckten Stellen meines Körpers an.

Ich ging zu Amos' silbernem Airstream, und die Gummisohlen meiner Stiefel knirschten auf dem trockenen Schnee. Gelbe Absperrungsbänder der Polizei waren wie die Fäden einer riesigen Atomspinne über den Platz gespannt. Ein halbes Dutzend rotzfrech aussehender Jungs spielten auf dem verrosteten Wrack eines Lasters im Gras neben Amos' Wohnwagen. Ihre Jacken waren dünn und zerrissen, und sie waren offen, sodass man ihre T-Shirts darunter sah. Nur einer trug abgelegte Handschuhe, die ihm viel zu groß waren und in denen seine Fäuste wie gigantische Hummerzangen aussahen.

Als ich vorbeikam, stellten die Jungen gerade geräuschvoll einen Überfall nach. Sie beachteten mich kaum. Erst als ich Amos' Tor am Maschendrahtzaun aufstieß und unter dem gelben Band hindurchkroch, um auf den Vorplatz zu gelangen, spürte ich den dumpfen Aufprall eines zerstiebenden Schneeballs an meiner rechten Schulter.

»Er ist tot«, sagte eine Stimme hinter mir.

Ich drehte mich um und stand dem Angreifer, einem großen Jungen von etwa zehn oder elf Jahren, gegenüber. Er war kräftig und hatte ein fleckiges Gesicht.

»Ach ja?«

Der Junge zog die Nase hoch und wischte sie sich mit dem Handrücken ab. »Bist du 'ne Freundin?«, fragte er misstrauisch.

Ich nickte. »Ich hab hier was vergessen. Bin nur vorbeigekommen, um es zu holen.«

»Haste 'n Schlüssel?«, fragte er.

Ich wusste nicht recht, was ich antworten sollte. Ich starrte ihn einen Augenblick stumm an, bevor ich ihm den Rücken zukehrte und auf die Tür des Wohnwagens zuging.

»Rück mal 'n Zehner raus!«, rief er. Ich hörte, wie seine Schuhe auf dem Schnee knirschten.

»Zehn Dollar für was?«, fragte ich.

»Damit ich dich reinlasse.« Er zuckte die Achseln, zog einen Schlüssel aus seiner Manteltasche und hielt ihn zwischen Daumen und Zeigefinger.

»Wo hast du den her?«

»Geht dich 'n Dreck an. Willste rein oder nicht?«

Ich griff in meine Tasche und zog einen zusammengefalteten Fünfdollarschein heraus. »Das ist alles, was ich habe«, sagte ich.

»Du lügst«, sagte er knapp.

Er hatte Recht, aber ich tat so, als wolle ich den Fünfer wieder einstecken. »Entweder oder«, sagte ich gelassen.

Die Hand des Jungen schoss vor und packte den Schein. Er starrte mich böse an. »Scheißgeizige Zicke.«

Ich ging hinter seinem kleinen Rücken her die halb verrotteten Stufen an der Seite des Wohnwagens hinauf. Er schloss die Tür auf, trat dagegen und gab mir ein Zeichen, ich solle eintreten. Die Jalousien waren heruntergelassen, und es war dunkel. Mehrere Schatten kleiner Pelztiere flitzten in der Finsternis hin und her. Die Luft im Inneren des Wohnwagens stank nach dem Kot und den Nestern der Tiere.

Ich trat einen Schritt zurück und hielt mir die Nase zu.

»Frettchen«, erklärte der Junge. »Amos hat mir den Schlüssel gegeben, damit ich mich um sie kümmern konnte, wenn er nicht da war. Die meisten sind heute früh ausgebüchst, als die Bullen da waren. Sie sind wahrscheinlich schon erfroren. Sie tun dir nichts.«

Er schaute mich skeptisch an. Sein Blick fiel auf mein blaues Auge und meine täuschend massige Gestalt in den dicken Schichten meiner Kleider.

»Gehst du rein, oder was?«

Obwohl Leute, die nicht von hier sind, sich ständig über die zahllosen Gruppen Montanas wundern, die sich gegen die Regierung auflehnen, hat mich die Häufung von Verrückten nie überrascht. Während meiner Kindheit war Montana ein Staat der Habenichtse, eine Gegend, in der fast jeder zu kämpfen hatte, um gerade so durchzukommen. Außer ein paar Reichen aus Kalifornien und New York, die zugezogen sind, hat sich nicht viel geändert.

An anderen Orten ist es leicht, sich einen Feind nach der Hautfarbe zu suchen. Es gibt die ganze Bandbreite anderer Rassen, auf die man die Schuld schieben kann. Im Westen, wo fast alle Gesichter weiß sind, gibt es nicht so viele Möglichkeiten. Aber die Leute hier sind erfinderisch und haben gelernt, ihrem Hass eine Richtung zu geben. Sie mögen diejenigen nicht, die aus einem anderen Staat sind, und außerdem hassen sie Steuerbeamte. Und obwohl sie es niemals zugeben würden, können sie die Indianer nicht leiden. Ich sah sie im Gesicht des Jungen, diese Wunde des Misstrauens und der Feindseligkeit, die sich auftat. Ich sah die armseligen Anfänge dessen, was Amos geworden war, den kindlichen Zorn.

»Wie heißt du?«, fragte ich und suchte nach irgendetwas, das uns verband, wünschte, ich könnte die richtigen Worte finden, um wenigstens einen kleinen Funken gegenseitigen Verständnisses zu zünden.

Der Junge wandte den Kopf ab und spuckte aus. Die Tür eines benachbarten Wohnwagens ging auf, und eine Frau mit aschfahlem Gesicht streckte den Kopf heraus und schimpfte. Die Kinder auf dem Laster zerstreuten sich, und der Junge sprang von der Treppe und verschwand.

Ich betrat den Wohnwagen und tastete mit den Fingern an der Wand entlang, bis ich die kleine Erhöhung des Lichtschalters spürte. Als das Licht anging, rannten die Frettchen aus dem Lichtschein der Glühbirne. Der Wohnwagen war winzig und furchtbar eng, nur ein Raum mit einer Kochnische und einem kleinen Bad im hinteren Teil. Die Wände waren mit einer seltsamen Bildermischung bedeckt: Softporno-Abbildungen von gebräunten Frauen in Bikinis, ein New-Age-Porträt von Jesus mit goldenen, seinen Kopf umgebenden Strahlen und Bowling-Poster, die weichliche Weltmeister signiert hatten und von denen ich noch nie etwas gehört habe. Der meiste Platz wurde von elektronischen Geräten eingenommen: ein brandneuer Fernseher, zwei Videogeräte, zwei Videokameras. An der gesamten hinteren Wand stapelten sich Videobänder. Ein lila Vinylbeutel lag auf dem Boden, aus dem eine blaue, marmorierte Bowlingkugel oben heraussah.

Eine der Kameras war auf einem Stativ befestigt, das Objektiv auf das kleine Fenster des Wohnwagens gerichtet. Ich trat vor, beugte mich hinunter und schaute vorsichtig durch den Sucher. Ein Fenster erschien, zugezogene Vorhänge mit Blumenmuster, helle Hohlblocksteine, die Rückseite des Super Six Motels. Irgendwie überraschte es mich nicht, dass Amos ein Voyeur gewesen war. Ich betrachtete alle Zimmer im ersten Stock und hielt bei den ersten offenen Vorhängen an, die ich fand. Die Deckenbeleuchtung in dem Zimmer war an, und ich konnte eine Gestalt erkennen, die auf dem Bett lag, zwei Beine in Strümpfen, die Hände lagen übereinander auf der Brust. Auf dem Bildschirm bewegten sich winzige Figuren.

Ich entfernte mich vom Sucher und öffnete die kleine Klappe, in der normalerweise die Kassette gesteckt hätte. Sie war leer. Ich trat von der Kamera zurück und starrte aus dem Fenster auf die Rückseite des Motels. Wenn Amos zugeschaut hätte, sagte ich mir, dann hätte er alles sehen können, was in Bennetts Zimmer an jenem Tag geschah. Da die Wohnwagen von Gestrüpp und Pappeln verdeckt sind, würde man sie vom Motel aus nicht unbedingt bemerken und würde nicht denken, dass man beobachtet wurde. Ich wandte mich vom Fenster ab, durchquerte den Wohnwagen und ging auf die Regale mit den Videobändern zu.

Die Mehrzahl der Kassetten trug die Aufschrift MCAT, der Name des Senders, der *Anarchie mit Amos* ausstrahlte. Über den MCAT-Videos stand eine umfangreiche Porno-Sammlung. Soweit ich sehen konnte, war Amos nicht besonders wählerisch gewesen. *Hot and Horny Asians* stand neben einem Film mit viel Gummi und PVC mit dem Titel *Bared and Bound*. Links von der Sammlung für erwachsene Zuschauer waren zwei Reihen ordentlich nach dem Alphabet geordneter, eher für das allgemeine Publikum gedachter Kost. Es waren hauptsächlich Science-Fiction-Filme: zwei Kassetten von *Der Wüstenplanet*, den Director's Cut von *Blade Runner*, ein paar alte *Star-Trek*-Folgen und ein neuerer Horrorfilm, den ich zufällig letzten Sommer im Autokino gesehen hatte. Ziemlich charakteristisch für einen Typen wie Amos. Plötzlich stach mir ein Titel ins Auge, der unter *B* eingeordnet war.

Komisch, dachte ich, vielleicht sind Anarchisten im Grunde ihres Herzens sentimental. Vielleicht werden sie von einem eigenartigen Sinn für Romantik und Nostalgie getrieben. Aber eigentlich glaubte ich es nicht. Ich streifte meine Handschuhe ab, zog die längliche Box heraus und drehte die Vorderseite nach oben. *Die Brücken am Fluss*, las ich in dunklen Buchstaben auf hellem Untergrund. Meryl Streep sah mit feuchten Augen zu Clint Eastwoods hagerem Gesicht auf.

Ich versuchte mir Amos vorzustellen, die Füße auf der von Fettflecken übersäten Liege, eine Flasche Night Train in der einen, eine Packung Taschentücher in der anderen Hand. Ich sah ihn vor mir in seinem schmierigen Fernsehsessel, sein Herz bewegt von der unglücklichen Liebesgeschichte, die Augen rot und geschwollen, während seine Finger hin und wieder einem der Frettchen über den seidigen Rücken strichen. Aber irgendwie haute das nicht so recht hin.

Ich zog das schwarze Band aus der Schachtel. Es lag merklich leichter in der Hand als ein normales Videoband. Die Mitte war herausgenommen worden, und an ihrer Stelle befand sich jetzt nur noch eine leere Höhlung. Ich hob die Klappe und schaute hinein. Ganz hinten befand sich ein kleiner Schlüssel. Ein Zettel hing aus einem Loch am oberen runden Teil des Schlüssels. Ich ließ ihn auf meine Hand fallen. Die Zahl 46 war eingestanzt, wie für ein Schloss an einem öffentlichen Ort, für ein Schließfach in einem Busbahnhof etwa oder in einer Turnhalle. Jemand hatte mit roter Tinte das Wort LIBERTY auf den kleinen Zettel geschrieben.

Ich hörte, wie draußen eine Autotür zugeschlagen wurde. Ich steckte den Schlüssel ein, drehte mich um und ging zur Tür. Eines der Frettchen lief am Eingang vorbei, und sein

Bauch streifte den Boden. Das Tier blieb stehen, sah mich an, zog die kleinen Lefzen hoch und zeigte seine winzigen scharfen Zähne. Ich ergriff einen Besen und wollte es damit aus dem Weg jagen, doch in diesem Augenblick hörte ich das unheilvolle Quietschen von Schuhen auf dem Weg.

Mein erster Gedanke war, dass es Chief Riley sein könnte oder der Junge, der zurückgekommen war, um noch einmal Geld von mir zu verlangen. Ich erhaschte einen Blick auf den dunkelhaarigen Kopf, der so weit oben am Seitenfenster des Wohnwagens erschien, dass er zu einem Erwachsenen gehören musste. Den Bruchteil einer Sekunde war ich starr vor Schreck, dann erwog ich blitzschnell die Möglichkeiten, die ich hatte, und stürzte in Amos' beengtes Bad.

Die Frettchen hatten sich hier besonders ausgetobt. Braune Haarbüschel lagen in der Dusche. Der Linoleumboden war hochgezogen und an den Ecken angenagt. Ich griff in meine Tasche, holte vorsichtig die Sig heraus und quetschte mich zwischen die offene Tür und die Wand. Ich hörte, wie der Besucher die Stufen des Wohnwagens heraufstampfte und wie die verstörten Frettchen davonstoben, als die Person eintrat.

Noch bevor sie etwas sagte, wusste ich, dass es eine Frau war. Sie hatte sich reichlich mit ihrem billigen Parfüm besprüht, dessen Gestank über den muffigen Geruch des Wohnwagens hinweg zu mir her wehte. Ihre Bewegungen waren vorsichtig und ruhig. Der Fußboden knarrte, als sie das Zimmer durchquerte. Ich hörte sie in den Schubladen und Schränken wühlen, wo sie planlos etwas suchte.

Ich lehnte mich mit dem Rücken an die Wand und spähte an den Scharnieren vorbei durch den schmalen Türschlitz. Ich sah einen Streifen von Amos' Spüle, die über und über mit verkrustetem schmutzigem Geschirr beladen war. Meine Kleider, die nicht einmal draußen bequem waren, erstickten mich hier fast. Schweiß rann über meine Brust bis zur seidenen langen Unterhose hinunter. Eines der Frettchen flitzte an der Tür vorbei, und ich hatte ein Gefühl im Unterleib, das mich befürchten ließ, ich könnte mir vor Angst die Hose nass machen. Ich stellte mir Amos vor, wie ich ihn zuletzt gesehen hatte, und fragte mich, ob ich mit der Sig hinausspringen und feuern sollte.

Sie ging hin und her und kam kurz in mein Blickfeld, nur so lang, dass sich meine Vermutung bestätigte. Es war Josie. Sie war mir so nah, dass ich unter dem starken Geruch des Parfüms ihren Schweiß wahrnehmen konnte. Es war ein typisch weiblicher Geruch, schwer wie der der schmutzigen Frettchenpelze, beißend und scharf.

Ihre Fingernägel strichen über die billige Tür des Bades, als wüsste sie, dass ich da war. Ich holte langsam Luft und spürte, wie sie sich in der Lunge staute, dann hielt ich den Lauf der Sig genau vor meine Brust. Ich biss mir auf die Unterlippe und wartete ab, was sie tat. Sie schnupperte und trat einen Schritt zurück.

»He! He du!« Es war die schrille Stimme des Jungen. Sie hatte mich so erschreckt, dass ich zusammenzuckte und meine Stiefel leicht gegen die Tür stießen. Ich hörte, dass sie sich entfernte.

»Verpiss dich«, sagte Josie.

»Verpiss dich selber, Lady. Zahlste nich, kommste nich rein.« Seine Stimme klang etwas gedämpft, als stünde er ein Stück entfernt.

Ich trat an das kleine Fenster im Bad und drückte mein Gesicht an die Scheibe. Ich sah den Jungen auf der Veranda stehen, mit seinen ledernen Basketballschuhen bearbeitete er den gefrorenen Schnee. Er trat einen Schritt vor, setzte einen Fuß über die Schwelle, dann blieb er stehen.

»Los, Lady, Zeit zu gehen.«

Ich schlich mich zur Tür des Badezimmers, drehte mich um,

presste den Unterarm gegen den Türrahmen und zielte auf den unteren Teil von Josies Kopf. Sie stand mit dem Rücken zu mir, und hinter ihr konnte ich das Schienbein des Jungen sehen, der, einen Fuß fest auf den Teppichboden gestemmt, dastand. »Geh einfach«, flüsterte ich mit dem zitternden Finger am Abzug der Sig.

Sie trommelte mit den Fingern gegen ihren Schenkel, rieb sich die Hüfte, nachdenkliche Gesten, während sie überlegte, was sie tun sollte. Dann drehte sie den Kopf, schaute kurz in meine Richtung und ging zur Tür. Ich huschte zum Fenster zurück und sah, wie der Junge auf Amos' provisorischen Zaun zuschlenderte und wichtigtuerisch die Hand auf das kalte Eisen des Tors legte. Josie folgte ihm, und ihr Arm strich an seinem Mantel entlang, sodass er aufging, als sie an ihm vorbeiging. Sein T-Shirt war eine Nummer zu klein, der Baumwollstoff spannte sich fest über seinem weichen Magen. Sie blieb vor ihm stehen und sah ihm prüfend ins Gesicht.

Durch den Schmutzschleier, der das Badfenster bedeckte, konnte ich die Augen des Jungen nur undeutlich sehen, die Lider waren weit aufgerissen, sodass das Weiße hell leuchtete. Er verzog die Lippen und spuckte Josie ins Gesicht. Ich war sicher, dass sie ihn ohrfeigen würde, aber das tat sie nicht. Stattdessen entfernte sie sich, setzte sich ans Steuer ihres blauen Malibu und brauste mit aufheulendem Motor davon.

Der Junge war noch am Tor, als ich wegging, und hielt den Blick auf die Spuren gerichtet, die ihr Wagen hinterlassen hatte. Ich griff in die Tasche, zog zwei Zwanzigdollarscheine heraus und gab sie ihm. Mehr hatte ich nicht.

16

Als ich in Amos' Wohnwagen den Schlüssel aus der leeren Kassette genommen hatte, war mein erster Gedanke, dass das dazugehörige Schloss an irgendeinem öffentlichen Ort sein müsste: auf einem Busbahnhof, einem Flughafen oder in einer Turnhalle. Warum sonst wären zwei Ziffern auf den Schlüssel gestanzt? Ich sah Reihen von nummerierten Schließfächern vor mir, und das sechsundvierzigste ging auf.

Der Greyhound-Bahnhof war nur ein paar Straßen von Amos' Wohnwagen entfernt und meine erste Station, nachdem ich ihn verlassen hatte. Eine Schließfachnummer 46 fand ich zwar, aber der Schlüssel passte keineswegs.

Ich verließ den Bahnhof und fuhr schnell zum Flughafen hinaus, während meine Gedanken von der öden Landschaft zu einer anderen Art von Leere wechselten, zu einer speziellen Form des Nichts, das sich einstellen kann, wenn der Alkohol ausgeht. Der Wind fuhr wie ein scharfes Messer seitlich am Ford entlang, sodass ich mich anstrengen musste, den Wagen auf der Straße zu halten. Ich konzentrierte mich auf das schwarze Asphaltband und auf ein paar vergessene Augenblicke im Super Six Motel.

Der Fernseher war gelaufen, sagte ich mir, eine Nachmittags-Seifenoper wurde gezeigt, die sich wie der warme Schein eines Lagerfeuers in dem dunklen Zimmer ausbreitete.

Was immer die Gestalten auf dem Bildschirm vorhatten – Sex, Rache, Geschäftliches – bedeutete dem trinkenden Trio wahrscheinlich wenig. Ihre einzige Sorge war der dahinschwindende Alkoholvorrat und der lange Weg zum Laden auf der anderen Straßenseite. Colt 45. Schlitz. Tiger 500. Ich ließ mir die Auswahl der Getränke durch den Kopf gehen, weil ich wollte, dass die Details stimmten.

Nehmen wir mal an, dass sie nur noch einen minimalen Vorrat hatten. Tina wurde gereizt, und Bennett war sich nicht sicher, dass er das wohlige Gefühl würde aufrechterhalten können. Jemand wurde dazu bestimmt, Nachschub zu holen. Vielleicht legten die drei ihr Geld zusammen, eventuell war Elton noch in Hochstimmung, weil er überraschend an einem der Spielautomaten gewonnen hatte, und beschloss die nächste Runde auszugeben.

An diesem Punkt hatten Tina und Elton ihren Blackout. Was in der nächsten halben Stunde geschah, verlor sich im dunklen Nebel einer Gedächtnisstörung. Sie stolperten zur Tür hinaus und überquerten die Straße. Vielleicht waren sie sogar unterwegs an ihr vorbeigegangen, oder vielleicht hatte sie sie beobachtet, wie sie über den Parkplatz gingen, bevor sie sich an Zimmer 109 heranmachte. Sie klopfte, und als Bennett die Tür öffnete, stand sie auf dem überdachten Weg, eine schwere, dunkelhaarige Frau. Dachte er, es sei ein Glückstreffer, diese Frau, die hier wie ein Geschenk erschien? Stand er einen Augenblick da und überlegte, welche Möglichkeiten er hatte?

In diesem Moment schlug sie zu. Ich stellte mir einen kurzen Stoß in den Magen vor, der ihn erst einmal außer Gefecht setzte, und dann stieß sie das Messer in seine Brust und schlitzte sie auf, wie sich ein Reißverschluss öffnet und einen Mantel auseinander fallen lässt. Ich dachte, dass es zuerst überraschenderweise gar nicht wehtat. Bennett schwankte einen Augenblick, seine Beine gaben unter ihm nach. Er schaute an sich hinab und sah den dunklen Riss und den Fleck auf dem karierten Stoff seines Hemds. Ihr Geruch stieg ihm in die Nase, Schweiß, durch Adrenalin noch schärfer, der beißende Gestank ihres Parfüms. Dann lag ihre Hand schon auf ihm und stieß ihn durch die Tür wieder hinein und aufs Bett. Sie stach immer wieder zu.

Der Parkplatz des Johnson-Belle-Flugplatzes war leer. Die Morgenflüge aus dem Osten waren schon vor Stunden gelandet und abgefertigt worden, und die Spätflüge in den Westen kamen erst gegen Mitternacht herein. Ich hielt in der Ladezone an und gelangte durch die Drehtür in die Wärme des neuen piekfeinen Terminals.

Während meiner Kindheit hatte es nur die Landebahn gegeben, die durch das ausgelaugte Weideland lief, und einen klapprigen Wohnwagen, der als Karten- und Gepäckschalter diente. Das neue Gebäude erschien mir völlig unpassend, viel zu groß für die zwei oder drei Flüge pro Tag, für die es gebaut worden war. Ausgestopfte Luchse wachten in der gähnend leeren Wartehalle. Ein Wolf in einem Glaskasten fiel einen Elchbullen an, dessen Geweih so groß war wie ein kleines Auto. Die Bewegungen der Tiere waren mitten im Kampf erstarrt, die Körper verdreht, die Zähne entblößt und die Glasaugen weit aufgerissen. Weihnachtliche Musikkonserven hallten durch das leere Gebäude. »God Rest Ye, Merry Gentlemen.« Plastikbäume sträubten sich unter den Girlanden und Lichtern wie zornige Stachelschweine. Zwei Sicherheitsleute spielten auf dem Durchleuchtungsgerät Rommé.

Ich fragte nach den Schließfächern, und einer von ihnen schaute auf und winkte lässig. »Gleich da hinter der Bar.«

Diesmal gab es nicht einmal eine Nummer 46, an der ich den Schlüssel hätte ausprobieren können. Entmutigt ging ich wieder durch das leere Terminal hinaus, rüstete mich gegen den Wind und lief so schnell ich konnte zu meinem Laster. Ich schwang mich ins Führerhaus, drehte die Heizung hoch und zündete mir eine Zigarette an.

Ein Privatflugzeug kam von Süden her, drehte eine große Schleife, setzte federnd auf der Landebahn auf und ließ einen Schneewirbel hinter sich auffliegen. Ich beobachtete, wie es entlangrollte und sich auf den Platz zwischen zwei Dutzend anderer kleiner Propellerflugzeuge einreihte. Die Tür ging auf und der Pilot sprang heraus. Es gibt nur einen Flugplatz in Missoula, und ich war mir sicher, dass Clay Bennetts Flugzeug unter denen sein musste, die hier geparkt waren. Ich legte den Gang ein und fuhr vorsichtig vom Gehweg und dem Hauptterminal weg.

Wie verhält es sich mit unseren Besitztümern? Deuten sie auf die Wahrheit über die Leute hin, denen sie gehören? Lassen wir einen Teil von uns zurück, der mehr Substanz hat als die unsichtbaren, abgestoßenen Zellen, die unsere Hände hinterlassen? Ich erinnere mich, dass ich einmal einen Zauber über einen Jungen aussprach, nach dem ich mich in der achten Klasse verzehrte: schwarze Magie eines Schulmädchens, die ihn zwingen würde, meine Zuneigung zu erwidern. Damit der Zauber wirkte, brauchte ich möglichst viele Dinge, die ihm gehörten. Dinge, die er immer wieder in der Hand gehabt, Kleidungsstücke, die er getragen hatte. Ich brach sein Schließfach auf, klaute ihm Bleistifte, einen Kamm, eine Skimütze aus Wolle mit einer bunten Quaste dran.

Derselbe Drang trieb mich auf das Flugplatzgelände hinaus und auf die Gruppe kleiner Flugzeuge zu – ein Glaube, der sich auf Objekte fixierte, ein Glaube an die materiellen Überreste eines Lebens. Ich wollte das Flugzeug sehen, das Clay Bennett geflogen, den Sitz, auf dem er gesessen hatte. Ich wünschte mir, dass er sich mir offenbarte und sich das Geheimnis seines Todes mir erschloss.

Nur ein paar Lampen brannten in dem Hangar für die kleinen Maschinen. Vor der Tür parkte ich und stieg aus. Es war gottverdammt kalt, und ich zog mir die Kapuze von Bennetts Parka fest über den Kopf. Während ich laut anklopfte, überlegte ich mir, dass ich den Piloten bitten könnte mir zu zeigen, welcher Bennetts Flieger war. Ich dachte, ich könnte ihm sagen, ich hätte Interesse ihn zu kaufen.

Niemand antwortete, und ich schirmte meine Augen seitlich mit den Händen ab und versuchte durch die Scheibe hineinzusehen. Mein Atem schlug sich an der Tür nieder und gefror sofort zu einem undurchsichtigen runden Eisfleck. Ich klopfte noch einmal und wartete. Der Wind blies jetzt heftig, die Böen kamen aus dem Canyon am anderen Ende des Tals. Auf dem Highway fuhr ein Lkw vorbei, und in der darauf folgenden Stille hörte ich Stimmen, Wortfetzen aus dem hinteren Teil des Hangars, die der Wind herwehte.

Ich raffte mich auf, schaute unter meiner Kapuze hervor und machte mich auf den Weg um das Gebäude herum. Der von der Seite peitschende Wind stieß mit voller Wucht an meine Knöchel. Als ich um den Hangar herumging und auf die offene Fläche trat, erkannte ich Harry Ford und seinen Sikorsky-Hubschrauber auf den ersten Blick. Ich kannte Harry seit der Grundschule. Er hatte schon immer einen Ruf als ungezogener Junge gehabt und tat danach sein Bestes, um dieser Einschätzung gerecht zu werden. Jedes Jahr wurde er als Erster zum Rektor geschickt, und in der Pause musste er zur Strafe oft in seiner Bank sitzen bleiben. Als ich klein war, wohnte er in derselben Straße wie wir. Sein Dad war bei der Feuerwehr und sprang bei den Waldbränden mit dem Fallschirm ab, und seine Mutter arbeitete als Kassiererin im Safeway-Supermarkt.

Nach der Schule ging Harry zur Armee. Inzwischen fliegt er für den Forest Service und bekämpft im Sommer die Brände. Jedes Jahr an Weihnachten hängt er eine beleuchtete Weihnachtsmannfigur mit seinem Rentiergespann an den Hubschrauber und fliegt mit ihnen über die Stadt. Ich habe nichts übrig für Weihnachtskitsch, und normalerweise würde mich der Frohsinn ärgern, aber abgesehen davon, dass Harry ein extrem guter Pilot ist, ist er auch einer der größten Kiffer in Missoula. Der Gedanke, dass er mit seiner Freundin Cherise da oben ein paar gut gefüllte Pfeifchen leert, gibt der ganzen Sache einen besonderen Touch.

Der Hubschrauber stand jetzt auf dem Rollfeld, während Harry und eine andere Gestalt in einem Parka sich eilig am Heck zu schaffen machten. Offensichtlich hatte der Wind die Figur des Santa Claus und seine Rentiere vom hinteren Teil des Hubschraubers losgerissen. Die zwei Männer mühten sich mit Lampen und einem Strick ab, während Santa noch immer stoisch lächelnd seine angemalten Zügel festhielt. »Harry!«, schrie ich, die Hände als Sprachrohr vor dem Mund.

Harry schaute auf, grinste und winkte mir, ich solle näher kommen. »Häng das mal ein, ja?«, rief er und zeigte zu einem Haken am Heck der Sikorsky.

Ich packte den Draht, der an Santas Schlitten hing, und befestigte ihn am Hubschrauber. Harry zog den zweidimensionalen Rudolph zu Boden und legte einen Stein auf den Kopf des Tieres, um ihn festzuhalten. Er winkte seinem Helfer, worauf der zweite Mann in den warmen Hangar lief.

»Jesus, Maria und Josef!«, rief Harry, nahm meine Hand im Fäustling in die seine. »Komm, wir gehen rein!«

Es war warm in dem Gebäude für Privatflieger, ein echter Luxus. Der zweite Mann grüßte Harry mit einer Handbewegung, nahm seine Sachen und ging. Harry zog eine Pfeife aus seiner Brusttasche, zündete die Grasblüte darin an und nahm einen langen Zug.

»Machst du alles fertig für heute Abend?«, fragte ich.

»Ich bin nur rausgekommen, um nachzusehen, ob alles okay ist bei dem Wind.« Harry bot mir die Pfeife an. Ich schüttelte den Kopf. »Weihnachten«, sagte er. »Ich kann nicht fliegen an Weihnachten.« Er nahm einen zweiten Zug und atmete aus. »Verdammter Wind, Mann«, flüsterte er zerstreut und bot mir die Pfeife noch mal an.

Ich zündete eine Zigarette an und stemmte die Füße gegen

einen grauen Eisenschreibtisch. Wir waren im Büro des Gebäudes. »He, Harry«, sagte ich. »Du hast doch Clay Bennett gekannt.«

»Klar.« Harry pfiff leise. »Den haben sie übel zugerichtet, was?«

Ich nickte. »Ist sein Flieger noch hier draußen?«

»Gleich hier drüben«, sagte Harry. Er deutete auf ein breites Glasfenster, das in den dunklen Hangar hinausging. »Aber es ist nicht seiner.«

Ich konnte gerade ein Stück weißen Flügel und schwarze Zahlen auf der Kabine ausmachen. »Na ja, ich denke mal, man kann sowieso nichts mitnehmen«, kommentierte ich, weil ich vermutete, dass Harry das gemeint hatte.

Harry sah mich ernst an, während er offenbar über die Aussicht auf den Tod nachdachte. Er zündete ein Streichholz an und nahm noch einen Zug. »Clay hat es verkauft, bevor er getötet wurde. Zwei Wochen vorher.«

»Wollte er was Besseres für die Arbeit?«, fragte ich und ging ein paar Schritte näher zum Fenster. Unter dem Bug des Flugzeugs standen eine Werkzeugkiste und eine Stehleiter mit Rollen von einem Mechaniker.

»Nöö.« Er schüttelte den Kopf. »Er hatte geplant, in Rente zu gehen. Das Leben ist manchmal grausam.«

Ich schaute zu dem Flugzeug im Dunkeln hinaus und ließ Harrys Worte auf mich wirken. Ich dachte an die Karte in dem Sandwichbeutel, an die rosa schraffierte Fläche, die Landebahn und den ovalen Fish Lake. Man sucht doch nicht sein ganzes Leben nach etwas, sagte ich mir, und gibt dann auf, bevor man es gefunden hat.

Harry trat neben mich. »Willst du mitfliegen in der Sikorsky heute Abend? Ist doch nichts, an Weihnachten allein zu sein.«

Ich schüttelte den Kopf. »Bist du schon mal beim Fish Lake gewesen?«, fragte ich.

»Im Selway oben?«

»Ja.«

»Drüber weggeflogen. Warum?«

»Gibt's da noch eine Landebahn?«

»Angeblich ja. Warum?«

Ich zuckte die Achseln. »Meinst du, du könntest mich da mal raufliegen?«

Harry strahlte. »Jederzeit.«

Es war bereits Spätnachmittag, als ich den Flugplatz verließ. Etwa drei Uhr, und die untergehende Sonne schien direkt auf die kahle Flanke des Mount Sentinel. Die Notstraße für Waldbrände, die über die gesamte Breite des Bergs lief, hob sich scharf ab, eine lange schwarze Wunde auf der weißen Flanke. Die Kiefern in den hoch gelegenen Spalten sahen aus, als hätte man sie mit orange- und rosafarbenem Zucker bestreut. Im Westen stieg stechend wie der Geruch von einem Stinktier ein Rauchschleier aus der Papierfabrik auf.

Eine der Gefangenen, mit der ich in der Wäscherei in New Mexico zusammengearbeitet hatte, war eine ganz kleine Frau, die sich Teddy Bear nannte. Sie kam ursprünglich aus Atlanta, wurde aber hochgeschickt, weil sie in Las Cruces auf ihren Zuhälter geschossen hatte. Sie hatte ihn nicht getötet, obwohl es ihr nach eigener Aussage gelungen war, ihm beide Hoden wegzuschießen.

In der Woche, bevor ich entlassen wurde, fragte sie mich nach meinen Plänen. Ich geh nach Hause, sagte ich und erzählte ihr von Montana. Sie war gerade dabei, ein Laken zusammenzufalten, und ich erinnere mich, dass sie es sich vor die Brust hielt und den Stoff auseinander fallen ließ. »Aha«, sagte sie, als hätte ich ihr gerade erzählt, was es an diesem Abend zu essen geben würde.

Sie hatte Recht mit ihrer Skepsis. Es gibt keinen mächtigeren Zauber als die Kluft der Trennung. Was wir meinen, wenn wir davon sprechen, dass uns etwas *fehlt*, hat wenig mit uns selbst zu tun und alles mit der Sache, von der wir getrennt sind, und der Art und Weise, wie das auf uns wirkt. Manchmal ist es besser, man kehrt nicht zurück und hat an dem Ort, der einem doch Heimat sein sollte, dann Heimweh.

Als ich an jenem Tag in die Stadt zurückfuhr, schien mir das Tal von Missoula so fremd wie eine Mondlandschaft. Aber im grünen Paradies meiner Erinnerung fielen unablässig Flocken vor meinem Fenster und landeten auf dem Eis des Rattlesnake Creek. Ich hörte den Heizkessel anspringen und die warme Luft durch die Heizungsschächte in die sauberen Zimmer unseres alten Steinhauses rauschen. Die Tür zu meinem Zimmer ging auf, und ich roch Speck und Buchweizen, dazu den intensiven Duft der Tannen. Ich setzte mich im Bett auf, und mein Vater kam herüber, seine Wollsocken scheuerten auf dem Holzboden. Ich war fünf, vielleicht sechs. Klein genug, dass ich meinen Kopf seitlich an seinen Hals legen konnte, als er mich hochnahm, und meine Beine gerade so um seine Taille reichten.

Es ist gefährlich, an solche Dinge zu denken. Wie es sich anfühlt, getragen zu werden und das Gewicht einer Hand auf dem Kopf, die Kombination der Gerüche nach Aftershave, Shampoo, Pfannkuchen. Ich schob diese Gedanken beiseite und hielt den Blick fest auf die Straße gerichtet.

Die Gegend in der Stadtmitte war leer bis auf ein paar verspätete Kunden. Als ich in nördlicher Richtung am Gerichtsgebäude und den Neonlichtern im Büro der Kautionsbeschaffer vorbeifuhr, dachte ich an Tina und Elton Williams. Betrunkener Indianer, sagte ich mir. Ich sah ihn vor mir, wie er an der eisernen Zellentür kratzte, wie er von der ersten Flasche Strawberry Boone's Farm träumte, die er je probiert hatte, den Zucker auf der Zunge, den Alkohol, der ihm ins Gehirn schoss.

Ich wollte, dass er aufwachte und sich an die Augenblicke erinnerte, die er vergessen hatte, an den Moment, in dem jemand anderes als Tina Clay Bennett getötet hatte.

Ich hielt an der roten Ampel in der Higgins Street, schloss die Augen und dachte über Weihnachten in New Mexico nach: das altvertraute Tablett mit matschiger Truthahnfüllung, Truthahnfleisch aus der Dose mit Knorpeln und kleinen Stückchen Knochenmark, ein Ring Preiselbeergelee dazu. Und das Wartezimmer: Kinder, die gebracht wurden, um ihre Mütter zu sehen, ein Plastikbaum, Seife und Zigaretten, Gefängnis-Geschenke.

Eine Hupe ertönte hinter mir. Ich machte die Augen auf und rollte weiter.

Der Rattlesnake Creek war fest zugefroren. Das Eis schob sich über die Steinbrocken und stieß dann auf den flachen Clark Fork River, drückte sich ihm entgegen, und die dicken Eisplatten verkeilten sich. Ich stellte den Laster auf der kleinen Steinbrücke neben Kristofs Wohnung ab und stieg aus. Die Sig wog schwer in meiner Tasche, und ihr Lauf schlug gegen meinen Oberschenkel. Ich war froh, dass ich in Kristofs Wohnzimmerfenster Licht sah. Normalerweise war er um diese Uhrzeit auch nicht zu Hause, aber ich dachte, er hätte vielleicht wegen der Feiertage seine Schicht um ein paar Stunden gekürzt. Von der Straße aus konnte ich nur sein Poster mit dem Prager Schloss sehen: dunkler Stein mit den Schmutzstreifen einer Großstadt, steile Dächer, Turmspitzen, die sich in einen düsteren Himmel hinaufreckten.

Ich stieg die Außentreppe hinauf, öffnete die Tür und trat in die gemeinsame Diele. Es war ein merkwürdiges Gebäude, oben und unten je eine Wohnung. Zu Kristofs Wohnung gelangte man über eine dunkle, steile Treppe. Wuchtige Klavierklänge kamen von oben: lang gezogene Akkorde, dann plötzlich Stille.

Es war dumm von mir zu kommen, aber ich war müde. Ich wollte meinen Kopf in die Kuhle unter Kristofs Schlüsselbein legen, meine Hände auf die zwei flachen muskulösen Stellen an seinem Rücken. Ich wollte am Fenster stehen und zusehen, wie der Schnee verrutschte, und dankbar sein für Wärme und Geborgenheit. Ich nahm die letzte Stufe, hielt auf dem Treppenabsatz inne und klopfte den Schnee von meinen Stiefeln. Die Musik fing wieder an, ernst und fremd.

Als ich die Hand auf den Türknopf an Kristofs Wohnung legte, wurde sie plötzlich aufgerissen, und eine Hand legte sich auf meinen Mund. Ein massiger Arm umspannte meinen Hals, ich schmeckte Leder und roch den beißenden Geruch von Zigarrenrauch. Ich fuchtelte mit den Armen und klammerte mich am Wollmantel meines Angreifers fest. Er nahm den Arm von meiner Kehle, packte stattdessen mein weiches Haar am Ansatz im Nacken, riss daran und zog meinen Kopf zum Licht hoch.

Nick Popov stand am anderen Ende des Zimmers. Er schaute zu mir herüber, formte mit den Lippen einen perfekten Kreis und nahm das feuchte Ende der Zigarre, das dunkel war vom Speichel, aus dem Mund. Er trug einen braunen Mantel und einen braunen Filzhut. Sogar hier in Montana kleidete er sich in diesem fremdartigen, steifen osteuropäischen Stil. Ich spürte, wie die Muskeln in meinen Beinen vor Angst nachgaben.

»Rachmaninow«, sagte er. »Ein Russe. Der einzige hier.« Er zeigte auf Kristofs Stapel von CDs und Platten. »Sie mögen uns nicht, die Tschechen, wissen Sie. Aber Rachmaninow können selbst sie nicht widerstehen.«

Die Musik brach ab, die Nadel hob sich und landete wieder auf der Halterung. Es war still in der Wohnung, und ich hörte den Tabak in Popovs Zigarre knistern, wenn er inhalierte. Er ging zum Fenster an der Seite des Zimmers und sah auf den gefrorenen Bach hinunter.

»In der Sache mit meinem Sohn«, sagte er und räusperte sich.

Der Mann, der mich festhielt, ließ meinen Kopf los, während seine Hand an mir hinunterglitt. Er steckte die Finger in die Tasche meines Parkas, zog behutsam die Sig heraus und drückte mir den Lauf an die Schläfe.

In meinem Magen drehte sich alles, und ich dachte, mir würde schlecht. Jeff Riley und die Kaffeetrinker, das war *eine* Sache. Im schlimmsten Fall konnten sie mich dahin zurückschicken, wo ich hergekommen war, um mir das Leben ein paar weitere Jahre zu vermiesen. Aber Nick Popov, das war etwas ganz anderes. Nur vor Josie hatte ich größere Angst. Wenn Nick dachte, ich hätte etwas mit Iwans Tod zu tun, dann war meine Chance, die Wohnung hier lebend zu verlassen, gering bis nicht existent.

Ich stöhnte auf. Der Mann, der mich hielt, lockerte seinen Griff, ich fiel nach vorn auf alle viere. Ich ließ den Kopf hängen, sah aber Popovs elegante Schuhe auf mich zukommen. Direkt vor mir blieben sie stehen.

»Ich hatte nichts damit zu tun«, keuchte ich.

Popov hob einen Schuh. Ich spannte die Bauchmuskeln an und machte mich bereit für den Tritt. Aber er trat nicht nach mir. Stattdessen stieß er mich mit der Sohle seitlich an, sodass ich umfiel und auf dem Rücken landete. Der Mann im Wollmantel bückte sich, die Pistole weiter an meinen Kopf gedrückt.

Nick Popov zuckte die Achseln und zeigte auf den Mann mit der Waffe. »Ich glaube, ihr kennt euch noch gar nicht. Megan Gardner, darf ich vorstellen, Gregor. Gregor, das ist Meg.«

Gregor kräuselte die Lippen zu einem gekünstelten Lächeln.

»Ich hab ihn nicht umgebracht«, sagte ich, inzwischen in Panik.

Popov schüttelte den Kopf. Er legte die Hände auf seine Knie und beugte sich zu mir herab. »Ich glaube dir.« Er lächelte. »Möchtest du wissen, warum? Du bist klug, Meg.« Dazu tippte er sich mit dem Finger an den Kopf. »Ich bin sicher, du hast dir die Sache überlegt. Und dir war klar, ich würde dich früher oder später finden. Da hat dir dein Grips geholfen. Verstehst du, wenn du dumm wärst, dann hättest du mich vielleicht angelogen. Aber du bist schlau genug, um zu wissen, was ich tun würde. Kannst du mir folgen?«

Ich blinzelte und nickte langsam.

»Gut«, fuhr Popov fort. »Ich glaube, du kannst dir denken, wer es getan hat. Stimmt's?«

Ich nickte wieder.

Gregor drückte das kalte Eisen in die Kuhle unterhalb meines Ohrs. Ich fühlte die runde Öffnung des Laufs, die Höhlung in der Mitte, aus der eine Kugel kommen konnte.

»Was sagst du also?« Er dachte einen Moment nach, dann lächelte er, zufrieden mit sich. »Ich bin ganz Ohr.«

»Da war eine Frau«, sagte ich. »Wenn ich raten sollte, würde ich sagen, sie ist ein Profi.«

»Für wen arbeitet sie?«

»Ich weiß nicht.«

»Wo finde ich sie?«, fragte Popov.

Ich schüttelte den Kopf. »Sie hat mich bei Charlie's aufgestöbert«, sagte ich. »Sie wollte etwas, das in Clay Bennetts Auto war. Hat gedacht, ich hätte es genommen.«

»Wie sieht sie aus?«, schnauzte Nick.

»Nach Schwierigkeiten«, sagte ich. »Sie ist groß… hat einen roten Drachen auf die Brust tätowiert, dunkle Haare.«

Nick nahm einen langen Zug aus seiner Zigarre und warf den durchweichten Stummel auf den Boden.

»Ich glaub dir«, sagte er und richtete sich auf.

Gregor nahm die Pistole von meinem Kopf und ließ den

Griff in meine Hand gleiten. Er sah mich noch einmal mit seinem Schakalslächeln an, dann verschwanden beide durch die Tür und gingen die Treppe hinunter.

17

Ich stand nicht sofort auf. Nachdem Popov und Gregor weg waren, lag ich ausgestreckt auf dem harten Holzboden und starrte zu dem erhabenen Muster mit den Spiralen hinauf, die sich über die Decke zogen. Ich horchte auf die zwei Paare russischer Füße, die die Treppe hinuntergingen, und die zufallende Wagentür. Irgendwie macht die Kälte hier alle Geräusche deutlicher und klarer, als sie sonst sind. Als ob der Klang etwas sei, das mit Molekülen zu tun hat, etwas, das sich ausdehnt und zusammenzieht, je nach der Temperatur. Popovs Motor sprang problemlos an und brummte los, die Straße hinunter. Ein paar Studenten gingen auf dem Gehweg vorbei, ich hörte ein paar Fetzen von einem schmutzigen Witz und Gelächter. Ein Gartentor fiel zu. Ein Hund bellte.

Ich lag da, bis das letzte Tageslicht aus dem Tal wich. Bis der Lichtschein der Stadt vom Bauch der niedrig hängenden Wolken zurückgeworfen wurde und der Himmel vor dem Fenster draußen die stumpfe Farbe von künstlichem Henna annahm, wie der unebene Boden eines abgenutzten Kupfertopfs. Ich stand langsam auf, und mir wurde bewusst, dass ich noch unter den Lebenden war. Fest umspannten meine Finger die Sig, sodass sich das Muster auf dem Griff in meine Handfläche grub.

In der Küche fand ich etwas Wodka und nahm einen langen Schluck aus der Flasche. Ich suchte in der Tasche meines Parkas nach den Artikeln, die ich in der Bibliothek kopiert hatte. Ich las sie einmal und dann noch ein zweites Mal durch. Bennett war an jenem Tag zum Fairchild-Stützpunkt der Air Force auf der anderen Seite des Berges bei Spokane hinübergefahren. Er war Reserveoffizier, was hieß, er konnte nicht allzu weit von zu Haus weg gewesen sein. Ich zündete mir eine Zigarette an, nahm das Telefon und wählte die Auskunft für Spokane, Washington.

»Bennett«, sagte ich, als die Telefonistin nach dem Namen fragte.

»Vorname?«

Ich überlegte einen Moment, während meine Augen über die Artikel flogen. Ich hatte gehofft, einen Verwandten zu finden, aber es war eine lächerliche Idee, ich wusste es.

»Ma'am?«, unterbrach die Telefonistin mein Grübeln. »Es gibt Einträge für neunundachtzig Bennetts in der Gegend von Spokane. Haben Sie einen Vornamen?«

»Nein, tut mir Leid… warten Sie. Können Sie Dupres probieren? George Dupres.« Das war der einzige andere Name, der in den Artikeln erwähnt wurde, und ich dachte, einen Versuch sei es wert.

»Auch Spokane?«

»Ja.«

Eine Tastatur klickte im Hintergrund, dann wurde umgeschaltet und eine Aufnahme sagte munter George Dupres' Nummer an. Ich kritzelte die Ziffern auf den unteren Rand des Artikels, hängte auf und wählte sofort wieder.

Das Telefon klingelte viermal am anderen Ende, bevor sich die Stimme eines kleinen Kindes meldete.

»Ist George Dupres da?«, fragte ich.

Der Hörer fiel mit einem Knall zu Boden, kleine Füße liefen weg, und weit in der Ferne rief es: »Daddy!«

Schuhe schlurften über einen Teppichboden. »Hallo?«, fragte jemand leise an meinem Ohr.

»Mr. Dupres?«

»Ja?«

Ich räusperte mich und wünschte, ich hätte mir vorher überlegt, was ich sagen wollte. »Sie kennen mich nicht, Sir. Ich habe gerade Ihren Namen in einem alten Zeitungsartikel gefunden.«

»Aha?« Die Stimme klang skeptisch, weit weg.

Ich bemühte mich, eine Ausrede für meinen Anruf zu finden und landete schließlich bei der schon für Gloria O'Keefe verwendeten Lüge. »Ich arbeite für einen Fliegerclub hier in Montana«, erklärte ich. »Ich schreibe so etwas wie einen Nachruf für eines unserer Mitglieder, Clayton Bennett. Ich glaube, Sie sind früher mit ihm zusammen geflogen.«

»Fliegen – wie in einem Flugzeug?«, fragte der Mann.

»Ja.«

»Ich glaube, Sie haben den falschen George Dupres erwischt, Miss.«

»Oh.« Die Enttäuschung kam so plötzlich über mich, als sei ein Gummiband entzweigerissen. »Tut mir Leid, dass ich Sie belästigt habe.«

»Macht nichts.« Ich hörte ein raschelndes Geräusch von der Hand an der Muschel. »Dad? Ich glaub, es ist für dich.«

»Für mich?« Die Stimme eines älteren Mannes, undeutlich wegen der Entfernung vom Telefon.

»Ja«, antwortete der Sohn. »Eine Frau. Will dich etwas über Fliegen fragen.«

Der Hörer wurde weitergegeben. »Ja?«, sagte eine ältere Stimme.

Ich spulte noch einmal meine Ausrede herunter und erklärte den Zweck meines Anrufs.

»Und was genau wollten Sie von mir wissen?«, fragte der ältere Dupres, als ich geendet hatte.

»Alles, woran Sie sich erinnern können. Besonders über

den Absturz. Oder vielleicht alte Freunde, die ich anrufen könnte.«

Er schwieg einen Augenblick, im Hörer klang sein rasselnder Atem. »Er war eigentlich nicht eng befreundet – mit niemandem von uns, außer mit dem Anführer unserer Staffel, dem reichen Jungen aus Kalifornien. Ein fürchterlicher Snob. Er ging dann Clay suchen, als er abgestürzt war. Nur er. Ist im Unwetter zum Fish Lake rausgeflogen, ganz allein. Hat gesagt, er hätte auf der Landebahn nachgesehen und nichts gefunden.«

»Ich habe gehört, niemand von Ihnen sei hingeflogen, nachdem das Unwetter vorbei war?«

»Das wollten wir«, fuhr Dupres fort. »Ob wir ihn leiden konnten oder nicht, Bennett war ja trotz allem einer von uns. Aber sie haben die Suche abgebrochen und sagten, es könnte nichts mehr unternommen werden. Woher, sagten Sie, rufen Sie an?«

»Montana.«

»Da wissen Sie ja, wie das ist. Das Wetter. Ich nehme an, man hat gemeint, dass er da draußen sowieso keine Chance hatte. Wir waren allerdings sehr froh, dass er es überlebt hat. Danach war er natürlich nicht mehr Mitglied der Reserve.«

»Der Anführer Ihrer Staffel, können Sie sich an seinen Namen erinnern?«, fragte ich.

»Klar erinnere ich mich. Er ist in Kalifornien draußen. San José, glaub ich. Wie ich schon sagte, Harvey und Clay waren die besten Kumpels.«

»Harvey?«

»Ja, Harvey Eckers. Kann man sich ja denken. Der Kerl ist jetzt Politiker. Perfekt für ihn. Aber die Sache mit seinem Onkel scheint ihn ja jetzt doch einzuholen. Wie hieß der noch mal…?«, überlegte Dupres. »Senator Soundso. Ehrlich gesagt, deshalb haben wir ihn nie so richtig gemocht. Die meisten von uns hielten Harvey für einen Spitzel.«

Ich spürte, wie sich mein Magen zusammenkrampfte. »Harvey Eckers hat Ihre Staffel angeführt?«

»Ja. Hören Sie, ich will nicht unfreundlich sein, aber es ist Weihnachten und so, und wir wollten uns gerade zum Essen hinsetzen. Viel mehr kann ich Ihnen sowieso nicht sagen.«

»Natürlich.« Ich dachte an Eckers und sein Faltblatt in Bennetts Büro. Die mit dunklem Filzstift aufgezeichneten Hörner. Auf der Arbeitsfläche in der Küche lag ein *Missoulian;* ich nahm ihn in die Hand, faltete die Titelseite auseinander und überflog den Artikel über Eckers. »Starre«, sagte ich.

»Was?«

»Der Senator«, sagte ich zu Dupres, »für den Eckers spioniert hat. Sein Name war Starre.«

»Ja, genau, Starre«, stimmte Dupres zu. »Das hätte mich jetzt den ganzen Abend geärgert.«

Ich hängte auf und nahm noch einen Schluck aus der Wodkaflasche, bevor ich sie fest zuschraubte. Ich hatte schon seit einiger Zeit gewusst, dass die Sache eine Nummer zu groß für mich war, aber wenn Harvey Eckers mit Bennetts Tod zu tun hatte, dann war alles noch schlimmer, als ich mir je hätte vorstellen können. In meinem Kopf formte sich ein böses Bild von Eckers und seinem Onkel Kingston Starre auf. Und es wurde noch schlimmer, bis es hässlich und bedrohlich war. Da war Bennetts Flugzeug, als akkurates Kreuz in der weißen Mulde, wo die Berge sich um den Fish Lake drängten. Und ein anderer Flieger, vielleicht eine zweite T-33, flog hoch oben darüber hinweg. Und Eckers Gesicht hinter der Scheibe, vom Unwetter verdunkelt und unerbittlich. Auf meinem Bild sah er hinab und erkannte das Flugzeug seines Freundes, dessen Bug in einer Schneeverwehung steckte. Er drehte eine Schleife um die verschneite Mulde, dann noch eine, und dann flog er aus einem rätselhaften Grund, den ich noch nicht verstand, heimwärts und behauptete, er hätte nichts gefunden.

Ich starrte aus Kristofs Fenster auf die Gärten der Häuser auf der anderen Straßenseite, auf die Grills und Schaukeln und Liegestühle unter der flauschigen Schneedecke. Der Schnee fiel weiter, ein sich weiter entfaltendes Werk. Wie das Gespinst, das eine Spinne um eine Fliege herum anlegt, zuerst durchsichtig, sodass die schwarzen Flügel des Insekts unter dem losen Seidengewebe noch sichtbar sind. Später ist es dann dicht wie ein Leichentuch.

Ein Lkw fuhr vor, Kristofs alter Chevy. Die Tür ging auf, er sprang heraus, und als seine Füße auf dem Boden aufkamen, erhob sich ein feiner Schneestaub unter seinen Stiefeln. Die Straßenlaterne draußen vor dem Fenster verbreitete ihren gelblich glühenden Schein über die Häuser der Nachbarn. Die Luft war diesig vom dichten Nebel, der vom Fluss heraufzog. Kristof machte einen Schritt, dann noch einen. Er hinterließ Fußspuren, Abdrücke von runden Sohlen wie die eines Astronauten auf dem Mond. Ein Mensch, der gut gegen die Elemente geschützt war.

Ich sah die Straße hinunter und erkannte einen Suburban mit Polizeikennzeichen, der losrollte und vor dem Wohnhaus an den Gehweg heranfuhr, anhielt und Kristof den Weg abschnitt. Er wandte sich dem Fenster auf der Fahrerseite zu, bewegte die Lippen, dann schaute er kurz zum Fenster hinauf, an dem ich stand. Vielleicht eine Warnung. Oder ein kleiner Akt des Aufbegehrens, seine Art, mich zu verraten. Ich machte einen Schritt zurück und knipste das Licht aus, bevor ich wieder vortrat.

Die Tür des Suburban stand jetzt offen, und die Innenbeleuchtung war an. Ich sah einen Mann im Wagen. Ein Cowboyhut, kräftige Schultern: Jeff Riley. Er beugte sich vor und gab Kristof etwas. Er streckte seinen langen Arm aus und legte seine Hand auf Kristofs Schulter.

So standen sie einen Augenblick, zwei Männer, die dasselbe

wollten, eine Art Geständnis, das nichts mit Clay Bennett zu tun hatte und nichts mit Tina Red Deer oder Iwan Popov oder Amos' Leiche im Schnee. Kristof senkte leicht den Kopf, eine vertraute Geste, eine Bewegung, die ich gut kannte, etwas, was er tat, wenn wir zusammen schliefen. Er sagte etwas zu Riley; dann schüttelten sie sich die Hände und lächelten sich an.

Ich sah Jeff Riley wegfahren und Kristof auf die Treppenstufen am Haus zugehen. Ich dachte an seinen Körper über mir, wie sein Haar roch, nachdem wir Sex hatten, und an den feinen salzigen Film auf seiner Haut. Was ich über ihn wusste, und wie wenig er über mich.

Und plötzlich begriff ich, dass ich nicht hier sein sollte, in seiner Wohnung. Ich hatte Popov angezogen und Riley und all meine Gefahren und Bedrohungen mitgebracht, vor denen ihn zu warnen ich zu feige war. Ich war gekommen und hatte Straffreiheit und eine Zuflucht erwartet, aber das war etwas, was Kristof nicht geben konnte.

Die Tür zur Diele unten ging auf, ich riss meinen Parka an mich und schlüpfte in das Kleidungsstück des Toten. Ich hörte den Briefkasten klappern, den ersten Schritt auf der Treppe. Ich ging durch die Küche, wobei ich versuchte, mit meinen schweren Stiefeln so leise wie möglich zu sein, während sich meine Augen langsam an die Dunkelheit in der Wohnung gewöhnten. In Kristofs Schlafzimmer öffnete ich das Fenster und schwang erst das rechte Bein über das Fenstersims, dann das linke. Mit den Stiefeln ertastete ich das glatte Eisen der Feuertreppe. Eine Sprosse, dann die nächste. Die Kälte strömte in meine Lunge und brannte in meiner Kehle. Ich kam zur letzten Sprosse und sprang in den Schnee hinunter.

Auf der anderen Seite der unebenen Eisdecke auf dem Rattlesnake Creek zogen sich die breiten Zedernholzgebäude des Edgewater Motels hin. Einen Augenblick stand ich an der Seite des Hofs in den Büschen, sammelte mich und beobachtete die Schattenbilder der Personen in den belegten Zimmern. Im zweiten Stock stand ein nackter Mann und bürstete die Haare einer Frau im flimmernden Licht eines Fernsehers. Er strich mit dem Arm über ihren Bauch und streifte mit dem Mund ihren Hals. Am hinteren Ende des überdachten Weges nahm eine Frau in einem beigefarbenen Kostüm den Schraubverschluss von einer Flasche und goss sich einen Drink ein.

Ich könnte mir ein Zimmer nehmen, dachte ich, könnte zu ihnen gehören. Ich könnte auf dem breiten Bett liegen auf der knallbunten Decke, die schon das Lager für so viele Körper war. Ich könnte ein Leben wie sie haben, die Stunden verrinnen brav bis zum Tod, die Zahnbürsten stehen ordentlich nebeneinander am Waschbecken, die Handtücher werden gemeinsam benutzt, Kinder tanzen im sonnenglitzernden Wasserstrahl aus dem Gartenschlauch. Aber so war ich nicht, und ich wusste es.

Ich schaute zu Kristofs Wohnung hinauf, sah das Licht angehen, ihn verschwinden und im Schlafzimmer wieder auftauchen. Er kam ans Fenster und blickte in die Dunkelheit hinaus. Ich hätte ihm gern ein Zeichen gegeben. *Hier unten*! gerufen. Aber ich hielt den Mund, die Arme fest an meinen Körper gepresst. Kristof hob die Hände und schlug das Fenster zu. Und plötzlich hasste ich mich selbst dafür, dass ich ihm zusah, hasste den Menschen, zu dem ich geworden war. Wie krank es war, dass ich ihn so beobachtete. Wie kalt ich mich ihm entziehen konnte. Welche Macht mir das gab.

18

Meine Mutter glaubte, ihre Schlachten mit meinem Vater blieben unbemerkt. Sie redete sich ein, niemand wisse davon, ganz besonders ich nicht. Sie betrachtete sich als gute Mutter, und ich hielt dies früher für den Grund, weshalb sie bei ihm blieb – meinetwegen. Beide zehrten von diesem Krieg, von der Macht des anderen und der eigenen Schwäche. Die Fahrten meines Vaters zum Reservat waren nur eine kleine Plänkelei in der großen Schlacht.

Obwohl ich die Auseinandersetzungen meiner Eltern durch die Wände unseres Hauses hörte, hätte meine Mutter niemals offen vor mir einen Streit ausgetragen. In den Jahren vor dem Unfall erlebte ich sie nur einmal wütend. Ich war in der vierten Klasse, als sie an die Tür meines Klassenzimmers kam, draußen stehen blieb und mir durch die Scheibe zuwinkte, bis die Lehrerin mich gehen ließ. Sie hatte sich im Flur eine Zigarette angezündet, deren Geruch in der Schule ungewohnt war, da man im Gebäude nicht rauchen durfte.

»Ich habe ihnen gesagt, du hättest einen Arzttermin«, sagte sie. »Wir fahren spazieren.« Dann gingen wir hinaus und setzten uns ins Auto.

Ich sah meiner Mutter früher sehr gern beim Fahren zu, und auch an diesem Tag war es so. Ihre Hände waren schön am Steuerrad, mit kräftigen Muskeln, und doch zart zugleich. Ihre Haut bewegte sich über die zierlichen Knochen an ihren Handgelenken und ließ sie vogelgleich, gebrechlich und verletzlich erscheinen. Wenn sie den Fuß aufs Gaspedal drückte, sah ich die Muskeln an ihren Beinen spielen.

Sie zündete sich eine neue Zigarette an, fuhr quer durch die Stadt und auf den Highway. Jetzt, wo ich darüber nachdenke, glaube ich, es muss spät genug im Herbst gewesen sein, dass die Straße über Glacier schon verschneit war, denn wir nahmen den Umweg über Browning. Geradewegs über die Berge nach Helena, dann nördlich an der Rocky Mountain Front entlang.

Es war ein schöner Tag, als wir losfuhren, mit dem klaren Herbstlicht auf dem Blackfoot River und Heuballen wie riesige Brotlaibe. Aber als wir vom Rogers Pass herunterfuhren, verschlechterte sich das Wetter zusehends. Der Wind fegte von den Great Plains herüber und pfiff an der Seite unseres Kombis entlang. Es schneite nicht, obwohl es ständig bedrohlich danach aussah. Die Wolken waren fahl wie grauer Flanell, von einem dunkelgrauen Rand umgeben. Das Vieh drückte sich aneinander.

Die Art und Weise, wie meine Mutter fuhr, hatte etwas Entschlossenes, als stünde für sie etwas Wichtiges auf dem Spiel. Nur einmal, als sie anhielt, um Benzin und Zigaretten zu kaufen, sagte sie etwas und auch dann nur, um mich zu fragen, ob ich aufs Klo gehen müsste. Im Auto war es still. Sie schaltete das Radio nicht an, ließ das Fenster einen Schlitz auf wegen des Rauchs. Mir war klar, dass sie wütend war, und ich wusste, dass ich besser nicht fragen sollte, wo wir hinfuhren.

Wir hielten beim BIA, dem Bureau of Indian Affairs, in Browning an, meine Mutter öffnete ihre Tür und setzte schwungvoll ihre Pumps auf den Kiesbelag der Straße. »Warte hier«, sagte sie zu mir.

Ich sah sie hineingehen, dann fiel die Schwingtür hinter ihr zu. Auf einem von Disteln vollständig überwucherten Feld gegenüber dem Amt für Indianische Angelegenheiten standen rostige Autowracks, die Innenteile von Waschmaschinen und zwei schief stehende Wohnwagen herum. Ein Mann näherte sich dem Auto, ein Blackfeet-Indianer mit grauem, wild herunterhängendem Haar. Sein Gesicht näherte sich dem Fenster der Fahrerseite, und er schaute zu mir herein, bevor er schließlich über das Feld davonwanderte. Er schlug fest an einen der Wohnwagen. Ein anderer Mann machte die Tür auf, schaute heraus und lachte.

Ich saß mindestens zwanzig Minuten im Auto und wartete. Die zwei Männer kamen aus dem Wohnwagen heraus, setzten sich auf zwei Hohlblocksteine auf dem Feld und tranken Bier. Als meine Mutter zurückkam, waren ihre Augen rot und verquollen. Sie glitt hinter das Steuerrad, zündete eine Zigarette an und strich sich über die Haare, die sich aus den Spangen gelöst hatten.

Ein Weißer kam aus dem BIA-Büro und stieg in einen Lkw. Meine Mutter ließ den Motor an. Wir folgten dem Laster einige Meilen aus der Stadt hinaus. Der Mann fuhr an den Straßenrand, winkte einmal, und meine Mutter bog auf eine lange ungeteerte Einfahrt ab.

Am Ende des Wegs stand ein kleines Farmhaus aus weißen Brettern mit einer breiten Veranda an der Vorderseite. Weil es Herbst war, blühte nichts mehr im Garten, aber die braunen Stängel waren zu ordentlichen Bündeln zusammengebunden, die Rosen geschnitten und der Boden darunter mit Stroh abgedeckt. Die Tür an dem hübschen Haus ging auf, und mein Vater kam heraus.

Meine Mutter stellte den Motor ab und stieg aus. Sie ging über den Rasen. Mit ihren Pumps sank sie auf dem unebenen Boden etwas ein. Ihr grauer Rock spannte sich über ihren Schenkeln. Mein Vater kam ihr von der Veranda herunter entgegen. Sie hob die Hand und schlug ihm ins Gesicht. Dann trommelte sie mit den Fäusten auf seine Brust. Er machte keine einzige Bewegung, sondern stand nur da mit schlaff herunterhängenden Armen. Sie schlug immer weiter auf ihn ein, bis er endlich ihre Handgelenke umfasste und von sich weghielt.

Ich sah, wie die Beine meiner Mutter unter ihr nachgaben und mein Vater seine flache Hand auf ihr Schulterblatt legte. Er führte sie zum Auto zurück und beugte sich hinab, um ihr etwas ins Ohr zu flüstern. Ich schaute weg und versuchte mich auf etwas anderes zu konzentrieren, auf irgendetwas – nur nicht auf sie: die weißen Spitzen der Berge, das rhythmische Geräusch einer Ölpumpe auf einem benachbarten Feld. Die Tür ging auf, und meine Mutter setzte sich neben mich.

»Hey, Kleines«, sagte mein Vater.

Ich dachte noch mehrere Jahre lang an jenen Tag, an die Scham, die ich empfand, als ich die beiden beobachtete. Irgendwann später, als ich in der Highschool war, ließ ich die Erinnerung los, und sie versank.

Aber als ich an diesem Abend von Kristof wegging, kam mir die Fahrt nach Browning wieder in den Sinn. Auf dem Weg über den Broadway nach Westen kam ich am Super Six Motel und an Clay Bennetts altem Büro am Clark Fork vorbei und dachte daran, wie sich der Mund meines Vaters dem Ohr meiner Mutter genähert hatte. Ich fragte mich, was er wohl zu ihr gesagt haben mochte, das sie in den Wagen steigen ließ. Es war eines der großen Rätsel meines Lebens. Was immer es war, sie ließ jedenfalls den Motor an, der Wagen rollte vorwärts, und wir machten uns über die Ebene auf den Heimweg.

Es war kurz nach sechs, als ich vor Harry Fords Heim draußen in Travois Village anhielt. Der Wohnwagen war über und über mit Lichtern behängt. Kleine weiße Glühbirnen hingen wie eine Kaskade vom Dach, rote und grüne Kreise blinkten an Fenstern und Türen. Allein vom Hinsehen wurde mir schon schwindelig. Ein altes Talking-Heads-Stück dröhnte hinter der Tür, und ich klopfte laut. Harrys Freundin, Cherise, machte auf. Ihr Haar war mit Lametta geschmückt, und sie trug eine Kette aus bunten Bändern und Schleifen um den Hals. Ihre Haut unter einem alten Bademantel war mit bunten Flecken bedeckt.

»Ist Harry da?«, fragte ich.

Cherise nickte und führte mich durch das Wohnzimmer ins Schlafzimmer. »Er ist hier drin«, sagte sie. »Wir sind beim Malen. Ich hoffe, es macht dir nichts aus.«

Ich schüttelte den Kopf. Cherise schloss die Tür, und Harry drehte sich zu uns um und lächelte. Er saß nackt im Schneidersitz auf dem Boden, um ihn herum war eine Plastikplane ausgebreitet. Sein Nikolausanzug lag auf dem Wasserbett hinter ihm. Der rote Stoff hob sich grellbunt vom Leopardenmuster des Bettbezugs ab.

»Wir sind beim Malen«, sagte Harry fröhlich. Er nahm einen dicken Pinsel von der Plane und tauchte ihn in einen großen Behälter mit hellroter Farbe.

Cherise öffnete ihren Bademantel und ließ ihn zu Boden fallen. Harry stand auf und fuhr mit dem Pinsel über ihren Bauch und über das Schamhaar. Sie ging zur anderen Seite des Zimmers, presste sich gegen die Wand, trat dann zurück und musterte stolz das Wandbild mit den verschmierten Abdrücken ihrer Hände und Brust.

Harry lächelte. »Was gibt's, Meg?«

»Ich hab über dein Angebot nachgedacht«, sagte ich.

Cherise schlenderte zur Plane zurück, und Harry klatschte grüne Farbe auf ihre Brüste. »Welches Angebot?«

»Zum Fish Lake hinaufzufliegen.«

»Wann willst du denn?«, fragte er.

»Arbeitest du morgen?«, fragte ich lächelnd. »Ich weiß, es ist Weihnachten, aber ich muss es wirklich tun.«

Er legte seinen Pinsel hin, nahm seine Pfeife, zündete sie an und tat einen tiefen Zug. »Wenn sie nichts dagegen hat«, sagte er und zeigte auf Cherise.

Sie nickte und steckte die Hand in einen Behälter mit blauer Farbe.

Harry zwinkerte mir zu. »Können wir früh los?«

»Klar.«

»Wie wär's, wenn wir uns um halb acht am Flugplatz treffen würden? Dann kommen wir gerade zum Sonnenaufgang hin.«

Sein Entgegenkommen und dass er mich nicht einmal fragte, warum er mich zu den Bitterroots hinauffliegen sollte, überraschte mich.

»Na gut«, sagte er, legte seine Hand auf Cherises nackte Hüfte und zeigte auf den Nikolausanzug auf dem Bett. »Es wird Zeit, dass ich mich anziehe.«

Nachdem ich Harry und Cherise verlassen hatte, wollte ich eigentlich in die Stadt fahren. Es gab ein großes Weihnachtsessen in Charlie's Bar, und ich dachte, ich könnte danach mit Darwin zusammen zu ihrer Show im Amvets hinübergehen. Irgendwo im Hinterkopf hatte ich auch die Hoffnung, dass ich vielleicht Glück haben und Josie treffen könnte, bevor Popov sie erwischte. Es tat mir Leid, dass ich dem Russen von ihr erzählt hatte, weil ich dachte, sie hätte mir vielleicht ein paar Fragen beantworten können. Wie zum Beispiel, ob Harvey Eckers sie für ihre Dienste bezahlte.

Als ich vor der Ampel an der Russell Street anhielt, überlegte ich gerade, wie ich sie zum Reden bringen könnte. Ich setzte den rechten Blinker, hielt an und schaute auf die linke Fahrbahn hinüber. Und da sah ich es. Eigentlich war sie kaum zu übersehen, die zehn Meter hohe rosa Neonschrift, die grell in der Dunkelheit leuchtete, und ich hätte mir die Haare ausreißen können, dass ich sie nicht schon früher gesehen hatte. LIBERTY LANES verkündete die Schrift. Der letzte Buchstabe flackerte und blinkte. Sofort sah ich wieder die seltsame Sammlung von Bowlingpostern, den lila Beutel und die blaue Kugel in Amos' Wohnwagen vor mir.

Die Ampel wurde grün, und ich schoss über die Kreuzung. Die Räder drehten durch, als ich scharf einschlug und auf den Parkplatz von Liberty Lanes fuhr. Ich parkte neben der Tür, steckte die Hände tief in die Taschen und betastete den kleinen Schlüssel und das zusammengerollte Zettelchen mit der Aufschrift LIBERTY. Der Eingang des Clubs war dunkel, aber auf dem Schild über dem Eingang stand RUND UM DIE UHR GEÖFFNET. Ich sprang aus dem Lkw auf den Weg und plötzlich begriff ich Amos' logische Überlegung. Es gibt kein sichereres Versteck als einen öffentlich zugänglichen Ort.

Die Stimmung in der Bowlingbahn war nicht gerade festlich. Nur an einer Hand voll Bahnen wurde gespielt. »Silent Night«, tönte es von der Karaoke-Bar herüber.

»Kann ich helfen?« Der Junge am Schuhverleih legte sein verdrecktes Buch, *The Shining*, auf den Tisch und blinzelte zu mir hoch.

»Vermietet ihr hier Schließfächer?«, fragte ich.

»Klar.« Er zuckte die Schultern. »Aber der Verkaufsschalter ist heute nicht auf. Sie werden morgen noch mal kommen müssen.«

»Wo sind sie?« Ich lächelte.

»Der Verkaufsschalter?«, fragte der Junge skeptisch.

»Nein«, sagte ich, »die Schließfächer.«

»Ach so.« Seine mit Pickeln übersäte Haut glänzte unter den Deckenlampen. »Sie sind da hinten, hinter der Bar.«

»Danke«, sagte ich, holte den Schlüssel heraus und las die Zahl, die auf dem oberen Teil eingestanzt war.

Einer der Bowler, ein Cowboy, landete einen Treffer. Sämtliche Kegel fielen übereinander. Achtundneunzig ... sechsundsiebzig ... vierundfünfzig ... Ich ging die Reihe der Blechtüren ab, hielt bei sechsundvierzig an und steckte den Schlüssel ins Schloss. Er passte. Ich holte tief Luft, schaute mich in der leeren Nische um, zog am Griff und spürte, wie die Tür aufging.

Das Schließfach war nicht sehr groß, vielleicht 45 cm breit und hoch und 60 cm tief. Es enthielt ein Paar abgetragene Bowlingschuhe und ein weiches Tuch, wie man es zum Reinigen der Kugeln benutzt. Ich nahm die Schuhe und stellte sie auf den Boden. Die Schnürsenkel waren zugebunden, die Zungen ordentlich nach innen gesteckt. Hinter den Schuhen lag an der Hinterwand des Fachs eine Videokassette. Ich zog sie heraus und las die Aufschrift: 20. DEZEMBER.

Es schien ein relativ sicherer Ort zu sein, hier bei der Bowlingbahn, und ich brachte es nicht fertig wegzugehen. Ich war erschöpft, hatte Tina und Clay Bennett satt, ebenso wie die Sig in meiner Tasche. Ich stellte die Schuhe in das Schließfach zurück, schloss die Tür und setzte mich auf eine der Bänke, von denen aus man die Bahnen übersehen konnte. Ich brauchte ein Videogerät, einen ruhigen Raum, wo ich das Band ansehen konnte, und spielte kurz mit dem Gedanken, zu Kristof zurückzugehen. Ich wünschte, ich wüsste, was er zu Jeff Riley gesagt hatte, ob er für mich gelogen oder ob er angeboten hatte mir eine Falle zu stellen. Ich hätte gern gewusst, was er dachte, als er zu mir am Fenster hinaufsah. Ich hätte ihm keinen Vorwurf gemacht, wenn er mich verraten hätte. Schließlich hatte er sich mehr als genug von mir bieten lassen. Ich zündete eine Zigarette an, rauchte sie langsam und genoss die Wärme und das Licht, das leise Geplauder der Bowlingspieler und das Aneinanderschlagen der Kegel.

Draußen peitschten Wind und Kälte durchs Tal. Ich musste mein ganzes Gewicht gegen die Tür stemmen, um sie zu öffnen. Der Schnee flog waagrecht unter den grellen Lichtbögen der Straßenlampen durch. Ich hielt das Band fest in der behandschuhten Hand, zog die Kapuze des Parkas bis auf meine Augen herunter und ging auf den Laster zu.

Die Innenseite der Windschutzscheibe war mit einer Eisschicht bedeckt. Ich zog die Fäustlinge aus, kratzte das Glas mit den Fingernägeln frei und steckte den Schlüssel ins Zündschloss. Der Motor sprang halb an, ging dann jedoch von der Kälte aus. Ich trat einmal aufs Gaspedal, versuchte es wieder und hörte, wie der Motor anlief.

Zuerst fuhr ich bei Darwin vorbei, weil ich hoffte sie zu erwischen, bevor sie wegging, aber die Fenster waren dunkel und die Tür abgeschlossen. Ich sah auf die Uhr und fuhr über die Eisenbahnschienen zurück in die Stadt. Es war kurz vor acht, und ich nahm an, dass sie schon bei Amvets unten war, um sich für die Show fertig zu machen. Neben dem Gericht fand ich einen Platz zum Parken und sprang heraus.

Ich hörte den Partylärm schon, bevor ich durch die Tür des Amvets trat. Die Show mit den Drag-Queens hatte noch nicht angefangen, aber die Tanzfläche war bereits voll. Es war ein Meer von Gestalten, die überhaupt nicht zueinander passten: schicke junge Männer in sorgfältig gebügelten Khakihemden, Frauen mittleren Alters in Wrangler Jeans und Cowboystiefeln, bärtige Dozenten von der Uni, Rechtsanwälte, Ärzte und Harley-Fans.

Ich suchte in der Menge nach Darwins dunklem Gesicht und fand sie bei der DJ-Kabine. Sie war heute Abend blond. Platinblonde Haare und ein rotes Kleid mit Goldpailletten und wippenden Fransen. Ihre Beine waren lang und glatt, schlank und gelenkig wie bei einem Rennpferd. Ein gut aussehender Cowboy schlenderte mit schwingenden Hüften auf sie zu und verschwand hinter einer Gruppe von Jugendlichen mit Sonnenbrillen und bunt gemusterten Hippieoutfits, die bei einem Rave in Miami Beach weniger aus dem Rahmen fallen würden als hier.

Ich erstickte fast in Bennetts Parka und drängelte mich vorwärts, während ich verzweifelt winkte, um Darwin auf mich aufmerksam zu machen. Der Cowboy kam wieder in Sicht und tanzte jetzt mit einem jungen Indianermädchen. Er vollführte abgewandelte Disco-Tanzschritte, während das Mädchen ihre Füße nach einem leicht veränderten Muster traditioneller Indianertänze setzte. Es war wie auf einer Posterreklame für den Neuen Westen. Herrgott, dachte ich und winkte wieder. Warum sah Darwin mich bloß nicht? In diesem Augenblick schaute sie auf, hob die behandschuhte Hand mit den leicht angewinkelten Fingern wie eine königliche Hoheit zum gelangweilten Gruß und kam herüber.

Die Musik raubte einem den letzten Nerv. Die Stimme von Annie Lennox war auf volle Lautstärke gedreht. Ich rief ihr vergeblich zu, deutete auf die Videokassette, dann auf meine Augen, um ihr pantomimisch klar zu machen, dass ich sie mir ansehen wollte. Darwin packte mich an der Hand, zog mich schnell durch die Menge und hinter die Bar. Wir traten durch eine Tür in relative Stille.

»Schieß los, Baby«, sagte sie, zog eine Packung Virginia Slims aus ihrem goldglitzernden Dekolleté und steckte sie in den Mund.

»Ich muss mir das hier ansehen«, sagte ich. »Deine Wohnung ist abgeschlossen, und ich hab meinen Schlüssel nicht dabei.«

Darwin zündete die Zigarette an und legte eine Hand auf die Hüfte. »Und der Grund, warum du's dir nicht zu Haus anschauen kannst, wäre …?«

Ich zuckte die Schultern.

Sie stieß einen tiefen Seufzer aus und sah mich an, als sei ich ein ungezogenes Kind. »Geht dich nix an«, sagte sie halblaut. »Komm, sie haben hier hinten ein Videogerät.«

Ich folgte ihr ins Büro. Sie schloss die Tür und nahm mir das Band ab. »Setz dich«, sagte sie und deutete auf eine abgenutzte Couch. Sie schaltete den Fernseher an, zog ein Band heraus und steckte stattdessen meines in den Schlitz. »Willste 'n Bier oder was?«

»Klar«, nickte ich, »und einen Whiskey.«

Sie drückte auf PLAY, gab mir die Fernbedienung und schlüpfte aus der Tür.

Obwohl es nicht gerade die Erleuchtung von Galiläa war, musste ich zugeben, dass Amos' Gesicht auf dem 28-Zoll-Bildschirm des Fernsehers jetzt nach seinem Tod etwas wunderbar Prophetisches an sich hatte. Die Spur stimmte nicht, und der Ton war leise gedreht, sodass das flimmernde Bild zuerst ohne

Text zu sehen und sein Gesicht von Balken verzerrt war. Ich stellte das Bild besser ein und drehte die Lautstärke hoch. Er sprach über das Jüngste Gericht und die letzte Schlacht um die Seele der Menschheit. Etwas über den Fahrräder-und-Fußgänger-Ausschuss des Stadtrats und Satans Knechte. Ich hatte noch nie eine komplette Folge von *Anarchie mit Amos* gesehen, und plötzlich fiel mir auch wieder ein, warum.

Die Bandqualität war schlecht, offensichtlich in den Studios des MCAT hergestellt. Auf einem Tisch im Vordergrund lagen Amos' Requisiten: ein Colt Diamondback, eine ledergebundene King James Bibel, ein kleiner Schrein für Sid Vicious und ein Holzkruzifix, an dem ein matter, leidender Christus hing. Ich drückte die Vorspul-Taste und sah, wie Amos' Mund sich schneller bewegte und seine Bewegungen fahrig wurden.

Darwin kam wieder herein und gab mir ein Rainier und ein Glas Bourbon – genug Alkohol, um einen wütenden Grizzlybären schachmatt zu setzen.

»Was ist das?«, fragte sie und setzte sich auf die Lehne der Couch.

»Der Spinner Amos Ortenson hat es aufgenommen. Sieht wie eine seiner Shows aus«, sagte ich.

»Aber jetzt nicht mehr«, antwortete sie.

Ich schaute zum Bildschirm zurück, wo inzwischen eine andere Aufnahme lief. Amos' Gesicht war verschwunden, und stattdessen sah man ein nacktes Paar. Die Gestalten waren klein, weit entfernt, aber was sie taten, war eindeutig zu erkennen. Die Frau war gerade dabei, dem Mann einen zu blasen und machte bei dem schnellen Durchlauf lächerlich hektische Kopfbewegungen.

Darwin nahm die Fernbedienung und schaltete auf PLAY. »Sieht so aus, als hätte Amos sich da mit einem experimentellen Projekt befasst.« Sie grinste.

Die Kamera fuhr heran, sodass wir die Gesichtszüge der

Frau sehen konnten: dunkle Augen, vorstehende Wangenknochen, blonde Haare, die an den Wurzeln bereits braun waren. Der Mann löste sich von ihr und verschwand nach unten. Beide waren jetzt unterhalb des Fensters und nicht mehr zu sehen. Die Kamera wechselte erneut die Perspektive und schwenkte schaukelnd und suchend über die Seitenfassade eines Gebäudes. Fenster, Autos, grauer Asphalt – alles zog verwackelt und unscharf vorbei. Dann kam das Objektiv, auf ein anderes Fenster gerichtet, zum Stillstand. Ich erkannte die Stelle sofort.

»Es ist das Super Six!«, rief Darwin und sprach damit meinen eigenen Gedanken aus.

Ich nickte. »Amos hat dahinter gewohnt, in einem der Wohnwagen.«

Darwin lachte leise vor sich hin. »Meinst du, er hat seine Akteure nach Tarif bezahlt?«

Hinter diesem neuen Fenster war es dunkler als beim ersten. Irgendwo hinten im Zimmer lief der Fernseher. Eine Gestalt ging am Fenster vorbei, blieb stehen und zündete sich eine Zigarette an. Die Flamme beleuchtete sein Gesicht. Graue, ordentliche, kurz geschnittene Haare, ein kantiges Kinn: Clayton Bennett. Ich sah ihn jetzt zum ersten Mal noch lebend, und er wirkte ganz anders als im Tod. Weniger kraftvoll, unvorsichtig und schutzlos.

Eine Frau trat neben ihn, das Haar hing ihr dunkel ins Gesicht. Es war Tina Red Deer. Sie stützte sich mit einer Hand auf seine Schulter, nahm eine Zigarette, die er ihr anbot, und sagte etwas. Ich beobachtete, wie sie ein paar Schritte von ihm wegging, sah, wie das Tageslicht kurz durch die offene Tür fiel, die sich dann, nachdem zwei Gestalten hinausgeschlüpft waren, wieder schloss. Tina und Elton, die hochprozentigen Nachschub holen gingen.

Bennett stand beim Fenster und rauchte seine Zigarette.

Einmal sah er nach unten, direkt in die Kamera, und eine Sekunde lang dachte ich, er wüsste vielleicht, dass ich da war. Amos musste das auch gedacht haben. Das Objektiv wurde weiter nach unten gesenkt. Einen Moment lang war es dunkel, dann schwenkte die Kamera zu Bennett zurück. Die Tür ging wieder auf, und das Zimmer wurde kurz von hellem Sonnenlicht durchflutet. Bennett drehte sich um und trat einen Schritt zurück. Eine Gestalt, die etwa seine Größe hatte, näherte sich ihm.

Die Kamera zitterte, dann stand sie still und zoomte an das Gesicht der Person heran. Es war eine Frau, deren Hals dick und muskulös war und die die Tätowierung eines roten Drachens auf ihrer Brust trug. Josie. Ihre behandschuhte Hand hob sich über Bennetts Kopf. Sie hielt ein Messer mit einer langen Klinge, die im bläulichen Licht des Fernsehers glänzte.

»Oh Gott!«, flüsterte Darwin.

Bennett hob den Arm in dem lahmen Versuch sich zu wehren, aber es war wirkungslos. Josie stach immer wieder auf ihn ein.

19

Einer der ersten Jobs, die ich hatte, nachdem ich von zu Haus weggegangen war, war Kartenverkäuferin im Pleasure Palace, einem Kino in Denver, in dem Filme für Erwachsene gezeigt wurden. Nicht gerade die beste Möglichkeit, sein Geld zu verdienen, aber auch nicht die schlechteste. Ich hatte viele Freistunden während der Arbeitszeit, und die Kunden waren meistens still und genügsam. Wenn der Film vorüber war, musste ich in den Zuschauerraum gehen, um den Abfall einzusammeln und die Sitze abzuwischen. Ich saß auf meinem Hocker in der kleinen Kabine, bis ich den Ton leise werden hörte, und stand dann mit meinem Abfalleimer und meinem Lappen und einer Flasche Ammoniak an der Tür.

Ich sah mir gern die Männer an, wenn sie herauskamen, ihren Gesichtsausdruck. Damals war ich noch sehr jung, noch nicht einmal achtzehn, und merkte, wie peinlich meine Gegenwart den Kunden war. Sie schauten mich erst an, dann meine Hand mit der Flasche und wurden plötzlich verlegen und unsicher.

In dem Kino ging nach der Vorstellung nie das Licht an. Das sei ein Entgegenkommen gegenüber den Kunden, erklärte mein Chef. Eine Maßnahme, die der Fantasie mehr Spielraum ließ. Wer will sich schon umschauen, sagte er öfter, und sehen, dass zehn andere Kerle sich auch einen runterholen? Ich hatte eigentlich Anweisung zu warten, bis alle den Saal verlassen hatten, bevor ich hineinging und sauber machte und den Hauptlichtschalter anknipste.

Aber ab und zu erwischte ich einen oder zwei Nachzügler. Einer allein war kein Problem. Er schaute dann benommen auf, machte seine Hose zu und schlurfte aus der Tür. Aber wenn es zwei oder mehr Schlusslichter waren, wurde die Situation peinlich. Die Männer räusperten sich, rieben sich die Augen und taten so, als hätten sie geschlafen. Entweder entwickelten sie plötzlich ein lebhaftes Interesse für den Teppichboden oder sie wurden panisch und eilten auf die Projektionswand zu, auf der Suche nach einem Hinterausgang, wo keiner war. Aber nie wurde dabei auch nur eine einzige Silbe gesprochen.

Ein ähnliches Schweigen breitete sich zwischen Darwin und mir im Büro bei Amvets aus. Obwohl mir Amos' Aufnahme nicht mehr sagte, als ich schon vermutet hatte, fühlte ich mich doch irgendwie schuldig. Wir konnten einander nicht ansehen. Die Kamera lief noch einen Moment, nachdem Josie gegangen war, wie ein Auge, das sich von dem leeren Viereck des Fensters nicht lösen konnte. Dann war nur noch weißer Schnee auf dem Bildschirm. Darwin drückte auf die Fernbedienung und schaltete den Fernseher ab.

Ich lehnte mich zurück, zündete eine Zigarette an und nahm einen langen Schluck von meinem Whiskey. Unwillkürlich musste ich an den Augenblick im Pleasure Palace denken, wenn das Licht anging. Feuchte Taschentücher auf dem Boden. Kondome wie umgekrempelte Socken. Zigarettenkippen. Rasierklingen. Blutflecken, die mich immer ins Grübeln brachten. Hier und da ein Stück Strick oder eine Plastiktüte.

Fünf Minuten vergingen. Noch einmal fünf. Darwin rutschte zur Seite, wobei der Goldstoff ihres Kleides auf der Couch knisterte.

»Was willst du tun?«, fragte sie schließlich.

Ich schüttelte den Kopf und wünschte, ich hätte eine Antwort.

Die Polizeiwache lag nur zwei Straßen vom Amvets entfernt. Ich stand an der Ecke von Ryman und Broadway, sah zwei Streifenwagen aus dem Polizeiparkplatz herauskommen und wartete, bis die Ampel grün wurde. Ich dachte an die Möglichkeiten, die ich hatte, überlegte, ob ich Riley das Band bringen sollte. Da die Antworten jetzt allmählich anfingen sich zusammenzufügen, war alles plötzlich nicht mehr so eilig. Ich hatte Recht gehabt mit meiner Vermutung über Tina, und einen Augenblick schien mir das einzig Wichtige ihre Unschuld, als ob ich es sei, die freigesprochen würde, nicht sie.

Aber ich war nicht freigesprochen. Das Licht schaltete für die Fußgänger auf Grün, und als ich vom Gehweg auf die Straße trat, schlug die Sig gegen mein Bein. Ich ging langsam an der Ostseite des Gerichtsgebäudes entlang und griff nach meinen Schlüsseln. Die Videokassette hatte ich in die Brusttasche von Bennetts Parka gesteckt.

Eigentlich wollte ich nur schlafen, ein langes Vergessen zwischen Baumwoll-Laken und Daunen. Ich ließ meine Augen zufallen und legte die Hand auf die Fahrertür des Ford, während ich an meine kleine Wohnung dachte und wie ich mich darin im Dunkeln zurechtfinden könnte. Als ich ein leises Klicken von Metall auf Metall hörte, zuckte ich nicht einmal zusammen. Ich hob nur leicht den Kopf, als böte ich meinen Hals der Klinge dar, und stellte mir die Pistole neben meinem Gesicht vor, mit gespanntem Hahn, zum Schuss bereit, die Kugel wie eine glänzende runde Pille.

Ich öffnete die Augen, blickte auf und sah Josie am anderen Ende des Laufs. Ihr Arm war ruhig und steif, eine Verlängerung der Waffe, die sie in der Hand hielt. Ihr Gesicht war wutverzerrt. Sie hatte sich auf eine Hüfte aufgestützt, lag mit ausgestreckten Beinen auf der Ladefläche meines Ford, ihre kräftigen Bauchmuskeln angespannt.

»Nimm die Hände hoch und leg sie auf den Kopf«, sagte sie, schwang ein Bein über den Rand der Ladefläche und sprang auf den Gehweg. »Jetzt geh zur Tür auf der Fahrerseite.«

Ich nickte.

Josie behielt mein Gesicht im Visier und hielt die Waffe an meine Wange gepresst. »Mach die Tür auf«, sagte sie, als ich um den Wagen herumgegangen war, »und steig ein. Leg die Hände aufs Armaturenbrett und rutsch rüber.«

Sie wirkte irgendwie nervös und unberechenbar, sodass ich ohne zu zögern tat, was sie mir befahl. Ich schlüpfte hinters Steuer, während Josie einstieg, sich auf den Beifahrersitz setzte und die Tür schloss.

»Steck den Schlüssel ins Schloss und fahr los«, verlangte sie.

»Wo fahren wir hin?«, fragte ich.

Sie setzte sich neben mir zurecht, die Pistole auf mich gerichtet.

»Fahr einfach«, brummte sie und wies mit einer Kopfbewegung zum Broadway. »Ich sag's dir, wenn du's wissen musst.«

Die Straßen der Stadt waren menschenleer, aber die Bars hatten alle geöffnet. Auf der Front Street fuhren wir in östlicher Richtung, dann bogen wir auf die Higgins Avenue und die Brücke ab. Der Fluss unter uns war immer noch zugefroren. Auf der gegenüberliegenden Uferseite, wo das Flussbett einen weiten Bogen bildete, drückten sich schwarze Wasserschnüre durch die milchige Eisdecke. Im Westen konnte ich gerade noch die Pfeiler und Träger der Orange-Street-Brücke ausmachen. Dahinter lag unsichtbares Niemandsland der stillgelegten Papierfabrik und die felsige Insel, auf die Tina und Elton Clay Bennetts Leiche gebracht hatten.

»Muss ja wirklich ein Glücksfall gewesen sein für dich, das mit den Indianern«, sagte ich. »Ich kann mir nicht vorstellen, dass du es besser hättest einfädeln können.«

Josie schwieg. Sie rutschte auf dem Sitz hin und her und zog eine Zigarette aus der Tasche ihres Ledermantels.

Aus dem Augenwinkel behielt ich ihren Schoß und den Revolver im Auge, der jetzt dort lag. Es war eine Taurus Raging Bull, die gleiche Waffe, die ich in Hops Pfandleihe gesehen hatte. Sie war so groß, dass sie Josie klein erscheinen ließ, wie Yosemite Sam ohne Schnurrbart. Es war merkwürdig, dass sie diese Waffe gewählt hatte, die schwerer und größer als erforderlich war.

»Was für eine Knarre ist das?«, fragte ich.

Sie zuckte die Achseln. Wir kamen zu den South Hills, und sie deutete mit dem Kopf nach links. Ich lenkte den Ford am alten Steinbruch vorbei nach oben in die dunklen Bodenfalten des Pattie Canyon. Während meiner Kindheit hatte in der Schlucht ein großes Feuer gewütet. Auch heute noch lief eine mehrere Meilen lange, kahle Stelle über die Bergflanke. Wir überquerten Flächen mit stoppligen alten Stümpfen, wo raureifbedeckte Pfeifensträucher, wilde Kirschbäume und junge Kiefern standen. Eine Herde Maultierhirsche stob vor meinen Scheinwerfern auseinander, ihre Hufe wirbelten den losen Schnee auf.

Wir fuhren aus dem verbrannten Gebiet in den dichten Wald hinein und kamen immer höher. Nach einer Weile ging der Asphalt in Kiesbelag über. Ich schaute wegen einer Anweisung für den Weg zu Josie hinüber. Ihr Kinn sah im goldenen Schein der Leuchtanzeigen am Armaturenbrett entschlossen und starr aus.

»Fahr weiter«, sagte sie.

Nach weiteren fünf Minuten auf der unbefestigten Straße stieß sie mir die Taurus in die Rippen. »Hier.«

Ich hielt an und legte den Parkgang ein, ohne den Motor abzustellen. »Steig aus«, sagte sie, öffnete ihre Tür, packte mich an der Taille und zog mich grob zu sich heran. »Hier lang.«

Ich dachte an die Sig in meiner Tasche, überlegte, ob ich mich in einer unübersichtlichen Situation würde absetzen können, kam dann jedoch zu dem Schluss, dass ich im freien Gelände eine bessere Chance haben würde.

Außerhalb des Wagens war es furchtbar kalt, wenn auch nicht so eisig wie unten im Tal. Hier oben im Wald war es weniger windig. Wir waren oberhalb des Tals von Deer Creek, hoch oben auf der Rückseite des Mount Sentinel. Meine Scheinwerfer schienen wie zwei Lichttunnel in das verschneite Unterholz. Die rechte Seite der Straße fiel hier plötzlich gegen den Fluss und East Missoula ab.

»Bei unserem ersten Gespräch hab ich mich bemüht nett zu sein«, sagte Josie. »Aber mit meiner Geduld ist jetzt bald Schluss.« Sie packte meinen rechten Arm und bog ihn grob hinter meinen Rücken. Brennende Tränen stiegen mir in die Augen. »Wo ist die Karte?«

Ich holte tief Luft und versuchte, mich zur Ruhe zu zwingen. Ich brauchte einen Plan, einen Ausweg, wenn ich nicht genauso enden wollte wie die anderen. Ich dachte an meine Sig, an Josies Taurus und das geschliffene Stahlmesser irgendwo unter ihrem Mantel.

Eine der ersten Lektionen, die man über Waffen lernt, besagt, dass die Wahl der Waffe, die man mit sich führt, ganz von der Situation abhängt, in der man sie benutzen will. Manchmal fällt die Wahl leicht, da sie sich auf die einfachste Logik stützt: Man geht nicht mit einer Uzi auf Eichhörnchenjagd, es sei denn, man ist auf Eichhörnchenhackfleisch aus. Manchmal sind die Unterschiede jedoch feiner: Geräuschentwicklung, Rückschlag oder Größe der Patronen. Die Sig zum Beispiel. Sie ist eine Allzweckwaffe, leicht zu handhaben und gut für Situationen, in denen man nicht allzu viel Lärm machen will, aber sie hat nicht die Leistung und Durchschlagskraft der großen Kanonen. Arme Josie, dachte ich, sie wird bei dieser wichtigen Lektion durch Schaden klug werden.

Unter den Schusswaffen ist die Raging Bull viel spezieller als die meisten. Man kann sie für die Elchjagd oder die Abwehr von Grizzlybären nehmen, und im Film würde das bestimmt sehr gut aussehen, aber sie ist eigentlich keine Waffe zur praktischen Anwendung, eher etwas zum Vorzeigen. Sie macht einen verdammt starken Eindruck, und ich verstand, warum Josie sie ausgesucht hatte.

»Worauf machst du dir dort draußen Hoffnung«, fragte ich, »was meinst du, was du in Bennetts Flugzeug finden wirst?«

Ich spürte, wie ihre Hand zuckte. Sie veränderte ihren Griff um den Kolben in ihrer Hand, der Lauf fuhr hoch und richtete sich seitlich auf mich. Die Taurus wog bestimmt vier Pfund, und ich vermutete, dass ihr Handgelenk langsam anfing zu schmerzen. Ich holte noch einmal tief Luft und trat sie kräftig gegen das Schienbein. Sie lockerte ihren Griff und gab mir dadurch eine Sekunde Bewegungsfreiheit. Ich ergriff die Chance, fuhr blitzschnell herum, winkelte das rechte Bein an und stieß mein Knie so kräftig ich konnte in ihre Leiste.

Sie krümmte sich zusammen und die Taurus bewegte sich auf mein Gesicht zu. Ich landete einen rechten Haken und spürte, wie meine Knöchel auf ihre Kinnlade trafen. Josie schwankte, das Gewicht der großen Waffe ließ sie das Gleichgewicht verlieren. In der Zeit, die sie brauchte, um die Balance wieder zu gewinnen, hatte meine Hand den Griff meiner Sig gefunden. Ich trat vor und drückte den Lauf an ihren dicken Hals, genau unterhalb ihres Ohrs.

»Schöne Waffe«, sagte ich. »Hast du was dagegen, wenn ich sie mir mal ansehe?« Ich fuhr mit der linken Hand an ihrem Arm entlang und nahm ihr den Monsterrevolver aus der Hand. »Also ich hab eigentlich lieber 'ne automatische, verstehst du.«

Sie sah mich an und zuckte zusammen. Ihr Atem hing in der windstillen Luft, als sei er eine feste Masse.

Als ich in Miami wohnte, hatte mein Freund geschäftlich mit einem Typen zu tun, der Luther Thompson hieß und in der Nähe des Tamiami Trail Alligatoren züchtete. Luther besserte sein Einkommen mit nächtlichen Fahrten in seinem Luftkissenfahrzeug auf und sammelte Ladungen ein, die in den Everglades abgeworfen worden waren. Mein Freund arbeitete im Vertrieb, und alle zwei Wochen machten wir eine Fahrt zu Luthers Farm, um Ware abzuholen.

Luther war ein übler Typ, schlimmer als alle, die ich bis zu diesem Zeitpunkt kennen gelernt hatte. Tagsüber kämpfte er mit den Alligatoren auf seiner Farm und nahm den Touristen Unsummen für seine Shows ab. Er sorgte dafür, dass seine Kampfpartner gut gefüttert und träge waren. Vor der Show gingen er und sein Sohn in die Ställe, banden den Tieren die

Schnauzen zu und pumpten sie mit Beruhigungsmitteln voll. Sicherheitshalber piesackten sie die Alligatoren, sodass sie bei der Vorführung im Schlamm herumtobten, bis sie vor Erschöpfung völlig am Ende waren. Es war kein fairer Kampf.

Ich erinnere mich, dass Luther, wenn er gewann – und er gewann immer – mit hocherhobenen Händen auf dem Kampfplatz umherstolzierte und den Bauch über seinen verdreckten Jeans herausstreckte.

Als ich im Wald hoch über dem Deer Creek auf Josies Kopf hinuntersah, fühlte ich mich an Luthers Alligatoren und die merkwürdige Mischung aus Abneigung und Mitgefühl erinnert, die sie in mir ausgelöst hatten. Und ich verachtete mich selbst. Ich fand es abstoßend, wie brutal ich sein konnte, die Dinge, die ich getan hatte, um irgendwie durchzukommen, und das, was ich jetzt gleich tun würde.

Ich hatte Josie auf dem verkrusteten Schnee in die Knie gezwungen und hörte, wie sie zitterte und ihre Zähne klapperten. Jetzt drückte ich die Sig an ihren Nacken und hielt ihr die Taurus unter die Nase. »Keine gute Entscheidung, diese Waffe«, sagte ich. Ich bückte mich und legte den Revolver hinter mir auf den schneebedeckten Boden, sodass er außer Reichweite war. »Also, die Sig-Sauer ist eine schöne Pistole zum Erschießen. Erstens ist sie sauber. Hinterlässt keine Spuren an mir, weißt du.«

Sie riss den Kopf hoch und wandte mir das Gesicht zu. Ich roch ihre Angst, einen sauren Geruch wie in einem Krankenhaus oder wie Ammoniak.

»Du meinst, *du* hast keine Geduld mehr?«, fragte ich sie. »Red mit mir, Josie. Jetzt hast du eine Chance, dein Leben zu retten. Ich weiß, dass du für Harvey Eckers arbeitest. Was gibt's da draußen in den Bitterroots?«

Ich hob die Sig hoch und versetzte ihr damit einen kräftigen Schlag in den Nacken. Sie warf den Kopf nach hinten, fiel dann vornüber, würgte und erbrach sich in den Schnee. Sie hatte keine Handschuhe an, und ihre Hände waren tiefrot von der Kälte. Sie wollte eine Hand in ihre Jacke stecken, aber ich schlug sie ihr weg und packte sie an den Haaren.

»Du machst das doch als bezahlten Auftrag«, erinnerte ich sie. »Sieh dich mal um. Hat er dir genug dafür gezahlt, dass jetzt alles hier zu Ende geht?«

Josie hob leicht den Kopf und ließ ihren Blick über den Wald schweifen. Die Scheinwerfer schienen ihr direkt ins Gesicht. Sie war älter, als ich gedacht hatte, ihre Haut hatte überall feine Fältchen.

»Ich weiß nicht, was da draußen ist«, sagte sie mit belegter, heiserer Stimme. »Und ich arbeite nicht für Eckers. Jedenfalls ist er nicht der, von dem ich Geld bekomme.«

»Mach deinen Mantel auf«, sagte ich und hielt dabei die Sig fest an ihre Schläfe gedrückt. »Langsam.«

Sie führte die Hand nach unten, öffnete den Reißverschluss an ihrem Mantel und schlug zuerst die eine Seite, dann die andere zurück. Ich griff in die linke Brusttasche und zog ein Messer mit einem Knochengriff heraus.

»Wer bezahlt dich?«, fragte ich.

Ich steckte das Messer in meine Tasche, lockerte mit der freien Hand meinen Gürtel und zog ihn aus den Schlaufen meiner Jeans heraus.

»Leg deine Hände auf den Rücken«, befahl ich Josie.

Ich band den Gürtel um ihre Handgelenke und zog ihn fest zu.

»Wer bezahlt dich?«, fragte ich noch einmal.

»Ein Obstkonzern«, sagte sie. Ihr Atem war zu ihren Haaren aufgestiegen, die jetzt weiß und bereift um ihr Gesicht standen.

»Wie heißt die Firma?«, fragte ich, obwohl ich die Antwort bereits kannte. Star Fruit, Starry Fruit. Das hatte Gloria gesagt.

Aber es war Starre Fruit – wie Kingston Starre. Bennett hatte vor dem Absturz für sie gearbeitet. Zweifellos waren die Schecks, die er bekam, nicht aus der Pensionskasse.

»Starre Fruit«, antwortete Josie. Ich zog an ihren Handgelenken, und sie erhob sich mühsam.

»Hast du Iwan umgebracht?«, fragte ich, als wir von der Interstate abbogen und auf dem Highway 93 nach Norden fuhren. Ich war sicher, dass es so gewesen war, aber ich musste die Antwort von Josie selbst hören.

Sie saß gegen die Tür des Lkw gelehnt, die Schulter hochgezogen. »Ja«, murmelte sie. »Es war meine Aufgabe.«

»Und Amos?«

Sie verdrehte die Augen und kniff sie dann ärgerlich zu, bis vom Weißen nur noch zwei schmale blitzende Schlitze zu sehen waren. »Er war dumm. Er wollte Geld haben.«

Den Rest der Fahrt nach Hot Springs schwiegen wir. Es war spät und kaum jemand auf der Straße. Ich fuhr schnell, konzentrierte mich auf den hellen Strahl meiner Scheinwerfer und hielt nach Hirschen Ausschau. Josie fragte kein einziges Mal nach unserem Ziel. Nach Ravalli schlief sie ein, ihre Wange gegen das kalte Glas gedrückt. Mehr als einmal überlegte ich, ob ich umdrehen sollte. Ich wusste, was Nick mit ihr machen würde, aber ich musste mir immer wieder vor Augen halten, wie Amos ausgesehen hatte, als er im Schnee lag, und mir das Bild von Kristof ins Gedächtnis rufen und dessen, was sie mit ihm gemacht hätte.

Der Morgen begann schon langsam zu grauen, als ich die Abzweigung nach Hot Springs nahm und die alte Kirche fand. Ich klopfte kräftig an die Tür und sah, wie oben in einem Schlafzimmer ein Licht anging.

»Steig aus«, sagte ich zu Josie. Sie stieg auf die Einfahrt hinunter, und ich kletterte in den Laster und fuhr weg. Im Rückspiegel beobachtete ich, wie die Tür aufging, und sah die

Zipfel von Nick Popovs weißem Bademantel, als er zu ihr heraustrat.

20

Der internationale Flughafen von Missoula liegt in der westlichen Talebene. International ist er nur zu nennen wegen der ein oder zwei Propellerflugzeuge, die jeden Tag aus Kanada einfliegen. Vom Wind gepeitscht und bis jetzt von der Zersiedelung, die sich langsam nähert, noch unberührt, ist es ein menschenleeres Stück Land. Nördlich davon verläuft die Bahnlinie, im Osten ziehen sich Lagerhäuser und das Schlachthaus an den Schienen entlang.

Der Morgen des Weihnachtstages war ungewöhnlich klar. Das Thermometer war immer noch weit unter null, und das Tal lag weiterhin still da wie im Koma. Raureif hing an den Bäumen und lag auf den Dächern. Von der Rollfläche hinter dem Hangar für Privatflugzeuge konnte ich die ganze düstere Eislandschaft des Tals sehen, die Hügel wie gefrorene Wogen eines arktischen Meers, die schneebestäubten Berge, die Lichter der Stadt vor den dunklen Mulden der Wildnis. Im Westen glitzerte die Papierfabrik wie ein futuristisches Märchenschloss.

Es war noch früh, als ich aus Hot Springs zurückkam. Ich versuchte, zwei Stunden auf dem Lkw-Parkplatz der Raststätte zu schlafen, aber es war zu kalt und unbequem, und schließlich landete ich im Lokal und bei dünnem Kaffee. Ich war völlig überdreht, weil ich so wenig geschlafen hatte, trat von einem Fuß auf den anderen und rieb die Hände aneinander, als wolle ich ein Feuer entzünden.

»Minus achtundzwanzig Grad«, bemerkte Harry Ford strahlend und tippte an ein kleines Thermometer, das am Reißverschluss seines Parkas hing. »Sieht aus, als hätten wir die Kälte bald hinter uns.«

Ich nickte zitternd und schlug die Fersen meiner Stiefel zusammen, um warm zu werden.

»Frohe Weihnachten«, sagte Harry, holte eine kleine Pfeife aus seiner Tasche und zog daran. »Bist du schon mal in so einer gewesen?« Er machte die Tür der Sikorsky auf und machte mir ein Zeichen, ich solle auf der anderen Seite einsteigen.

»Nein«, sagte ich.

Er lachte vergnügt vor sich hin. Als wir eingestiegen waren, reichte er mir eine leere Chipstüte. »Hier, die kannst du vielleicht brauchen.«

Wir flogen nach Nordwesten. Der Hubschrauber schaukelte im Wind wie eine Wiege. Über Squaw Peak tauchte Harry in eine dichte Wolkenbank ein, bevor er direkt nach Süden quer über das Tal schoss. Ich spürte die ersten Anzeichen von Übelkeit. Als Harry ein paar Minuten später eine Packung Schokoladengebäck aufriss und mir ein Stück anbot, musste ich mich vorbeugen und hinter vorgehaltener Chipstüte den Kaffee wieder von mir geben.

»Willst du umkehren?«, rief er, während Krümel aus seinem Mund flogen.

Ich schüttelte den Kopf, drückte die Stirn ans Fenster und sah die wenigen Lichter entlang des Highway unter dem Hubschrauber verschwinden. Jenseits der verstreuten Bebauung war nichts als Dunkelheit, viele Meilen Staatsland, in dem es keine Straßen gab.

»Keine Sorge«, rief Harry, »bis wir dort sind, ist es hell. Siehst du?« Er tippte mit dem Daumen ans Fenster. »Die Sonne geht schon auf!«

Draußen war ein heller Streifen Blau über dem Horizont erschienen.

»Fish Lake, ja?«, rief er und steckte sich einen weiteren Keks in den Mund. Der Lärm im Hubschrauber war ohrenbetäubend. Ich konnte ihn kaum hören. »Sagst du mir, was du eigentlich suchst?«

»Ein altes Flugzeug!«, rief ich, lehnte mich im Sicherheitsgurt, der mich festhielt, nach vorn und sah über den Bug hinaus. Alles, der Himmel, das Land unter uns und die wenigen hohen Wolken hatten die gleiche blaue Farbe, die ich nicht recht benennen konnte, etwa wie Indigo oder blaues Glas, auf das von hinten Licht fällt.

Harry griff in seinen Parka und zog seine Pfeife heraus. Er nahm einen Augenblick die Hand vom Steuer, um sie anzuzünden, und die Sikorsky sackte bedrohlich nach unten. Mein Magen rebellierte wieder.

»Meinst du Clay Bennetts T-33?«, fragte er.

»Weißt du darüber Bescheid?«

»Ach, das haben wir doch alle gewusst. Clay ist ja, so lange ich zurückdenken kann, jeden Sommer hier heraufgekommen und hat nach dem verdammten Ding gesucht. Als er nach Missoula gezogen ist und den Charterservice gegründet hat, hat er jedem Piloten in der Gegend eingebläut darauf zu achten. In dem Sommer, damals vor ein paar Jahren, als wir die vielen Feuer in den Bitterroots oben hatten, hat Clay mich jedes Mal, wenn er mich sah, angehauen. Es war eigentlich eine traurige Geschichte. Aber er hat dann wohl beschlossen, es aufzugeben.«

»Du meinst, weil er sein Flugzeug verkauft hat?«

Harry nickte. »Ehrlich gesagt bin ich nicht überrascht, dass er die Suche aufgegeben hat. Schließlich ist das keine billige Aktion. Schon allein der Treibstoff kostet ein Vermögen, und diesen Herbst ist Clay fast jeden Tag geflogen. Wahrscheinlich hat ihn das am Ende fertig gemacht.«

Ich dachte an Bennetts Schulden, die unbezahlten Rechnungen in seinem Büro. Er musste wohl alles, was er besaß, in die Suche gesteckt und geplant haben, die Stadt zu verlassen, wenn sie abgeschlossen war. »Ich glaube, er hat das Flugzeug gefunden«, sagte ich.

Harry lächelte zufrieden. »Wurde auch Zeit, nehme ich an. Ich konnte es schon verstehen, weißt du. Bist du sicher, dass du keinen haben willst?«, fragte er und hielt mir einen Keks hin.

»Bin ich. Hat er dir jemals gesagt, warum er so versessen darauf war, den alten Flieger zu finden?«

Harry schüttelte den Kopf.

Ich schaute auf das verschneite Gelände hinunter und stellte mir vor, wie Bennett sich durch die dunklen Hügel gekämpft hatte. »Ich hab gehört, dass er zu Fuß herausgekommen ist«, sagte ich.

»Was?«

»Ich nehme an, er ist zu Fuß gegangen!«, rief ich.

Harry nickte. »Er hat eine Beobachtungsstation der Feuerwehr gefunden und das Tauwetter abgewartet; sonst hätte er nicht überlebt. Es war zeitig im Frühjahr, als er abgestürzt ist, zu viel Schnee, um zu Fuß herauszukommen.«

Er stopfte den ganzen Keks auf einmal in den Mund und kaute nachdenklich.

»Ich hab ihn mal abends in der Forest Lounge getroffen. Er hatte ein paar Drinks intus und fing wieder an mir von dem Monat zu erzählen, als er auf der Station war. Da ist alles voller Bücher gewesen, scheint es. Bücher und ein Schrank voll Dosen mit Bohnen. Also hat er die Bücher zum Feuermachen zerrissen.«

Harry hielt inne und schüttelte vor Erstaunen den Kopf.

»Der Typ überlebt zwei Monate hier draußen, und dann kann er über nichts reden als diese beschissenen Bücher, wie er die letzten Seiten oder die ersten wegriss, und dass er Bücher lesen musste, bei denen so viele Seiten fehlten. Ich nehme an, er war ein bisschen bekloppt, weißt du?«

»Was für Bücher?«, fragte ich wie ein Zuschauer bei einem Autounfall, der die Einzelheiten erfahren will.

»Ach, alles Mögliche, glaub ich. Kochbücher, Astronomiebücher, romantische Geschichten, Erzählungen aus dem Wilden Westen. Es gibt ja nicht viel zu tun da oben außer Lesen.«

Der Hubschrauber stieg schräg nach oben und flog knapp über der Spitze einer Hügelkette. Der Boden schien uns entgegenzukommen, dann sank er wieder unter uns weg. Einen Moment waren wir so nah an den Bäumen, dass der Wind der Rotoren den Schnee von den Zweigen der Kiefern blies.

»Ich verstehe nicht, warum er so lange brauchte, um das Flugzeug zu finden«, sagte ich und spürte, wie mein Magen sich erneut hob. »Er sagte, er sei auf einer Landebahn runtergekommen, stimmt's?«

Harry lachte. »Sieh doch mal da hinunter. Glaubst du wirklich, dass er genau wusste, wo er war? Außerdem soll es ja fürchterlich gestürmt haben.«

Er hatte Recht, und ich wusste das. Die Berge da unten sahen ziemlich gleich aus, ein Höhenzug und eine Schlucht wie die andere. Im Osten sah ich schon den ersten warmen Ausläufer der Sonne, das orangefarbene Band, das hell leuchtete wie Eigelb mit Blutflecken. Das Licht hatte von Blau zu zartem Rosa gewechselt, und mit ihm die Schneelandschaft.

»Hier wären wir«, verkündete Harry.

Die Sikorsky verlor schnell an Höhe, lag schräg über dem Gipfel von Freezeout Mountain und schwebte in eine runde verschneite Senke.

»Wo?«, fragte ich und suchte die Landschaft ab. Unter uns lag ein langes flaches Feld. Die verschneite Fläche war vom Wind glatt gefegt wie ein Spiegel.

Harry drehte noch einmal, flog eine enge Schleife und hielt mit der Sikorsky fast still.

»Die Landebahn«, sagte ich stolz und schaute auf die baumlose Wiese. »Aber wo ist der See?«

Harry lächelte böse. »Mich laust der Affe!«, sagte er und stieß einen Pfiff aus. »*Das* ist der See.« Dann drehte er den Hubschrauber um 90 Grad und zeigte auf eine schmale Schneise zwischen den Bäumen. »Da drüben ist die Landebahn.«

Plötzlich war Bennetts Fehler offensichtlich, derselbe Fehler, der mir unterlaufen war. Natürlich hätte er sie im Sommer nicht erkennen können. Der See und die einfache Landebahn hatten fast dieselbe Größe und Form. Wenn das Wasser gefroren und von Schnee bedeckt war, konnte man die unmöglich voneinander unterscheiden. Bei beiden handelte es sich um baumlose Schneisen. Ich dachte über die Serie von Karten nach, und dass alle in der warmen Jahreszeit datiert waren – alle außer der letzten. Und der nach Norden zeigende Pfeil, den er eingezeichnet hatte, als wolle er bestätigen, worin genau sein Irrtum bestand. Als er schließlich den verschneiten See sah, musste ihm wohl letzten Endes gedämmert haben, was er getan hatte und dass er damals vor Jahren die T-33 auf das Eis geflogen hatte.

»Ich nehme an, er hatte es fast geschafft«, sagte ich.

Harry schaute mich ernst an. »Du kennst doch den Spruch. Knapp daneben ist auch vorbei, höchstens bei Hufeisen und Handgranaten nicht. Jetzt wissen wir, warum er das Flugzeug nie gefunden hat. Wenn er auf dem Eis gelandet ist, dann ist es wie ein Stein abgesunken, als das Tauwetter einsetzte.«

Nach Missoula zurück nahmen wir eine andere Route und flogen über denselben Landstreifen, auf dem Bennett vor so vielen Jahren zu Fuß gegangen war, bei Hamilton aus dem

Wald kam und dann direkt nach Norden ging. Wir kamen an der Schlucht des Blodgett Creek mit den hoch aufragenden Felsen und den steil abfallenden Wänden vorbei, dann strichen wir über die Mündungen des Mill Creek und des Sweathouse Creek. Als ich in die tiefen Spalten zurückblickte, konnte ich nicht umhin mich zu fragen, aus welcher Bennett damals wohl herausgekommen war.

Nachdem er den Feuerbeobachtungsposten gefunden hatte, war es nach der Schneeschmelze vermutlich relativ einfach gewesen, den Weg heraus zu finden. Die Selway-Bitterroot Wilderness Area besteht aus einem wirren Geflecht von Pfaden. Es war nur eine Frage der Zeit, bis er auf einem davon den Weg zur Zivilisation zurück fand.

Ich stellte mir die ersten Gesichter vor, zwei Fischer, die ihre Heuschrecken hoffnungsvoll über der Wasserfläche des Bachs tanzen ließen. Ich sah die zwei verblüfften Männer vor mir, die mit ihm zum nächsten Lokal gingen und ihm Steak, Eier und ein großes Stück Rhabarberkuchen bestellten. Und ich stellte mir vor, wie er mit all den nicht zu Ende gelesenen Büchern im Kopf nach Hause ging: zwei Liebende, die sich gerade entkleiden wollten und jetzt in der Leere gestrandet waren, weil die Seiten fehlten; ein Eintopfrezept mit Elchfleisch, das die Zutaten nannte, aber keine weiteren Kochanleitungen gab.

Ging die Frau in dem Liebesroman zur Couch und sank in den üppigen Samt, mochte er wohl gedacht haben, oder liebten sie sich einfach da, wo sie standen, wo der Mann die Schenkel der Frau gegen die schmale Kante am Fenstersims drückte? War ein Muster auf der Bettwäsche, Vögel im Flug, verblasste lila Blumen? Waren die Laken unter der Steppdecke weiß wie Eierschalen? Brachte der Cowboy in der Geschichte aus dem Westen schließlich den Indianer um? Oder schlichen die Komantschen im Schutz der Dunkelheit in die Stadt und schnitten sämtlichen Bewohnern die Kehlen durch? Und was passierte mit dem Mädchen im roten Kleid? Wie war es überhaupt ursprünglich in der Geschichte aufgetaucht?

Das Tauwetter muss schnell gekommen sein. Was hatte George Dupres über das Wetter gesagt? Veränderlich. Zuerst fiel Schnee, bedeckte wie ein weicher Mantel das Flugzeug und machte es unsichtbar. Dann die Schmelze. Ich stellte mir den ersten warmen Tag vor, wie das Eis ächzte und nachgab. Kurz darauf, vielleicht am nächsten Nachmittag, ließ die Kraft der strahlenden Sonne die ersten feinen Haarrisse erscheinen. Bis zum Sonnenuntergang war das Eis weich geworden, und das Flugzeug brach durch die rissige Oberfläche, es schaukelte eine Weile auf und nieder, vielleicht minutenlang, vielleicht eine Stunde oder länger, bis es im schwarzen Wasser versank.

Wie musste es Bennett überrascht haben, dass diese große Maschine einfach verschwand, wo er doch glaubte, auf festem Boden gelandet zu sein. Was für ein Schock, als ihm klar wurde, dass der See ihn getäuscht hatte.

Am Schluss muss Bennett sein Fehler wohl zur Gänze bewusst gewesen sein. Er muss gesehen haben, was wir sahen, das lange leere verschneite Feld – Fish Lake – und daneben die kleinere Fläche, die Landebahn. In gewisser Hinsicht wurde Bennetts Glauben damit Recht gegeben, sein Urteil und seine Fähigkeit zur Navigation wurden durch diese Erkenntnis bestätigt. So als wenn man endlich seine Autoschlüssel in der Küchenschublade wieder findet, in die man sie aus Sicherheitsgründen gestopft hatte.

»Harry!«, rief ich. »Was weißt du über Kingston Starre?«

»Über ihn persönlich oder über seine Familie?«

»Beides«, sagte ich.

»Meiner Meinung nach ist er einfach ein richtiges Arschloch. Wenn man als Junge so reich aufwächst, da muss das eben passieren.«

»Und Starre Fruit? Das ist die Firma seiner Familie, ja?«

Harry nickte. »Haben sie dir nichts beigebracht im Geschichtsunterricht?«

Ich zuckte mit den Schultern und schüttelte den Kopf.

»Starre Fruit hat doch praktisch die westliche Hälfte der Welt in der Tasche. Denk doch mal nach. Sie bauen jedenfalls in Washington State keine Ananas an. Man hört inzwischen nicht mehr viel von ihnen, aber in den Fünfziger- und Sechzigerjahren waren sie eine der einflussreichsten Firmen. Wenn sie nicht gewesen wären, hätte Castro keine großen Probleme mehr gehabt. Geld und Waffen, das kam alles von Starre Fruit.«

»Warum war ihnen Politik so wichtig?«

Harry starrte mich ungläubig an. »Geld, Eigentum. Das Erste, was die Sozialisten taten, war, dass sie den privaten Grundbesitz verstaatlichten. Starre Fruit hat jede rechte Regierung südlich der Grenze unterstützt – na ja, Starre und die CIA, aber lange Zeit war es nicht einfach, die beiden auseinander zu halten.«

Geld und Waffen, dachte ich, wertvolle Fracht. Plötzlich begann sich der Knoten wirrer Fragen zu lösen. Hatte Bennett an jenem Tag gewusst, was er transportierte? Das musste er doch. Er hatte von Starre Geld bekommen und musste schon oft ähnliche Fracht geflogen haben. Da ja der Anführer seiner Staffel, Eckers, alles koordinieren konnte. Übungsflüge. Übungsflugzeuge. Ich dachte an die Bilder in Bennetts Büro, den langen Sandstrand, ein wogendes Zuckerrohrfeld.

Und was war mit der abgebrochenen Suche? Hatten sie Bennett geopfert und wollten später wegen des Flugzeugs wieder kommen – Eckers und Starre oder wer immer sonst noch damit zu tun hatte –, da sie nicht wussten, dass es mit dem ersten warmen Tag verschwinden würde? Ich dachte über Harrys Worte nach. Starre und die CIA, aber lange war es schwer, die beiden auseinander zu halten. Es hätte nicht gut ausgesehen, ein Flugzeug der Air Force voller Waffen und Geld. Das hätte Fragen aufgeworfen. Sie hatten ihn die ganzen Jahre über bezahlt, damit er nichts sagte, und all diese Jahre hatte er das gesucht, was – wie er wusste – noch immer in dem Flugzeug war.

Und was dann? Hatte er ihnen gesagt, dass er es gefunden hatte, und hatten sie jemanden geschickt, um ihn aus Geldgier zu töten? Hatten sie es aus Angst getan, dass Eckers' Vergangenheit während eines Wahljahrs ans Licht kommen könnte? Ich glaubte nicht, dass ich jemals mit Gewissheit erfahren würde, was geschehen war, aber ich konnte es mir ungefähr denken.

Es war bereits später Vormittag, als wir Stevensville und den Glatzkopf des St. Mary's Peak passierten. Bei Lolo wurde der Fluss unter uns breiter und glänzte im plötzlich anbrechenden Tageslicht. Ein mit Kohle beladener Güterzug raste in Richtung Missoula. Aus den Kaminen der Häuser drang Holzrauch.

Einen Augenblick musste ich an meine Eltern denken, an das Fundament ihrer Liebe, das unter ihnen weggezogen wurde, so wie das Eis im Fish Lake an jenem Tag eingebrochen war. Aber geht es nicht bei der Liebe gerade darum? Eine Täuschung wie die harte Schneedecke auf dem Eis, ein Abgrund, in den man immer weiter fällt, ein Zustand, wo es nur Unsicherheit gibt?

Harry und ich schwiegen die restliche Zeit während des Heimflugs. Als die Sikorsky auf dem Rollfeld aufsetzte und ich herauskletterte, dauerte es eine Weile, bis meine Beine sich an den festen Boden gewöhnt hatten. Nach dem Dröhnen des Hubschraubers erschien die natürliche Stille der Welt merkwürdig.

21

Ich ließ Harry am Flughafen zurück und machte mich auf den Weg nach Hause. Ich war so erschöpft, dass ich nur noch an Schlaf denken konnte. Es war der Morgen des Weihnachtstags, und Missoula war so still, wie ich es noch nie gesehen hatte. Der rund um die Uhr geöffnete Safeway-Supermarkt war geschlossen. Sogar der verrückte Straßenprediger, der normalerweise an der Ecke Broadway und Higgins herumstand, hatte sich freigenommen.

Mein kleines Haus schien verändert, so wie ein geliebter Freund nach langer Abwesenheit nicht mehr derselbe zu sein scheint und sein Körper sich unter den Händen fremd anfühlt. Ich zog mich aus, stellte mich unter die heiße Dusche und horchte auf das Geräusch des Wassers, das in die Wanne floss, und auf das Rauschen in den Rohren. Ich brauchte eine gute halbe Stunde, bis mir warm war; dann tappte ich durch das dunkle Haus und schlüpfte ins Bett. Ich dachte immer noch an den Flieger, der versank, an den Augenblick, als das schmelzende Eis nachgab und das Flugzeug mit seinem Gewicht verschlang. Dann war es wohl wieder still, und das Loch mit dem Wasser hob sich schwarz gegen die weiße, verschneite Senke ab.

Es war später Nachmittag und schon dunkel, als ich aufwachte. Lampenlicht schien durch die Ritzen im Vorhang und zog gerade Linien auf den Teppich. Wo das Licht hinfiel, bewegten sich Schatten, die wie Federn langsam nach unten sanken, wie ein Wasserstrahl an einer Glasscheibe. Ich setzte mich im Bett auf, stellte die Beine auf den Boden, ging zum Fenster und schob den Vorhang zur Seite. Harry hatte Recht gehabt. Es war ziemlich warm geworden, warm genug für Schnee.

Ich zog schnell meinen Bademantel über und trat auf die Veranda hinaus. Nach den Tagen schonungsloser Kälte schien die Luft herrlich mild. Dicke Flocken lagen auf den Motorhauben der Autos und den Straßenlampen.

Scheinwerfer kamen um die Ecke der Dairy Queen, und ich erkannte Kristofs Kleinlaster. Er hielt am Gehweg, stellte den

Motor ab und stieg aus. Ich sah sein Gesicht, während er durch den Garten ging, seine zarte Stirn, die gebogene Nase.

»Meg!«, rief er. »Was ist denn los mit dir? Wo warst du bloß?«

Er taumelte auf der glatten Treppe, ich streckte die Hand aus und fing ihn auf, bevor er ausrutschte.

»Du hast dir nicht mal die Mühe gemacht, das Fenster zu schließen, weißt du das?«, sagte er, fing sich und trat auf die Veranda.

»Was hatte Chief Riley zu sagen?«, fragte ich spöttisch.

Kristof trug keine Kopfbedeckung. Der Schnee lag auf seinem braunen Haar wie eine Wollmütze. Eine Schneeflocke fiel ihm ins Auge und blieb an seinen Wimpern hängen. »Er wollte wissen, wo du vorletzte Nacht warst.«

»Was hast du ihm gesagt?«, fragte ich.

»Ich hab ihm gesagt, du wärst bei mir gewesen. Dass wir uns bei Al and Vic's getroffen und den Nachmittag und Abend zusammen verbracht hätten; dann seist du über Nacht da geblieben.«

»Du hast gelogen«, sagte ich knapp.

Kristof neigte den Kopf, als könnte er mich besser verstehen, wenn er mich aus einem anderen Blickwinkel betrachtete. »Ich weiß.«

Ich öffnete den Mund und wollte etwas sagen, zögerte aber einen Moment. »Willst du es nicht mal wissen?«

»Was wissen?«

»Ob ich ihn umgebracht habe?«

Kristof schüttelte den Kopf. Ich war erstaunt über seinen Glauben an mich und schämte mich für das, was er vermutlich für mich getan hatte.

»Du musst gehen«, sagte ich kalt. »Es ist vorbei.«

»Mein Gott, Meg«, murmelte er und legte die Hände vors Gesicht wie jemand, der sich verteidigen will. Er öffnete den

Mund, und ich wusste genau, was er sagen wollte. Etwas über Liebe, dachte ich, aber er sagte nichts. Er drehte sich um und ging den Weg wieder hinunter. Der nasse Schnee blieb an seinen Stiefeln hängen.

Dies war das letzte Mal, dass er ging, das letzte Missverständnis zwischen uns, so viel stand fest. Ich wusste auch, dass ich ihn zurückhalten konnte, wenn ich wollte, ihn bitten konnte hereinzukommen, und wir würden zusammen im Bett liegen. Und ich wusste genau, wie er riechen, welche Bewegungen er machen und welche Laute er von sich geben würde. Aber ich ließ ihn gehen. Es war das einzig Gute, das ich seit langem getan hatte, und ich war stolz auf mich, auf diese selbstlose Geste. Kristofs Lkw sprang stotternd an, er schaltete vom ersten Gang hoch und fuhr weg.

Ich ging hinein, machte mir eine Kanne Kaffee und stellte eine Suppe in die Mikrowelle. Als ich das Klopfen an der Haustür hörte, stand ich am Küchenherd und blieb zuerst stehen, wo ich war. Falls es Kristof war, war ich mir nicht sicher, ob ich ihn ein zweites Mal abweisen konnte. Der Besucher klopfte noch einmal, lauter jetzt, und ich hörte, dass er, wer immer es war, am Türknopf drehte. Das Schloss knackte. Ich stand auf, drückte mich an den Pfosten der Küchentür und sah Gregor, Nick Popovs Schläger. Das Verandalicht fiel hell auf sein Gesicht. Er schlug an die Scheibe der Tür. Ich ging durchs Wohnzimmer und öffnete die Haustür.

Gregor trat an mir vorbei in die Wohnung. Er hatte eine schöne Wilson Combat in der rechten Hand, eine 45er Automatik mit Schalldämpfer. »Hallo, Meg«, sagte er. »Zieh dich bitte an und komm mit, ja?« Es war keine Frage.

Ich starrte auf seine Waffe. Meine Füße wollten sich nicht von der Stelle bewegen. Der Russe legte seine Hand leicht an meinen Ellbogen. »Es ist eine einfache Bitte«, sagte er.

Ich nickte und ging ins Schlafzimmer.

Die Fahrt nach Hot Springs hinauf war lang. Dass das unser Ziel war, nahm ich zumindest an. Mein Begleiter war ungefähr so redselig wie der frühe Arnold Schwarzenegger in *Conan der Barbar*. Ich war nervös und versuchte im Auto, ihm Fragen zu stellen, beispielsweise, wohin wir fuhren und warum. Als wir an der Abzweigung nach Paradise vorbeifuhren, hielt Gregor am Straßenrand an.

»Halt die Klappe«, sagte er, »oder ich leg dich um.«

Wie er zuvor betont hatte, war es eine einfache Bitte. Ich schwieg, bis wir nach Hot Springs kamen und machte mich auf das Schlimmste gefasst.

Vielleicht war es auch die Stimmung, in der ich war, aber die Stadt erschien mir noch trostloser als sonst. Selbst die Weihnachtsbeleuchtung war so trist, als hätte man offiziell angeordnet, eine gemeinsame Weihnachtsschmuck-Aktion der Gemeinde sei eine gute Idee, aber niemand wusste so recht, wie der Plan ausgeführt werden konnte. Die Lichter des kleinen Ladens am Highway blinkten wie die eines billigen Sexshops. An der Main Street schaukelten nicht zusammenpassende Girlanden und Lichterketten heftig im Wind. Ein Mann, eine Frau und zwei kleine Kinder fuhren auf ihrem John-Deere-Traktor an uns vorbei und hielten vor der Pioneer Bar an.

Wenn ich sterben muss, dachte ich, dann sollen sie mich wenigstens in die Camas-Prärie oder hinauf in die Berge bringen. Ich konnte den Gedanken nicht ertragen, meine letzten paar Minuten in Hot Springs zu verbringen.

Wir fuhren zu Popovs Haus und hielten dahinter an. Gregor hupte einmal, und Nick trat aus dem hinteren Eingang der alten Kirche.

»Warte hier«, sagte Gregor zu mir. Er und Popov verschwanden in der Hütte und kamen kurz darauf mit einer Rolle Draht und zwei Hohlblocksteinen wieder heraus. Sie luden den Draht und die Steinblöcke auf die Ladepritsche eines alten Lkws. Dann kam Gregor herüber, klopfte an mein Fenster und bedeutete mir auszusteigen. Wir setzten uns zu dritt ins Führerhaus des Lkws. Gregor sagte kurz auf Russisch etwas zu Nick, und schon fuhren wir wieder los. Auf gewundenen Straßen kamen wir durch eine Gegend mit verlassenen Häusern, Backsteinwänden ohne Dächer, die in sich zusammengesunken waren wie die zerstörten Gesichter alter Männer. Ein Schild im Vorgarten einer noch bewohnten Hütte pries Kurbehandlungen an. HEILUNG MIT KRÄUTERN, REFLEXZONENMASSAGE, AROMATHERAPIE verkündete das Schild. Bei einem braunen Wohnblock für Indianer bogen wir rechts ab und fuhren einen Hügel hinunter.

»Wohin fahren wir?«, fragte ich.

Gregor legte eine behandschuhte Hand auf das Armaturenbrett und spannte die Muskeln an, als versuche er den letzten Rest seiner Beherrschung zu behalten. Ein Muskel an seinem Kiefer zuckte. Er hatte die Wilson in seinen Mantel gesteckt, und ich sah die Ausbuchtung an seiner Brust, wie ein kaltes Herz aus Eisen, das nach außen gewachsen war. Beim hässlichen Gemeindehaus aus Hohlblocksteinen bremste Gregor und bog wieder ab.

Aus dem linken Fenster des Lkws sah ich die Becken der heißen Quellen, zwei schweflige Dampfwolken, die in die kalte Luft stiegen, wo sich der Dunst verteilte und im Wind davonwirbelte. Neben den Becken stand ein altes Badehaus, das von einem Wäldchen kahler Pappeln umgeben war. Es war ein großes Gebäude mit einem dicken Kamin, der mich an ein Krematorium erinnerte. Die Fensterscheiben im zweiten Stock waren zersprungen und bestanden nur noch aus Zacken. Im Innern waren geflieste Wände und alte Rohre wie ausgefeilte Folterinstrumente zu sehen.

»Wir fahren zum Fluss«, sagte Nick Popov. Gregor kehrte

auf den Highway zurück und fuhr in südlicher Richtung weiter.

Als wir oben auf dem Hügel ankamen und in die Camas-Prärie hinunterfuhren, war der Vollmond ganz aufgegangen. Große weiße Schneewolken hingen über der Buffalo-Bill-Wasserscheide wie in einem Flussbett aufgewirbelter Schlick. Das Tal war still wie ein Grab. Schnee lag zu spitzen Höckern aufgetürmt wie zuckriges Schaumgebäck. An der alten Schule bogen wir auf einen Feldweg ab und fuhren in die Salish Mountains hinauf.

Die letzten fünfzehn Minuten der Fahrt vergingen quälend langsam. Die Straße war offensichtlich geräumt worden, um den Futterfahrzeugen die Durchfahrt zu ermöglichen, aber der alte Lkw musste sich durch zehn Zentimeter Neuschnee quälen. Zweimal mussten Gregor und ich aussteigen und schieben. Beide Male dachte ich kurz daran wegzulaufen, beschloss aber wegen der Aussicht auf den Tod durch Erfrieren, lieber das Risiko mit den Russen einzugehen. Obwohl ich jetzt sicher war, dass sie mich umbringen würden. Ich konnte mir für unsere Fahrt hierher keinen anderen Grund vorstellen.

Plötzlich tauchte der Flathead River vor uns auf. Man könnte sogar sagen, der Fluss kam zu uns. Der Boden fiel im Licht unserer Scheinwerfer steil ab, und der Flathead wand sich weit unten wie eine große schwarze Schlange. Nur ein schmaler Streifen Wasser war nicht gefroren. Ich sah den Mond darin, eine helle Münze, die sich von dem tintenschwarzen Wasserlauf abhob und glänzte wie eine einzelne silberne Schuppe.

Gregor hielt an, und wir stiegen alle aus und standen auf einem Feld mit schneebedecktem Salbei.

Ich schloss die Augen, atmete tief die würzige Luft ein und dachte an den Flathead, dessen Wasser grün und kalt wie ein Edelstein war und dessen Stromschnellen an der Oberfläche schäumten wie weiße Spitze. Ich stellte mir meinen Körper darin vor, die Haare in der Strömung ausgebreitet, der Mund eine Öffnung für die Aale. Mehr als alles andere quälte mich der Gedanke an die nie endende Kälte. Mein rechtes Knie gab leicht nach, und ich machte einen kleinen Schritt nach vorn, um mich abzustützen. Nick legte mir seine Hand auf den Arm, und ich zuckte bei seiner Berührung zusammen.

»Nein«, sagte er gekränkt, denn er verstand plötzlich. »Nein, Meg. Du sollst uns nur helfen.«

Man muss sich ausmalen, man hätte seinen Hals auf das Gestell einer Guillotine gelegt, die Haut auf dem abgenutzten Holz. Man stelle sich vor, die Klinge gleite glatt in den gefetteten Schienen nach unten. Jetzt denke man an ein Wunder durch ein unvorhergesehenes Ereignis, ein rostiges Gerät, ein kaputtes Scharnier, und die Klinge käme ein paar Zentimeter über dem Nacken zum Stillstand. Und man stelle sich vor, wie sie da hängt, aus glänzendem Stahl, während man aufsteht und weggeht.

Ich holte tief Luft und sah Popov ins Gesicht. Er zog eine Packung russische Zigaretten aus seiner Manteltasche und bot mir eine an. Sie waren dick und schwarz mit glänzenden Goldfiltern. Es war eine schöne Nacht, alle Mängel vom frischen Schnee überdeckt. Von der hohen Klippe aus konnten wir die Moiese Hills sehen, die spärlichen Lichter von Round Butte und die leere Ebene des Flatheat-Reservats wie das Stück eines Pfannkuchens, das auf den Boden gefallen ist.

Gregor öffnete die hintere Klappe der Ladefläche. Ich sah eine formlose Gestalt auf der Ladepritsche, eine Leiche, die in ein Laken mit Leopardenmuster eingewickelt war. *Mein Gott*, dachte ich, und mein Magen drehte sich um. *Das ist Josie. Das haben sie mit ihr gemacht – hab ich mit ihr gemacht.* Gregor zog die Leiche von der Ladefläche und band sorgfältig die Hohlblocksteine an Kopf und Knöcheln fest. Er kam herüber, stellte sich neben uns und nickte Popov zu. Tote sind schwerer und unhandlicher, als man denken würde. Wir mussten alle drei anpacken, um Josie hochzuheben und sie zur steil abfallenden Klippe zu schleppen.

»Ich weiß nicht so recht«, meinte Nick skeptisch und reckte den Hals, um das glänzende Eisband des Flusses zu begutachten.

Gregor ließ Josie los und trat an den Rand. »Es geht schon«, sagte er mit der unbekümmerten Zuversicht dessen, der so etwas schon öfter getan hat. Er nahm seinen Platz an Josies Seite wieder ein. »Wir zählen auf drei.«

Es überraschte mich, wie leicht sie hinunterfiel. Ich hatte befürchtet, dass sie auf der Klippe aufschlagen und abprallen würde, aber sie segelte geradewegs durch die kalte Luft wie ein Fischadler, der sich auf einen Fisch stürzt. Ihr Rücken traf mit einem Schlag auf dem milchigen Eis auf, und einen Moment dachte ich, Nick hätte Recht gehabt. Ich glaubte, sie würde vielleicht bis zum Frühjahr da unten liegen bleiben. Dann erklang ein lautes Krachen, die Eiskruste brach unter ihrem Gewicht auf, und die orangefarbenen und schwarzen Flecken des Lakens verschwanden unter der Oberfläche des Flathead.

»Es ist tief hier«, bemerkte Gregor, während er sich die Hände an seinem Mantel abwischte.

Nick Popov schaute auf den dunklen Einschnitt hinunter, auf das aufsteigende Wasser. »Ich hätte Iwan zu Haus lassen sollen bei seiner Mutter«, sagte er traurig.

Ich war sehr erleichtert, wie von einer großen Last befreit, als ich wieder in den Wagen stieg. Nicht weil Josie nicht mehr da war, nicht weil ich wusste, dass ich am Leben bleiben würde, obwohl diese Dinge alles andere als unwichtig waren. Die Erleichterung stellte sich ein, als ich begriff, warum Popov mich mitgenommen hatte. Wir hatten eine hervorragende geschäftliche Übereinkunft getroffen. Er hatte dies gegen mich in der Hand, genauso wie ich etwas gegen ihn hatte. Ich war zur dauerhaften Teilhaberin an seiner Schuld geworden.

Die Reifen drehten einen Augenblick auf dem Schnee durch, dann griffen sie, wir machten einen Satz nach vorn und fuhren nach Camas zurück.

Ich sah zu Nick hinüber. »Was war es denn genau? Was hatte Bennett ihm versprochen?«

Nick zog seinen Kragen hoch, beugte sich vor und stellte die Heizung eine Stufe höher.

»Waffen«, sagte er schließlich.

»Die Vereinbarung war also, dass er Clay mit Bargeld half, und wenn sie das fanden, was sie suchten, dann wollten sie die Beute teilen?«

Popov nickte. »Er hätte 'ne Menge Geld machen können, wenn er Bescheid gewusst hätte.« Er winkte abweisend, als wolle er sagen, dass dies das letzte Wort zum Thema Iwan und Bennett sei.

Gregor fuhr uns nach Missoula zurück, seinen massigen Körper über das Steuerrad geduckt. Wir schwiegen, bis wir den leicht abfallenden Hang des Evaro Hill erreichten. Da sah Nick zu mir herüber.

»Arme Frau«, sagte er und zeigte mit einer Kopfbewegung nach hinten, als wäre Josie noch da. »Sie hat nur ihren Auftrag erledigt. Wir fanden sie schließlich sehr hilfreich, sie hatte eine Menge Informationen, hat uns gleich die Namen der Leute gegeben, die sie beauftragt haben. Wir sind noch nicht fertig.«

Ein Sattelschlepper fuhr auf uns zu, und die Scheinwerfer blendeten Nick. Er schaute auf Gregor und seufzte.

»Ach, weißt du, das ist in diesen Zeiten so ein Problem mit Menschen wie meinem Sohn. Sie sind so geldgierig, dass sie vergessen nachzudenken. Wir haben ein Wort für diese jungen Russen, die vor nichts zurückschrecken. Es ist ein russisches Wort. Es bedeutet ›vom Frost gebissen‹.«

Ich nickte und zündete mir eine Zigarette an. Ich sah den orangefarbenen Schein von Missoula vor uns, die Lichter der Stadt, deren Schein von den Bergen zurückgeworfen wurde.

Nick trommelte mit den Fingern an die Kopfstütze von Gregors Sitz und sah mir direkt ins Gesicht. »Ich wünschte, ich hätte eine Tochter«, sagte er.

22

Eigentlich bin ich eingefleischte Skeptikerin. Ich habe zu viele unschöne Seiten der menschlichen Natur gesehen, als dass ich an ein Happy End glauben könnte. Ich rechne eigentlich nicht mit Gerechtigkeit und Fairness. Also war ich auch nicht überrascht, dass diese Geschichte ein schlimmes Ende fand. Zu viele Leichen. Zu viel Schaden. Und am Ende schien es, als gebe es kaum Gerechtigkeit, denn die falschen Leute mussten bezahlen. Und wofür?

Während meiner Kindheit übernachteten wir im Garten meiner Freundin Beth in einem Zelt im Garten hinter dem Haus, wo wir uns gegenseitig Geistergeschichten erzählten. Es gab eine über einen Mann, der seine Frau ermordet hatte, und über einen Blutfleck auf dem Teppich im Schlafzimmer, der sich nicht entfernen ließ. Eine andere hatte mit einem Buchstabenbrett zu tun, das nicht vernichtet oder weggeworfen werden konnte. Es zeigte immer das Wort *sterben*, immer wieder, und der Besitzer konnte nichts dagegen unternehmen. Das Brett sprang aus dem Feuer, fand den Weg von der Müllkippe nach Hause und ließ die Klinge eines Beils zerbrechen.

So stellte ich mir Eckers und Starre schließlich vor:

Zwei Männer, die schwer an dem Gewicht der Geheimnisse trugen und die sie nie wieder loswerden würden. Ein Teil von mir empfand Mitgefühl mit ihnen, mit dem gnadenlosen Verlauf ihrer Geschichte und dass sie sich nie von ihrem Verrat würden befreien können. Aber irgendwie war das ein Stück Gerechtigkeit, wenn auch bei weitem nicht das, was sie verdient hatten.

Gregor fuhr mich nach Missoula, über die Higgins Avenue und die Brücke zu meinem Haus zurück. Die Temperatur stieg noch immer, und Dunst hing in den Pappeln am Clark Fork. Das Eis hatte angefangen zu brechen. Das Wasser schien zähflüssig wie halb fester Wackelpudding. Ich konnte nur noch nach Haus zurückkehren, einen anderen Zufluchtsort hatte ich nicht mehr.

Der Neuschnee auf dem alten, festgefrorenen Eis hatte zu Straßenglätte geführt. Wir kamen ins Rutschen, als wir von der Brücke herunterfuhren. Ich spürte, wie die Räder gegen die Bordsteinkante stießen, sich wieder gerade ausrichteten, und dachte an Tina. Etwas an ihr hatte mir Angst gemacht, ihre mutmaßliche Grausamkeit. Mehr als vor allem anderen, was ich kenne, hatte ich wohl davor Angst, dass sie den Mord begangen haben könnte. Angst vor meiner eigenen Fähigkeit zur Gewalttätigkeit, vor einer schwesterlichen Verbundenheit im Zorn. Ich wollte das ungelöste Rätsel ihres Selbstmords verstehen, die Irrtümer und die Verzweiflung, die sie zu diesem letzten Akt der Selbstauslöschung getrieben hatten. Aber gerade das war das Problem, mir fehlte die Fantasie dafür, ich konnte sie nicht verstehen. Unschuldige nehmen sich nicht das Leben, hatte Riley zu bedenken gegeben. Hatte sie sich vielleicht zu lange aus einer Perspektive wie der meinen und Rileys gesehen, sodass sie sich nicht mehr als unschuldig betrachten konnte?

Ich hätte mir gewünscht, dass sie hätte nach Haus gehen können. Ich hätte gern ihr kleines blasses Gesicht hinter den schmutzigen Scheiben eines Greyhoundbusses gesehen, der nach Great Falls unterwegs war, die weite Hochfläche der Rocky Mountain Front erreichte und dann nach Norden in Richtung Choteau, Heart, Butte und Browning weiterfuhr. Ich hätte sie gern aus dem Bus steigen und auf ihr eigenes Land treten sehen, das sie wie eine riesige Wiege umfing. Mein Zuhause, hätte sie dann gedacht, der Ort, zu dem ich gehöre und der zu mir gehört. Gegen Westen hin erhoben sich die Bergrücken, die unter dem tiefen Schnee seidig und weich aussahen. Im Osten peitschte der Wind über die flachen Weizenfelder und das Gestrüpp.

Als ich nach Haus kam, rief ich Riley an. Es war spät, und er klang müde, aber als ich ihm sagte, ich müsste mit ihm sprechen, meinte er, er würde sofort kommen. Ich legte auf, legte Amos' Band auf den Küchentisch und starrte es unverwandt an, als ob ich so erkennen könnte, wie ich mich verhalten sollte.

Ich trank ein Glas Bourbon und goss mir gleich danach ein zweites ein. Riley wohnte oben in Grant Creek, und ich wusste, es würde eine gute halbe Stunde dauern, bevor er bei mir war. Es war still im Haus, und ich wollte, Kristof würde kommen, wusste aber, dass er es nicht tun würde.

Spät im letzten Herbst fuhren Kristof und ich nach Idaho zu den heißen Quellen am Lochsa River, nicht weit von der Stelle entfernt, an der Bennetts Flugzeug abgestürzt war. Es war ein schöner Tag, Altweibersommer mit einem klaren und strahlend blauen Himmel. Der Wald roch nach warmem Kiefernharz. Wir wanderten ein paar Meilen waldeinwärts, der Weg wurde uneben von Wurzeln und halb verdeckten Steinen. Bei den Tümpeln am unteren Bach waren Leute, lärmende Hippies, nackt und derb. Also gingen wir weiter als sonst in den Wald hinein, bis wir ganz hinten in der Schlucht einen stillen Tümpel fanden.

Der Herbst kann eine gefährliche Zeit in Montana sein. Die Tage sind still und sehr lang, und die Wende zur Dunkelheit des Winters vollzieht sich ganz plötzlich. Wenn die Nacht hereinbricht, tut sie es schnell. Vielleicht ließen wir uns von der Wärme an diesem Tag täuschen oder von den steilen Klippen, die die Schlucht einfassten, den Himmel verdeckten und nur einen V-förmigen Ausblick auf das wolkenlose Blau freiließen. Was immer der Grund sein mochte, wir schätzten jedenfalls den Einbruch der Dunkelheit nicht richtig ein.

Bis wir angezogen waren und uns aufmachten, war der Wald bereits voll dunstiger Schatten. Nur mühsam konnte ich das leere Band des Weges sehen. Wenn man so etwas jemals erlebt hat, weiß man, dass Dunkelheit wie eine feste Wand sein kann. Weil man das im Kopf hat, was vorher sichtbar war, hat man nicht das Gefühl, blind zu sein, und die Augen werden zu einer zusätzlichen Behinderung, eine Quelle fortwährender Täuschung.

Wir stolperten weiter und folgten dem Geräusch des Bachs und der scharfen Kante der Klippen am sternenübersäten Himmel. Einmal gerieten wir ins Unterholz, und Kristof blieb kurz vor mir stehen. Ich streckte die Hand aus und tastete nach ihm, nach dem weichen Flor seines grünen Hemds. Aber meine Handfläche fand nur die schuppige Rinde einer Gelbkiefer.

»Zieh deine Schuhe aus«, sagte er.

Ich ließ den Baum los und ging auf seine Stimme zu. »Was?«

»Zieh deine Schuhe aus. Und deine Socken auch.«

Ich schnürte meine Stiefel auf, zog sie aus und streifte die Strümpfe ab. Der Boden war weich und schwammig und mit stacheligen Nadeln übersät. Wir schlugen einen Bogen in die Richtung zurück, aus der wir gekommen waren, und suchten mit den Fußsohlen den Pfad, stiegen über Büschel ineinander verknäulter Disteln und traten auf weiche moosige Stellen.

Ich wünschte, ich könnte sagen, dass ich sicher war, er würde uns unversehrt herausbringen, als wir in dieser Nacht endlich die kühle, feste Erde mit unseren Zehen berührten. Aber die Wahrheit ist, dass ich schreckliche Angst hatte. Und ich misstraute nicht ihm, sondern mir selbst, meinen eigenen Sinnen, die mich im Stich ließen. Ich dachte, wir würden einander und uns selbst verlieren.

Das war der Unterschied zwischen uns: sein Glaube und mein Unglaube. Er hatte keinen Augenblick daran gezweifelt, dass wir herausfinden würden, während ich es eigentlich zu keinem Zeitpunkt so recht glauben konnte. Selbst als wir die alte Hängebrücke überquerten und einen Wagen auf der schmalen Autobahn vorbeifahren sahen, dessen Scheinwerfer über die Wände der Schlucht streiften und die Felsen, die Bäume und die grünen Augen der Tiere anstrahlten, selbst da hielt ich noch an meinem Misstrauen fest.

Scheinwerferlicht fiel auf die kahlen Gerippe der Ahornbäume im Vorgarten. Ich nahm mein Glas mit zum Fenster und sah hinaus. Ein Auto wendete, hielt hinter meinem Lkw an, und ein Mann trat auf den Bordstein. Da das Licht der Weihnachtsbeleuchtung auf der anderen Straßenseite von hinten kam, lag sein Gesicht im Schatten. Ich beobachtete, wie er näher kam, nahm die Bewegungen seiner Gelenke und Muskeln wahr, das harmonische Zusammenspiel seines Körpers. Einen Augenblick lang ließen mich sein Gang und die Art und Weise, wie er den Kopf senkte, an Kristof denken.

Wie oft hatte ich ihn im Dunkeln gesehen! Und trotzdem täuschte ich mich immer wieder.

Ich trat näher ans Fenster, sah den Mann einen Schritt nach vorn machen und die Arme schwingen. Ich schloss die Augen und stellte mir die warme Haut im V-förmigen Ausschnitt seines Hemds vor.

Hier ist der Erdboden, dachte ich, und hier fällt die Klippe steil zum Bach ab. Hier sind meine eigenen, unzuverlässigen Glieder, die Dunkelheit meines Körpers, die Schwärze, die er umfasst. Und da draußen die wilde Landschaft der Ungewissheit, der Wald, in den wir gehen müssen, das Chaos und der Pfad, der herausführt. Eigentlich ist es eine einfache Entscheidung, entweder in die eine Richtung oder die andere.

Der Mann trat in den Lichtschein meiner Verandalampe, und sein Gesicht war jetzt scharf und klar zu erkennen: Es war Jeff Riley.

Wir saßen am Tisch, Amos' Band zwischen uns. Ich goss Riley einen Drink ein und sah, wie er ihn dankbar hinunterkippte. »Habe ich Sie aus dem Bett geholt?«, fragte ich.

Er schüttelte den Kopf, aber ich wusste, dass er log. Auf seiner Wange war noch der Abdruck von der Falte seines Kopfkissens. »Bin den ganzen Tag bei den Schwiegereltern gewesen«, sagte er und stellte sein Glas ab. »Hast du schöne Weihnachten gehabt?«

Ich zuckte die Achseln und zündete eine Zigarette an.

Er trommelte nervös mit den Fingern auf den Tisch. »Also, worum geht's?«

Ich schob das Band über den Tisch. »Das ist mir neulich in die Hände gefallen. Ich dachte, das würde Sie interessieren. Ist schon merkwürdig, was für komische Sachen man bei meiner Arbeit manchmal findet.«

Einerseits wusste ich, dass es eine sinnlose Geste war. Tina war tot und Josie auch. Je weniger ich mit der ganzen Angelegenheit zu tun hatte, desto besser. Aber es war die einzige Geste, die ich machen konnte, und ich war der Ansicht, etwas tun zu müssen. Außerdem war da noch Tinas Freund, Elton, an den man denken musste.

Ich bot Riley eine Zigarette an, er nahm sie, zündete sie gierig an und rauchte. »Verdammt noch mal, das schmeckt gut«, sagte er. »Weißt du, Meg, ich wollte dir ja nichts vorwerfen. Wir mussten nur alle Möglichkeiten bedenken, das ist alles. Du hättest uns sagen sollen, dass du bei dem Ausländer warst. Es hat sich rausgestellt, dass es eine Bande aus Kalifornien war. Drogen und so, weißt du. Der Vater glaubt das jedenfalls. Wir sind ziemlich sicher, dass er da nicht ganz falsch liegt.«

Es war eine merkwürdige Schlussfolgerung, wie Riley sie gern gehabt hätte, aber irgendwie war das vorauszusehen. Die Leute hier sind nicht naiv. Wir glauben einfach lieber daran, dass das Böse von draußen kommt. Wir möchten unseren Glauben an die Nachbarn lieber behalten, bis zum bitteren Ende. Wieder ein Indianer unter den Zug gekommen, sagen wir. Schon wieder ein Mord oben in Browning. Wieder mal einer gerade noch davongekommen, vorbeigeschrammt an der Gewalttätigkeit, die auf der Interstate heruntergerast kommt und morgen schon wieder fort ist.

Ein Eiszapfen löste sich vom Dach und fiel vor dem Küchenfenster herunter. »Es wird wärmer«, sagte Riley. »Fühlt sich wie der Chinook an.« Er nahm das Band und stand auf. »Was ist da drauf?«, fragte er.

Ich zuckte mit den Schultern. »Sie werden es sich ansehen müssen.«

Es war am sechsten Januar, zwölf Tage nach Weihnachten, als ich zur High Line hinauffuhr. Der frühlingshafte Wind, der Chinook, war gekommen und wieder gegangen wie eine Armee wohlwollender Eindringlinge, und der Winter war zurückgekehrt. Ich sollte, wenn möglich, einen Wagen in Besitz nehmen, ein Paar aus Arizona, das sich versteckt hielt und kürzlich bei Babb aufgetaucht war. General Motors war schon eine Weile hinter ihnen her, und die Sache versprach sich für mich auszuzahlen, wenn es mir gelang.

Ich fuhr zu der Stelle, die man mir genannt hatte, einem baufälligen Wohnwagen außerhalb der Stadt im Wald, ganz oben an der kanadischen Grenze. Das Paar war schon abgehauen. Sie hatten die Tür angelehnt gelassen, und Tiere waren eingedrungen und hatten alles durchstöbert. Die Schränke standen offen, Mehl und Zucker waren über die Arbeitsflächen und den Boden verstreut. Ich vermutete, dass ein Bär dabei gewesen war, weil der Kühlschrank umgekippt war. Zerbrochene Eierschalen waren sauber ausgeleckt worden. Eine Pfütze Milch war auf dem Linoleum vor dem Herd festgefroren. Es sah aus, als sei ein großer Grizzlybär hereingekommen und hätte einen Geburtstagskuchen gebacken.

Ich hatte nicht beabsichtigt, mich in Browning aufzuhalten, aber als ich dort ankam, schneite es stark, und ich hatte Hunger und brauchte eine Pause. Ich hielt in der Stadt an einem Café an und bestellte mir einen Hamburger und eine Tasse Kaffee. Es war nicht viel los mitten am Nachmittag. Außer der Bedienung und der Köchin war ich die einzige Person dort. Durchs Fenster beobachtete ich die vorbeifahrenden Fahrzeuge, dachte daran, wie meine Mutter Auto gefahren war und erinnerte mich an den Geruch von abgestandenem Zigarettenrauch in unserem Kombi.

Die Bedienung, eine hübsche Blackfeet-Frau, kam mit meiner Rechnung.

»Kann ich Ihnen noch was bringen?«, fragte sie.

Ich schüttelte den Kopf. »Soll ich bei Ihnen bezahlen?«

Die Frau lachte. »Sonst sehe ich niemand hier. Sie etwa?«

Ich gab ihr einen Zehndollarschein. Sie griff in die Schürze und zählte das Wechselgeld ab.

»Sind Sie hier aufgewachsen?«, fragte ich. Sie kam mir so nett vor, so entgegenkommend.

»Ja.«

»Kannten Sie die Red Deers?«

Sie sah auf und runzelte die Stirn. Ich konnte mein Spiegelbild in ihrer silbernen Gürtelschnalle sehen: weißes Gesicht, blaue Augen, Haare im Nacken zusammengebunden.

»Eine Frau und ihre Tochter«, sagte ich und bemühte mich, freundlich zu klingen wie eine alte Bekannte, die zufällig hier durchkam. »Sie haben außerhalb der Stadt gewohnt. In einem weißen Haus.« Ich lächelte. »Die junge Frau ist ungefähr in meinem Alter. Mein Vater hat hier oben gearbeitet, als ich klein war. Wir haben uns damals gekannt.«

»Sie meinen Henrietta Red Deer«, sagte sie liebenswürdig. »Sie wohnen draußen in der Boarding School Road.« Sie schaute mich wissend an, hob die Hand und zeigte über meine Schulter.

»Es ist nördlich der Stadt.«

»Danke«, sagte ich lächelnd.

Ich kann nicht sagen, was ich mir vorgestellt hatte oder was ich dachte, als ich in dem Unwetter, das sich langsam beruhigte, hinausfuhr. Die Gegend um Browning herum war mir so unbekannt, wie ein Sumpf in Georgia es gewesen wäre. Es gab hier keine Berge, nur die weite Ebene der leeren Great Plains. Die Felder lagen weiß und flach da, mit Weizenstoppeln und hier und da einer Ölpumpe, die schonungslos wie ein Arm auf den gefrorenen Boden einschlug. Ich wusste, wie wenig Öl die Quellen in Wirklichkeit hergaben, und ihr ständiges Hämmern klang irgendwie klagend.

Ich hatte die besten Absichten. Ich glaube, ich stellte mir eine Versöhnung vor, meine Hand auf Henrietta Red Deers schmalem Rücken. Es war ein Irrtum, würde ich zu ihr sagen. Ihr Kind, Ihre Tochter Tina war keine Mörderin. Mit dieser Nachricht bin ich gekommen, sehen Sie. Ich habe euch nicht verlassen. Ich bin nicht die Tochter meines Vaters.

Die Straße zweigte ab. Ich hielt mich rechts und fuhr auf die

Boarding School Road. Der Weg war kürzer als ich in Erinnerung hatte, die Zeit hatte den Abstand in die Länge gezogen. Im Osten erkannte ich die waagrechte Silhouette des Rimrock Butte, im Westen die kahlen schwarzen Zacken der Berge. Am Himmel erschien eine schwache Andeutung der Dämmerung, die Wolken waren etwas dunkler als am Mittag, und auf dem Schnee lag ein erster rosa, blau und orangefarben leuchtender Schimmer. Das Haus erhob sich aus der Prärie wie ein im gefrorenen Meer stecken gebliebenes Schiff. Aus dem Kamin stieg eine Rauchwolke, und hinter den Fenstern strahlte ein warmes Licht.

Ich glaube, ich stellte mir vor, dass sie voller Dankbarkeit und Verbundenheit mit mir sein würden. Ich sah auf mein ganzes Leben zurück. Jede Sekunde war auf den einzigen Zweck angelegt, diese Botschaft zu überbringen.

Ich bog in die Einfahrt ein, wie meine Mutter es vor so vielen Jahren getan hatte. Das Haus war gepflegt, wie ich es in Erinnerung hatte. Ein Kiefernzweig mit einer roten Schleife hing an der Haustür. Auf der Veranda stand eine Kiste mit kleinen Holzstücken zum Feuermachen. Ich hielt hinter einem roten Subaru an, stellte den Motor ab und stieg aus. Das Licht auf der Veranda ging an, und ein Gesicht erschien hinter dem Spitzenvorhang an der Tür. Hier draußen merkte man es, wenn Besuch kam, bevor die Klingel an der Tür läutete. Man hörte jedes Auto, das auf der Straße vorbeikam.

Ich ging die Stufen hinauf und öffnete die Tür. Eine Frau streckte den Kopf heraus, ihr breites Lächeln war warm und ihre Lippen rot wie frische Preiselbeeren. Sie war attraktiv, ging auf die dreißig zu, war jugendlich und gesund, und ihr Haar schwarz wie die Flügelspitzen einer Elster. Sie hielt ein kleines Kind, das auf ihrer Hüfte saß.

»Kann ich etwas für Sie tun?«, fragte sie freundlich. Ihre Haut war hell, mit ein paar blassen Sommersprossen. »Vielleicht suchen Sie die McCarthys? Sie wohnen im nächsten Haus an der Straße hier.«

»Nein«, sagte ich. »Ich suche Henrietta. Ist sie hier?«

Das Baby lächelte, schlug mit den Fäusten vergnügt an ihre Brust und hampelte hin und her, als reite es auf einem Pferd. Sie legte die Lippen sanft auf seinen Kopf.

»Ich bin Henrietta. Gehören Sie zu den Eltern?«

Ich schaute sie verständnislos an.

»Eltern«, wiederholte sie. »Habe ich dieses Jahr eines Ihrer Kinder in meiner Klasse?«

»Nein«, sagte ich.

Sie setzte das Baby zurecht und stieß die Tür ein Stück weiter auf. »Kommen Sie herein«, sagte sie. »Ich muss das Brot aus dem Ofen nehmen.«

Ich folgte ihr durch die Diele nach hinten zur Küche. Auf der Arbeitsfläche lag der Teig zum Aufgehen, dicke runde Laibe unter sauberen Geschirrtüchern. Das ganze Haus roch nach Hefe und Mehl. Es war ein Ort, an dem ich mich endlos hätte aufhalten können, warm und aufgeräumt und ohne jegliches Chaos. Doch es war kein Ort, an den ich gehörte.

»Ich glaube, ich suche Ihre Mutter«, sagte ich, als die Frau den Ofen öffnete und mit der freien Hand einen perfekten Brotlaib herauszog.

»Ich dachte, Sie hätten gesagt, Sie suchen Henrietta.« Sie legte das Brot auf die Arbeitsfläche. »Der Name meiner Mutter ist Nola.«

»Ist sie hier?«

Die Frau fing an argwöhnisch zu werden, und mir wurde klar, dass ich mich geirrt hatte.

»Tut mir Leid«, sagte ich lächelnd zu ihr. »Ich bin ein bisschen verwirrt. Ich war als Kind einmal hier.«

»Macht nichts«, sagte sie rücksichtsvoll. »Meine Mutter

wohnt tatsächlich hier. Mit mir und meinem Mann. Sie ist aber bei der Arbeit.«

»Was ist ihr Beruf?«, fragte ich.

Die Frau sah mich skeptisch an. »Sie ist Rechtsanwältin für unseren Stamm.«

»Oh.« Ich trat verlegen von einem Fuß auf den anderen und sah auf den sauberen Holzfußboden hinab. »Ich muss gehen.«

Sie begleitete mich zur Tür, und die Erleichterung war ihrem Gesicht anzusehen. Nein, ich gehörte nicht hierher. Meine Kleider rochen muffig und waren voller Kaffee- und Salzflecken. Ich selbst konnte den Rauch in meinen Haaren riechen und den Alkohol von gestern in meinen Poren. Ich hatte dieser Frau nichts zu geben, das wusste ich jetzt.

»Kann ich meiner Mutter etwas ausrichten?«, fragte sie.

Ich schüttelte den Kopf, fing an die Stufen hinunterzugehen. Dann drehte ich mich um. »Haben Sie eine Schwester?«, fragte ich. »Tina Red Deer?«

Das Baby gluckste, schürzte seine kleinen Lippen und machte Speichelblasen.

Henrietta sah mich an. Ihre Nase war ein wenig krumm, der Nasenrücken hatte einen leichten Buckel. Wie die Nase meines Vaters und meine.

»Nein«, sagte sie. »Nur ich. Aber es gibt viele Red Deers hier oben, wissen Sie.«

Ich sah sie im Rückspiegel in der Tür stehen, als ich wegfuhr. Erst als ich das Ende der Einfahrt erreicht hatte, verschwand ihr Kopf. Ein Wagen kam die Boarding School Road herunter, ein sportlicher kleiner Saab, der die Scheinwerfer abgeblendet hatte. Ich blieb auf der Einfahrt stehen und wollte warten, bis er an mir vorbeigefahren war, aber er bremste, und der Blinker wurde gesetzt. Ich fuhr hinaus, um den Saab hereinzulassen, und einen Augenblick lang war ich nur etwa einen halben Meter vom Fahrer entfernt.

Am Steuer saß eine ältere Frau, eine etwas dunklere Ausgabe der jungen Frau mit dem Kind. Ihr Haar war zu einem hübschen Knoten zurückgesteckt. Sie trug eine traditionelle Halskette aus hellen Knochen, die sich von ihrer dunklen Bluse abhob. Sie sah geschmackvoll und schick aus. Als wir aneinander vorbeifuhren, sah sie mich an und lächelte freundlich. Wieder jemand, der sich verirrt hat, mochte sie wohl denken. Oder wieder eine, die etwas loswerden will: Religion, Putzmittel, Dinge, die sie nicht brauchte. Aber vielleicht dachte sie auch überhaupt nicht darüber nach.

Danksagung

Für ihre wertvolle Hilfe danke ich den folgenden Personen: Nat Sobel, meinem Agenten, dass er sich immer für mich eingesetzt hat. Jack Macrae, er fand stets die richtigen Worte, um das Beste aus mir herauszuholen. Janet Baker, meiner wunderbaren Lektorin, die bei der Arbeit an meinem Text keine Mühe gescheut hat. Rachel Klauber-Speiden für die endlosen Stunden sorgfältiger Lektüre. Linda »Castro« Zimmermann und allen vom SEAL-Team Alpha am MAC, die mir geholfen haben nicht durchzudrehen. Meredith Norton mit ihrem freundschaftlichen, nie versiegenden Humor, die mit mir den Lac de Bordeaux überquerte, für seine Freundschaft Daryl Gadbow, dem ganz besonderen Geschichtenerzähler, für seinen Artikel über die Taurus Raging Bull.

Und wie immer möchte ich auch meiner Familie danken. Meinem Vater John Siler, meiner Großmutter Pat Siler und Mike McCarthy. Insbesondere meiner Mutter, Jocelyn Siler, meinem allergrößten Fan, die ich sehr liebe. Keith Dunlap, meinem Liebsten und besten Freund. Ich habe mehr Glück als die meisten anderen Menschen. Und Frank.

Besonderer Dank gilt der ganzen Stadt Missoula, Montana, für ihre Unterstützung und Jim Crumley und all den anderen ausgezeichneten Autoren in unserer Region, die mich so herzlich in ihren Kreis aufgenommen haben. Nirgendwo sonst würde ich lieber leben als hier.

JANET EVANOVICH

Stephanie Plum ist jung, nicht auf den Mund gefallen, und sie hat einen ungewöhnlichen Job: sie jagt entflohenen Ganoven nach...

»Witzig, abgebrüht und politisch völlig unkorrekt – Stephanie Plum ist die beste amerikanische Serienheldin.«
Booklist

42878